Brian Moore

Schwarzrock

Roman

Aus dem Englischen von
Otto Bayer

Diogenes

Titel der Originalausgabe:
›Black Robe‹

Umschlagillustration:
Rudolf Friedrich Kurz,
›Badende Indianerinnen‹, 1854
(Ausschnitt)

Deutsche Erstausgabe

100/87/8/1
ISBN 3 257 01737 5

Inhalt

Für Jean

Vorwort des Verfassers

Vor ein paar Jahren stieß ich in Graham Greenes *Sämtlichen Essays* auf seine Ausführungen über *The Jesuits in North America*, das gerühmte Werk des amerikanischen Historikers Francis Parkman (1823–1893). Greene zitiert den folgenden Absatz:

(Pater) Noël Chabanel kam später in die Mission, da er erst 1643 im Huronenland eintraf. Er verabscheute die Lebensweise der Indianer – den Rauch, das Ungeziefer, die eklige Nahrung, die Unmöglichkeit, sich zurückzuziehen. An ihren rauchenden Holzfeuern, umgeben von lärmenden Männern und Squaws mit ihren Hunden und den unablässig kreischenden Kindern konnte er sich nicht konzentrieren. Er hatte von Natur aus nicht die Gabe, ihre Sprache zu erlernen, und mühte sich fünf Jahre ohne nennenswerte Fortschritte mit ihr ab. Da flüsterte ihm der Teufel ins Ohr, er möge um Ablösung von dieser tristen, widerwärtigen Mühsal bitten und nach Frankreich zurückkehren, wo ihn eine ihm gemäße und nützliche Arbeit erwarte. Chabanel wollte davon nichts hören, und als die Versuchung ihn weiter plagte, tat er ein feierliches Gelübde, bis zu seinem Todestag in Kanada zu bleiben.

»Ein feierliches Gelübde.« Da spricht zu uns eine Stimme unmittelbar aus dem 17. Jahrhundert, die Stimme eines

Gewissens, wie wir es heute wohl leider nicht mehr besitzen. Ich begann in Parkmans großem Werk zu lesen und entdeckte als seine Hauptquelle die *Relations*, jene langen Berichte der Jesuiten an ihre Oberen in Frankreich. Von Parkman wechselte ich über auf die *Relations* selbst, und in ihren bewegenden Schilderungen entdeckte ich eine unbekannte, ungeahnte Welt. Denn anders als die englischen, französischen und holländischen Händler kamen die Jesuiten nicht der Pelze und Eroberungen wegen nach Nordamerika, sondern um die Seelen derer zu retten, die sie »les sauvages« nannten – die Wilden.*

Um das zu vollbringen, mußten sie die an unflätigen Ausdrücken oft überreichen Sprachen der ›Wilden‹ lernen und ihre Religions- und Stammesbräuche studieren. Ihre Briefe, die einzigen wirklichen Berichte über die frühen Indianer Nordamerikas, machen uns mit einem Volk bekannt, das mit den »Rothäuten« aus Literatur und Folklore wenig Ähnlichkeit hat. Die Huronen, Irokesen und Algonkin waren schöne, tapfere und unvorstellbar grausame Menschen und in dieser frühen Phase noch in keiner Weise abhängig vom »Weißen Mann«, dem sie sich sogar körperlich und geistig überlegen dünkten. Sie waren kriegerisch, praktizierten rituellen Kannibalismus und unterwarfen aus religiösen Gründen ihre Feinde langen und untragbaren Martern. Dagegen war es ihnen als Eltern unerträglich, ihre ungebärdigen Kinder zu schlagen oder

* Im ersten Teil des 17. Jahrhunderts kannten die Franzosen die Ureinwohner Kanadas nicht als »Indianer«, sondern nach den Namen ihrer Stammesverbände und nannten sie zusammenfassend »les sauvages«. Die Eingeborenen ihrerseits bezeichneten die Franzosen als »Normannen« und die Jesuitenpatres als »Schwarzröcke«. Die von den Eingeborenen damals gepflegte unflätige Ausdrucksweise war nur rauher Humor und nie kränkend gemeint. Ich gebe zu, daß ich mir hinsichtlich der Frage, ob die Algonkin die Sprache der Irokesen verstanden, eine dichterische Freiheit herausgenommen habe.

zurechtzuweisen. Sie waren lebensfroh und polygam und teilten mit Fremden sexuelle Freuden ebenso freigebig wie Essen und Herd. Sie verachteten die »Schwarzröcke«, weil sie Besitztümer horteten. Ebenso verachteten sie die Weißen wegen ihrer Dummheit, weil sie nicht erkannten, daß Erde und Flüsse und Tiere und alles übrige von einem lebendigen Geist besessen waren und Gesetzen gehorchten, die es zu achten galt.

Anhand der Werke von Anthropologen und Historikern, die vieles den frühen Jesuiten Unbekanntes über indianische Verhaltensweisen zusammengetragen haben, wurde mir doppelt bewußt, welch einzigartige und ergreifende Tragödie sich zugetragen haben muß, als der Indianerglaube an eine Welt der Nacht und die Macht der Träume mit der jesuitischen Verkündigung des Christentums und eines Paradieses nach dem Tod zusammenprallte. Dieser Roman will zeigen, wie der Glaube des jeweils einen bei dem anderen Angst, Feindseligkeit und Verzweiflung weckte, welche später zur Zerstörung und Aufgabe der Jesuitenmissionen führten und die Unterwerfung der Huronen durch die Irokesen, ihre Todfeinde, zur Folge hatten.

Während viele der in diesem Buch enthaltenen Informationen über Sitten, Glauben und Sprache der »Wilden« ebenso wie der Jesuiten aus den *Relations* stammen, bin ich darüber hinaus auch anderen Quellen verpflichtet: Ich danke James Hunter, dem Forschungskurator von Sainte Marie Among the Hurons, sowie Bill Byrick, Professor Bruce Trigger von der McGill University und Professor W. J. Eccles vom College of William and Mary für ihre Hilfe in allerlei Fragen.

Dank schulde ich auch dem Conseil des Arts du Canada, der mir die Möglichkeit verschaffte, Orte in Kanada aufzusuchen, an denen Zeugnisse der Geschichte und des Brauchtums der Irokesen, Algonkin und Huronen aufbewahrt werden, sowie die Örtlichkeiten früherer Irokesen- und Huronensiedlungen, vor allem das Städtchen Midland in Ontario, wo die Regierung Ontarios originalgetreue Langhäuser, ein Indianerdorf und die erste dort errichtete Jesuitenmission rekonstruieren ließ.

Erster Teil

1

Laforgue fühlte, wie er am ganzen Körper zitterte. Was kann sie so lange aufhalten? Hat der Kommandant abgelehnt? Warum hat er noch nicht nach mir geschickt? Ist das Gottes Strafe für die Lüge wegen meines Gehörs? Aber das war keine Lüge; meine Absicht war ehrenhaft. Oder ist das Sophisterei? Stecke ich so tief im Sumpf meines Ehrgeizes, daß ich Wahrheit nicht mehr von Falschheit unterscheiden kann?

Wohl schon zum hundertsten Mal machte der Posten, der vor der Kommandantur Wache schob, wieder kehrt und schritt die Mauer des Forts entlang. Laforgue hörte Stimmen. Er sah den steilen Pfad hinunter, der zu den Holzhäusern der Siedlung führte. Zwei Männer kamen herauf. Der eine, ein Offizier, hatte den Schlapphut tief in die Stirn gezogen, und seine Uniform war weiß von Staub. Als Laforgue das Gesicht des zweiten Mannes erkannte, erfaßte ihn ein plötzliches Unbehagen. Vor einem Monat war dieser Mann, ein Pelzhändler namens Massé, aus der stinkigen Kneipe, in der die Händler zu trinken pflegten, herausgestürzt gekommen und hatte Laforgue obszöne Beleidigungen nachgerufen. Es ging dabei um ein Wildenmädchen, mit dem Massé schlief und das Laforgue seit kurzem im Glauben zu unterweisen versuchte.

Um weiteren Kränkungen jetzt aus dem Weg zu gehen, zog Laforgue sich tiefer in den Schatten der Mauer zurück. Dabei blickte er wieder zur Kommandantur hinauf. In einem Fensterrahmen sah er das Gesicht Champlains.

Der Kommandant, der am Fenster saß, sah einen breitkrempigen Priesterhut sich heben und Père Laforgues blasses, bärtiges Gesicht darunter erscheinen. Er sah an der einsamen Gestalt des Klerikers vorbei zu dem hundert Meter tiefer gelegenen Gewimmel von Holzhäusern, der Siedlung Québec. Wie auf einem Gemälde wanderte sein Blick weiter zur Biegung des großen Flusses, wo vier französische Schiffe vor Anker lagen. In einer Woche würden sie nicht mehr da sein.

Hinter sich hörte er den Superior hüsteln, eine respektvolle und doch ungeduldige Ermahnung. »Ihr sagtet soeben, Monsieur le Commandant –?«

»Ich sagte, es ist spät im Jahr. Erklärt ihnen das.«

Père Bourque, der Jesuit, dolmetschte für die Wilden. Chomina, der ältere von ihnen, hatte sich den Kopf geschoren und nur einen schmalen Haarkamm in der Mitte übriggelassen, der sich sträubte wie auf dem Rücken eines Igels. Sein Gesicht war wie eine Maske aus weißem Ton. Der jüngere, ein Häuptling namens Neehatin, hatte sich zur Feier des Tages mit ockergelben Ringen um die Augen und einer leuchtendblauen Nase geschmückt. Beide beobachteten Champlain wie ein unberechenbares großes Tier. Als der Jesuit geendet hatte, ergriff der jüngere Wilde das Wort. Champlain wandte ihm das Gesicht zu wie ein Tauber, der von den Lippen zu lesen versuchte. In all den Jahren hatte er, der Gründer dieser Kolonie, die Sprache der Wilden nicht gelernt.

»Er fragt, ob Agnonha nicht mehr wünscht, daß sie die Franzosen mitnehmen«, übersetzte Père Bourque.

»Warum fragt er das?«

»Vermutlich fürchten sie, daß Ihr ihnen die geforderten sechs Musketen nicht gebt. »Wie Ihr wißt, Exzellenz, haben sie uns nur deswegen ihre Hilfe angeboten.«

Champlain lächelte den Wilden an. »Sagt ihm, Agnonha ist dankbar für sein Hilfsangebot. Sagt ihm, daß Agnonha ausnahmsweise bereit sein könnte, ihm Musketen als Geschenke anzubieten. Aber sagt ihm auch, welche Sorge ich habe: Die Reise hätte zu ihrem Gelingen schon drei Wochen früher beginnen müssen.«

»Mit Verlaub«, sagte Père Bourque, »ich glaube, die Zeit reicht noch, um die Mission Ihonatiria zu erreichen. Wie Ihr wißt, habe ich die Reise selbst schon zweimal gemacht.«

Champlain betrachtete die schwarze Soutane des Paters und fühlte sich respektlos an den Rock eines Schuljungen erinnert. Die Reise, von der du sprichst, *mon Père*, habe ich gemacht und kartographiert, als du noch zur Schule gingst. Was weißt du über diese Zeit? Und was glaubst du, wozu die Wilden Musketen haben wollen? Nicht zum Jagen, sondern um ihre Feinde zu töten.

»Es geht nicht nur um den Wintereinbruch«, sagte er zu dem Jesuiten. »Da ist noch die andere, größere Gefahr. Über die haben wir noch nicht gesprochen.«

Der Jesuit neigte den Kopf. »Die Reise liegt, wie unser aller Leben, in Gottes Hand.«

»Aber wenn die Mission nicht mehr steht? Wenn Laforgue dort ankommt und die beiden Patres tot vorfindet?«

»Über diese Brücke werden wir gehen, wenn wir hinkommen.«

Champlain befingerte seinen ergrauenden Bart, eine Geste, mit der er seine Verärgerung ausdrückte. »Nicht *wir*«, sagte er. »Über diese Brücke muß Père Laforgue gehen. Ich kenne ihn nicht näher, aber er hat derlei Strapazen sicher noch nicht erlebt.«

»Möchtet Ihr ihn befragen, Exzellenz? Ich habe ihn mitgebracht. Er wartet draußen.«

»Was hätte ich davon? Ich sage, er hat keine Erfahrung auf dem großen Fluß.«

»Meines Erachtens«, sagte der Jesuit, »ist er der Aufgabe gewachsen. Er ist ordiniertes Mitglied der Gesellschaft Jesu, und der Orden hat seine Fähigkeiten sorgfältig geprüft.«

»Ihr redet von Prüfungen, die in Frankreich vorgenommen wurden. Ich rede von Gefahren und Entbehrungen, von denen die Gesellschaft Jesu sich nichts träumen ließ.«

»Mit Verlaub«, sagte Père Bourque, »es gibt wenige Gefahren, denen unsere Brüder in den verschiedensten Ländern der Erde noch nicht begegnet sind.«

Champlain sah zu den beiden Wilden hinüber, die auf dem Boden saßen, die Knie in Kopfhöhe. Bei ihnen galt es als ungezogen, sich im Stehen zu beraten, und während Champlain peinlich darauf geachtet hatte, daß er sitzen blieb, war der Jesuit unbedacht im Zimmer umhergegangen. »Der junge Mann, den Ihr mitschicken wollt, ist noch keine zwanzig, fast noch ein Kind«, sagte Champlain.

»Stimmt. Aber er ist ein außergewöhnlicher junger Mann.«

»Inwiefern außergewöhnlich, *mon Père*?«

»Er wurde als Arbeiter hierhergeschickt, aber mit den

höchsten Empfehlungen. Er ist fromm und gewissenhaft. Sein Onkel, ein Priester, hat ihn Latein gelehrt, und er ist bei den Récollet-Patres in Rouen in die Schule gegangen.«

»Mit Latein kommt er auf dem großen Fluß nicht weit.«

»Das nicht. Aber er ist hochintelligent und anpassungsfähig. Als ich sein Sprachtalent entdeckte, habe ich ihn eine Zeitlang zu den Aalfischern der Algonkin geschickt. Nach einem Jahr beherrschte er die Sprachen der Algonkin und der Huronen.«

Champlain hörte ein plötzliches Krachen. Es kam von einer Holzschale, die auf den Boden geschlagen wurde. Die Wilden hatten zu spielen angefangen; bei dem Spiel schüttelten sie die Holzschale und betrachteten die Pflaumenkerne darin. Die Kerne waren auf der einen Seite schwarz, auf der andern weiß bemalt, und es kam darauf an, die in der Schale dominierende Farbe zu erraten. »Père Bourque, wir unterhalten uns schon zu lange in unserer Sprache«, sagte er. »Sie sind es leid geworden.«

»Richtig. Ich bitte um Entschuldigung.«

Wieder knallte die Schale auf den Boden. Champlain fühlte von neuem diese Taubheit in seinem Arm emporkriechen. Wird dies mein letzter Winter sein? Werde ich nie mehr Richelieus flammendrote Robe auf der Galerie des Palais de Justice auf mich zukommen sehen, vorbei an allen, die sein Ohr suchen? Ich verneige mich, um seinen Ring zu küssen; er lächelt mich an: ein Lächeln, das die Gedanken des Lächelnden nicht preisgibt. Wen wird er als Ersatz für mich hierher entsenden? Und was würde er zu diesem Ansinnen sagen: einen Priester und einen Jüngling in den fast sicheren Tod reisen zu lassen, um vielleicht einen kleinen Vorposten Frankreichs und des Glaubens zu retten? Bei der Landnahme sind Menschenleben die Währung.

Er hatte seine Antwort. Lächelnd sah er in die bemalten Gesichter.

»Sechs Musketen, nicht mehr. Sagt ihnen das.«

Der wartende Laforgue sah endlich den Superior und die Wilden aus der Kommandantur kommen.

Ja oder nein? Warum hat man nicht nach mir geschickt? Rasch ging er unterhalb der Mauer entlang und zügelte seinen Drang, in Laufschritt zu verfallen. Der Superior passierte die Wache und wollte sich an die Wilden wenden, doch sie, bei denen es nicht Sitte war, sich förmlich zu verabschieden, gingen einfach ihrer Wege. Sie benutzten nicht den Weg zur Siedlung hinunter, sondern schlugen den rauheren Pfad zu ihrem Lager ein.

Père Bourque sah sich um, als er Laforgues Schritte hörte. »Ah, da seid Ihr ja«, sagte er. »Kommt, wir müssen uns beeilen.«

Er ging ohne anzuhalten weiter. Laforgue, in der Gehorsamsregel geübt, stellte die Frage nicht, die ihn verzehrte, sondern nahm hinter ihm Schritt auf. Sie begegneten dem Offizier und Massé, die auf dem Weg nach oben waren und sich respektvoll vor dem Superior verneigten. Massé sah Laforgue nicht an. Schweigend gingen die beiden Patres weiter zu dem Steg, an dem ihr Kanu lag. Père Bourque wartete, während Laforgue die Leine losmachte, sich seine Holzschuhe um den Hals hängte, um den dünnen Bootsboden aus Birkenrinde nicht zu beschädigen, und vorsichtig in das Kanu stieg, das er dabei am Steg festhielt. Père Bourque zog ebenfalls seine

Holzschuhe aus und stieg vorn ein, und Laforgue paddelte das Boot im Knien, wie er es von den Wilden gelernt hatte, vorsichtig auf den Fluß hinaus. Er lenkte es zu einem Nebenarm, der zur Mission der Jesuiten weiter flußabwärts führte. Jetzt nahm auch Père Bourque sein Paddel zur Hand. Gleichmäßig paddelten sie zum andern Ufer des Nebenarms, wo ein Rechteck hölzerner Palisaden die beiden Gebäude der Station umschloß. Laforgue wußte, daß der Superior sich ein Bild von seinen Fähigkeiten machen wollte, und richtete sich genau in dem Moment auf, als das flinke Kanu ans Ufer glitt, sprang auf den Anlegesteg, fing geschickt den Bug und holte ihn ein.

»Wo ist Daniel?« fragte Père Bourque beim Aussteigen.

»Ich glaube, sie arbeiten alle am Vorratshaus.«

»Alle?« Der Superior wartete keine Antwort ab, sondern schlug den schmalen Pfad zur Station ein. Als sie durch das hohe Gras vor den Palisaden gingen, fiel eine Wolke von Mücken über sie her, und sie eilten geduckt und um sich schlagend halb im Laufschritt zum Eingangstor. »Geht Daniel suchen und bringt ihn zu mir«, sagte der Superior.

Sie trennten sich hinter dem Tor. Père Bourque trat in das eingeschossige Haupthaus; es war aus Brettern gebaut und mit Lehm beworfen, das Dach mit Gras gedeckt. Laforgue eilte zu dem zweiten Gebäude, das die Engländer vor ein paar Jahren halb niedergebrannt hatten und Arbeiter der Jesuitenmission zur Zeit reparierten. Im Näherkommen hörte er Hämmern und Lachen; jemand rief etwas auf Bretonisch. Laforgue tauchte, immer noch auf der Flucht vor den Mückenschwärmen, unter dem als Tür dienenden Vorhang durch. Bei seinem Eintreten verstummte das Lachen und Hämmern, und die Männer im Gebälk und an den Werkbänken sahen schweigend zu ihm her.

»Was gibt es Neues, *mon Père*?«

Der Zimmermeister hatte die Frage gestellt, doch Laforgue sah zu Daniel Davost, der ein Brett in der Hand hielt und den Mund voller Nägel hatte.

»Noch nichts«, sagte Laforgue. »Aber Père Bourque möchte Daniel sprechen, sofort.«

»Dann fahrt Ihr«, sagte der Zimmermann, und die anderen tauschten Blicke. Sie alle mißbilligten es, daß die Patres so einen jungen Burschen auf so eine gefährliche Reise schickten. Und als Daniel und Laforgue sich jetzt entfernten, gaben sie ihrem Unmut laut Ausdruck, aber auf Bretonisch, weil Laforgue das nicht verstand.

»Was sagen sie, Daniel?«

»Nichts, *mon Père*. Sie machen nur Scherze.«

Halb erstickend unter den Mückenschwärmen, rannten sie zum Haupthaus, das sie durch die Kapelle betraten, einen kleinen Raum mit nichts darin als einem Holzaltar, den zwei Tücher bedeckten; auf dem einen war der Heilige Geist in Gestalt einer Taube dargestellt, auf dem anderen die Jungfrau Maria. Durch die Kapelle kam man ins Refektorium, in dem die Patres auch arbeiteten. Hinter der Tür saßen zwölf Wilde, Männer und Frauen, im Halbkreis auf dem Boden. Sie rührten sich nicht, als Laforgue und Daniel eintraten, sondern starrten gebannt auf eine Uhr, die auf dem Tisch des Refektoriums stand. Ihre ungewaschenen Körper und fettigen Haare verbreiteten einen scharfen, üblen Gestank im Raum. Nebenan in der Küche arbeiteten die Patres Bonnet und Meynard und ein Laienbruder.

»Hier bringe ich Daniel, *mon Père*«, sagte Laforgue.

Der Superior, der am Refektoriumstisch saß und arbeitete, drehte sich um und wies auf die Uhr. Die Zeiger standen auf zwei Minuten vor vier. Laforgue nickte zum Zeichen, daß er verstanden hatte. Alle warteten und beobachteten schweigend die Uhr.

Anders als die Wilden, die den Kommandanten besucht hatten, waren diese hier nicht bemalt. Sie trugen ihre normale Sommerkleidung, die bei den Männern nur aus einem Lendenschurz bestand, während die Frauen sittsam genug in langen Kleidern aus Tierhäuten steckten. Alle starrten vor Schmutz, ihre Haare waren verfilzt und gespickt mit Essensresten, die Haut gegen Fliegen und Mücken eingefettet. Und dennoch wirkten sie mit ihren schlanken Körpern, die keinerlei Mißbildungen aufwiesen, und den haarlosen Gesichtern schöner und wie zu einer höheren Spezies gehörig als die Priester der Mission.

Als die Zeiger sich jetzt auf vier Uhr zubewegten, stand einer der Wilden auf, ging einmal um die Uhr herum und dann in die Kapelle, um nachzusehen, ob sich dort jemand versteckt hielt. Zufrieden kam er zurück und nickte den andern zu. Die Patres in der Küche stellten ihre Arbeit ein und verstummten. Alle warteten in völliger Stille, in der nur das Ticken der Uhr zu hören war.

Dong! Dong! Dong! Dong! schlug die Uhr. Beim vierten Schlag rief der Superior: »Halt!«

Das Schlagwerk verstummte; man vernahm wieder das gleichmäßige Ticken. Mit einem Aufschrei des Staunens und Entzückens begannen die Wilden aufeinander einzureden, als hätten sie soeben ein Wunder miterlebt. Der älteste von ihnen ergriff das Wort: »Seht ihr, ich habe es euch gesagt, ihr Hasenärsche. Der Häuptling lebt. Der

Häuptling hat gesprochen. Ich habe es euch gesagt. Er hat gesprochen.«

Die Wilden grinsten und wechselten vergnügte Blicke. »Hundescheiße!« rief eine alte Frau lachend. »Was hat er denn gesagt?«

Alle sahen den Superior an, der von dem Brief aufblickte, an dem er gerade schrieb. »Er hat gesagt, daß es Zeit zum Gehen ist«, antwortete Père Bourque in ihrer Sprache. »Er hat gesagt: ›Steht auf und geht nach Hause.‹«

Die schwatzende Abordnung der Wilden erhob sich unverzüglich. Schüchtern näherten sie sich der Uhr und beäugten sie von allen Seiten, aber anzurühren wagte sie keiner. Dann verließen sie, wie befohlen, einer nach dem andern das Refektorium durch die Kapelle und gingen zur Vordertür hinaus, die Père Bonnet ihnen zum Abschied aufhielt.

Daniel Davost hörte den Riegel einschnappen, als Père Bonnet die Tür schloß; wie eine Kerkertür. Er sah die Patres von ihren Arbeiten kommen und sich im Refektorium versammeln. ›Jetzt wird es bekanntgegeben.‹ Ihn schauderte, als hätte die Tür ein Verlies verschlossen, aus dem es kein Entrinnen gab. ›Was mache ich, wenn die Reise abgesagt wird? Die Algonkin werden sich am Fluß versammeln und im Morgengrauen aufbrechen. Sie ist bei ihnen; sie kniet in Chominas Kanu, den Kopf gesenkt, ein Paddel in der Hand. Sie schaut nicht zurück, denn in ihrem Leben gibt es keinen Abschied. Als ich gestern nacht in unserm stickigen Zimmer lag, mit zwölf schnarchenden Arbeitern über mir und um mich herum, habe ich Jesus ins Gesicht gespien, ich, der ich einmal rein war, aber jetzt nicht zur Ehre Gottes auf diese Reise gehen will, sondern aus dem niedrigsten und sündigsten aller Gründe.‹

Er sah zum Superior, der immer noch an seinem Brief schrieb. Seine Angst steigerte sich zur Panik. ›Was tue ich, wenn die Reise abgesagt wird? Dann reiße ich aus.‹

Père Bourque schrieb und schrieb. Eilig füllte sein Federkiel Blatt um Blatt, denn sein Bericht sollte so vollständig wie möglich sein. Der Orden wollte es so. In den letzten paar Tagen hatte er jeden freien Augenblick daran gearbeitet, denn nächste Woche stachen die Schiffe in See. Der Pater Provinzial würde für eine weite Verbreitung dieses Berichts unter den Gläubigen und den Mächtigen sorgen, damit Gelder flossen und Freiwillige sich dem Werk der Seelenrettung verschrieben. In säuberlicher Handschrift führte Père Bourque gerade das Thema aus, dem seine größte Sorge galt.

Vor zwei Wochen kam ein von Père Brabant im Glauben getaufter Wilder aus dem Huronenland hierher. Ihongwaha, wie der Wilde mit Namen heißt, überbrachte uns einen Brief von Père Brabant, der die Wilden im Gebiet Ossossané betreut. Er enthielt eine Bitte an uns, so bald wie möglich Ersatz für Père Jérôme zu schicken, der im Norden des Landes, an einem Ort namens Ihonatiria, erkrankt ist. Wie Père Brabant auch schreibt, hat sich jetzt ein Fieber in dem ganzen Gebiet ausgebreitet, und die Zauberer der Huronen bezichtigen die ›Schwarzröcke‹ (unsere Patres), ihnen diese Krankheit gebracht zu haben. Père Brabant schreibt, daß ein als Christ getaufter Wilder aus Ihonatiria nach Ossossané gekommen sei und die Nachricht überbracht habe, die Häuptlinge hätten sich beraten und Père

Jérôme mitteilen lassen, daß sie nichts dagegen hätten, wenn es ihren jungen Kriegern einfiele, ihm und Père Duval, seinem Gehilfen, eine Axt in den Schädel zu hauen. Père Brabant schreibt, da das Fieber auch sein eigenes Gebiet heimsuche, sei es ihm nicht möglich, selbst in den Norden zu reisen und sich Gewißheit über das Schicksal der Patres zu verschaffen. Er bittet uns, sofort einen Priester zu schicken, der im Falle, daß Père Jerômes Krankheit sich als tödlich erwiesen hat oder er und Père Duval zu Märtyrern wurden, die Mission Ihonatiria weiterführt. Die Nachricht hat uns aufgewühlt, und wir haben den Sieur de Champlain gebeten, uns zu helfen und eine Jägergruppe der Algonkin zu überreden, einen unserer Patres mit auf ihre jährliche Reise zu den Winterjagdgründen zu nehmen und ihm Paddler zur Verfügung zu stellen, die ihn bis über die Großen Schnellen begleiten, von wo ihm die Allumette weiterhelfen werden. Und so haben wir unter der gütigen Mithilfe des Sieur de Champlain beschlossen –

»Père Bourque?«

Der Superior sah auf. Das Refektorium war jetzt von den Priestern der Mission gefüllt, und auch der junge Daniel Davost war da. Der Superior löschte das Geschriebene mit etwas Sand ab, stand auf, wandte sich den Versammelten zu und machte das Kreuzzeichen. »Lasset uns beten«, sagte er, und als das lateinische Gebet beendet war, bekreuzigte er sich noch einmal. »Wir haben unseren Dank gesprochen, denn es hat Gott gefallen, unsere Bitte zu erhören.«

Sogleich ging erregtes Gemurmel durch den Raum. »Ja«, sagte Père Bourque. »Der Kommandant hat sich mit den geforderten Geschenken für die Wilden einverstanden erklärt, unter anderem sechs Musketen mit etwas Pulver und Blei. Er wird auch das übliche Abschiedsfest geben. Père Bonnet?«

»Ja, *mon Père*?«

»Wir werden unseren Beitrag zu diesem Fest leisten. Ihr werdet das mit dem Koch der Garnison besprechen. Und nun nehmt bitte Platz, alle.«

Gehorsam nahmen die Versammelten ihre Plätze um den Tisch des Refektoriums ein. »Wir müssen jetzt besprechen, was für Vorbereitungen zu treffen sind und was in den Kanus mitgenommen werden kann«, sagte der Superior. »Da Ihr von oberhalb der Großen Schnellen, wo die Algonkin Euch alleinlassen werden, mit höchstens zwei Kanus weiterfahren könnt, müssen wir sorgsam auswählen. Ihr werdet Kleidung für die Mission mitnehmen und zusätzlich einen Kelch, eine Monstranz, vier Meßbücher, zwei Garnituren Meßgewänder, Schreibmaterial und einen großen Krug Meßwein. Auch Tauschwaren werdet Ihr mitnehmen: Tabak, Ahlen, Perlen, Messer, Äxte. An Verpflegung werden wir ausreichend Maismehl für Sagamité vorbereiten, um die ganze Gruppe die zwanzig Tage zu ernähren, die Ihr bis oberhalb der Schnellen brauchen werdet. Nehmt auch Kleider und Mäntel für den kommenden Winter mit. Das alles, mit Ausnahme der Verpflegung, muß für den Fall, daß die Wilden Euch verlassen, zur Not auch in ein einziges Kanu passen. Schlimmstenfalls müßt Ihr in der Lage sein, ein Kanu mit Inhalt allein zu paddeln und zu tragen.«

»Und Schneeschuhe, *mon Père*?« fragte Laforgue.

Es wurde gelacht. Alle hatten Laforgue tagtäglich im hohen Gras der Wiesen mit den seltsamen, aus Holz und

Leder gefertigten Rahmenschneeschuhen an den Füßen üben sehen, mit denen die Wilden sich winters im Schnee fortbewegten. Er war herumgestakst wie ein Storch im Sumpf.

»Ja, nehmt sie mit«, sagte Père Bourque. »Und – ach ja, Daniel. Wenn wir hier fertig sind, möchte ich dich einen Augenblick sprechen.«

Die Besprechung ging weiter, aber Daniel hörte nicht mehr, was gesagt wurde. ›Ich möchte dich einen Moment sprechen.‹ Irgend jemand, vielleicht einer der Algonkin oben an den Reusen, muß scherzhaft etwas zu einem der Pelzhändler gesagt haben, und der hat es dann einem der Priester erzählt, der wiederum verpflichtet war, es sofort dem Superior zu melden, und jetzt will er mich zur Rede stellen. Und er wird wissen, daß ich gelogen habe, denn ich habe nicht gebeichtet, daß ich gesündigt und gesündigt habe und nicht aufhören kann. Welcher von den Patres war es? Père Laforgue? Nein, der hätte es sich anmerken lassen, als wir heute hierherkamen.

Der Superior beendete jetzt die Diskussion und winkte Daniel, ihm zu folgen. Der erhob sich voller Angst und folgte Père Bourque mit trockenem Mund vors Haus, von wo sie zu einem kleinen Lagerschuppen gingen, in dem die Patres manchmal die Beichte hörten. Daß die Unterredung gerade in diesem Schuppen stattfinden sollte, konnte nur bedeuten, daß er ertappt war. Sie traten ein. Der Superior schloß die Tür und gab Daniel ein Zeichen, auf dem einzigen Stuhl Platz zu nehmen, während er selbst sich auf einen umgedrehten Pflug setzte, der vor acht Jahren mit einem Schiff aus Frankreich gekommen, in diesem unwirtlichen Klima aber noch nie benutzt worden war. Der Superior zog seine Soutane über den Knöcheln hoch, die von Mückenstichen gräßlich geschwollen waren.

»Sag mir, Daniel, warum du diese Reise machen möchtest.«

Die Frage stand in der Luft. Daniel zwang sich, den Superior anzusehen. ›Jemand hat es ihm gesagt. Er muß es wissen.‹ »Warum fragt Ihr, *mon Père*?« Er hörte seine eigene Stimme beben, als er sprach.

»Weil ich entscheiden muß. Als ich heute mit dem Sieur de Champlain sprach, hat er mich vor der großen Gefahr gewarnt und an deine Jugend erinnert. Es stimmt, daß du noch sehr jung bist.«

»Ich fühle mich nicht jung«, sagte Daniel. Vor Erleichterung hätte er am liebsten aus vollem Hals gelacht. ›Er weiß nichts! Er weiß ja doch nichts!‹

Aber es war Père Bourque, der den Kopf zurückwarf und lachte, daß man seine kariösen Zähne sah. »Das zeigt, wie jung du noch bist. Aber du hast meine Frage nicht beantwortet. *Warum* möchtest du diese Reise machen?«

Daniel zögerte und sagte dann wie ein Kind, das seinen Katechismus aufsagt: »Zur Ehre Gottes.«

›Mit dieser Lüge speie ich Jesus ins Gesicht!‹

»Aber du bist kein Jesuit.«

»Ich möchte Gott dienen. Deshalb habe ich darum gebeten, daß man mich nach Neufrankreich schickt.«

»Ja, natürlich, natürlich.« Der Superior bückte sich und kratzte seine zerstochenen Knöchel. »Gut, dann will ich dir etwas versprechen. Wenn du nach einem Jahr noch immer diesen Wunsch hast, werden wir unser Möglichstes tun, um dir zu helfen. Wir werden dich aus Ihonatiria zurückholen und nach Frankreich schicken, wo du für das Priesteramt studieren sollst. Würde dir das gefallen, Daniel?«

»Ja, *mon Père*.« Er weiß nichts. Er sieht mich schon in der schwarzen Soutane, hingebungsvoll, sein eigenes jüngeres Ich, vor dem Altar auf dem Angesicht liegen und die Priesterweihe empfangen, wie ich mich vor einem Jahr noch selbst gesehen habe, als ich in der Kirche der Heiligen Jungfrau von Honfleur kniete, die Arme ausgestreckt in Anbetung meines Heilands, und mein Gelübde tat, zwei Jahre lang Gott in einem fernen Land zu dienen.

»Leben deine Eltern noch?« fragte Père Bourque.

»Nein, *mon Père*. Mein nächster Angehöriger ist mein Onkel, der Priester, von dem ich Euch erzählt habe.«

»Der dich Latein gelehrt hat. Wenn dir also etwas zustoßen sollte, was Gott bewahre, ist er es, an den ich schreiben muß?«

»Ja, *mon Père*.«

»Dann geh mit Gottes Segen«, sagte der Superior. »Ach ja, Daniel? Schicke mir Père Laforgue. Ich warte hier auf ihn.«

Die Trommeln der Wilden untermalten trunkene bretonische Lieder. Wolken von Mücken und winzigen Fliegen schwirrten umher und suchten Blut. Es war ein warmer Tag gewesen, aber nun brachte die abendliche Kühle vom Fluß her Linderung für den Kommandanten und die Häuptlinge der Wilden, die im Kreis am Flußufer saßen, Champlain aufrecht in einem Sessel, einen Umhang aus Biberpelz um die Schultern. Außerhalb dieses Kreises kauerten die Jesuiten der Mission dicht beieinander, als würden sie belagert: farblose Gestalten in langen schwarzen Soutanen, die breiten Hutkrempen seitlich hochgeschlagen. Ein Stückchen weiter flußabwärts hatte sich der größte Teil der Bevölkerung Neufrankreichs, gut hundert Kolonisten, Handwerker, Angestellte der Pelzhandelsgesellschaft und Soldaten, unter die übrigen Wilden vom Volk der Algonkin gemischt, die jetzt ihren Anteil vom Festmahl des Kommandanten verzehrten. Dies waren die jüngeren Männer mit ihren Frauen und Kindern, die sich um ein paar rauchende Feuer drängten, über denen in Kesseln eine übelriechende Masse aus Bärenfleisch, Fett, Fisch und Sagamité schwamm. Sie aßen gierig aus den Kesseln und wischten sich hin und wieder die fettigen Finger an ihren Haaren oder an den Hunden ab, die bellend um die Feuer sprangen und hofften, daß ein paar Brocken für sie abfielen.

Samuel de Champlain, der in der Mitte des Honoratiorenkreises saß, warf einen Blick zu seinem Dolmetscher, der ihm mit einem leichten Nicken bestätigte, daß die Zeit für seine Ansprache gekommen war. Er stand auf, verneigte sich vor den Häuptlingen, setzte sich wieder und nickte zu der Jesuitengruppe hinüber, wo Père Paul Laforgue augenblicklich aufstand und an die Seite des Kommandanten kam: ein schmächtiger, bleichgesichtiger Mann mit spärlichem Bartwuchs und intellektuellen Zügen, doch auch mit einer sonderbaren Entschlossenheit im Blick und um den schmalen Mund. Champlain wandte sich an die Häuptlinge und wies auf Père Bourque und die anderen Jesuiten. »Dies sind unsere hochwürdigen Väter«, sagte Champlain. »Wir lieben sie mehr als uns selbst. Das ganze Volk der Franzosen liebt sie. Nicht eurer Felle wegen sind sie zu euch gekommen. Sie haben Heimat und Freunde verlassen, um euch den Weg zum Himmel zu zeigen. Wenn ihr die Franzosen liebt, wie ihr sagt, daß ihr sie liebt, dann liebt und ehrt auch diese unsere hochwürdigen Väter. Und besonders lege ich, Agnonha, euch Père Laforgue ans Herz, der eine weite Reise ins Land der Huronen macht. Denen von euch, die ihn auf dieser Reise begleiten, sage ich, gebt gut auf ihn acht. Und nun vertraue ich diesen geliebten Père eurer Obhut an.«

Die Rede wurde Satz für Satz übersetzt und von den versammelten Wilden mit den üblichen Zustimmungsäußerungen unterbrochen. Die Kehllaute erinnerten Champlain an das schmerzliche Stöhnen von Tieren, doch er lächelte zufrieden, denn sie bedeuteten auch, daß die Reise genehmigt war.

Zwei Häuptlinge erhoben sich und setzten sich vor ihm in die Hocke. In der traditionellen Weise der Wilden wiederholte der erste, was Champlain gesagt hatte, und faßte dann zusammen, was man in dieser Angelegenheit schon früher besprochen hatte. Die Wilden, die keine Schrift kannten, verhandelten stets auf diese Weise und verblüfften die Franzosen immer wieder mit ihrem unglaublichen Gedächtnis. Der Häuptling erklärte sodann die unverbrüchliche Treue der Algonkin gegenüber den Franzosen im allgemeinen und Champlain im besonderen und erinnerte in seiner Rede an die Zeit vor mehr als fünfundzwanzig Jahren, als Champlain, den sie Agnonha oder »Mann aus Eisen« nannten, seine eherne Rüstung angelegt hatte und mit den Algonkin und Huronen ausgezogen war, um die Irokesen, ihre Erbfeinde, zu bekämpfen und zu töten.

Als die Rede beendet war, sprach Champlain noch ein paar Dankesworte und erhob sich, um das Ende der Unterredung anzuzeigen. Chomina und Neehatin, die Häuptlinge der Jägergruppe, die Laforgue begleiten sollte, standen ebenfalls auf, gingen zu dem Jesuiten und umarmten ihn zum Zeichen, daß er ihrer Obhut anvertraut war.

Zufrieden winkte Champlain seinen Offizieren und verließ die Versammlung. Als er unter dem Balkon des Handelspostens der Gesellschaft der Hundert Genossen Neufrankreichs vorbeikam, stand der Geschäftsführer, Martin Doumergue, auf und verneigte sich vor Seiner Exzellenz. Hinter ihm versteckte Pierre Tallévant, sein eben erst aus Frankreich eingetroffener Assistent, rasch eine halbleere Weinbrandflasche hinter seinem Rücken und verneigte sich ebenfalls, dann sahen beide dem Kommandanten und seinen Offizieren nach, wie sie den steilen Pfad zu Champlains Fort hinaufgingen.

»Warum zieht der Kommandant sich an wie ein Wilder?« fragte Tallévant, während er die Weinbrandflasche wieder hervorholte und seinem Vorgesetzten das Glas füllte.

Doumergue lachte. »Meint Ihr den Pelzumhang? Das ist ein Geschenk von den Häuptlingen. Aber symbolträchtig, wie?«

»Was meint Ihr damit?«

»Ich meine, ohne den Pelzhandel wären wir alle nicht hier in dieser Kolonie.«

»Kolonie?« meinte Tallévant. »Wieso nennt man das eigentlich eine Kolonie? Seht Euch den Pöbel da draußen an. Wo sind die Kolonisten? Wo sind die Familien, die sich hier ansiedeln sollen? Die Engländer haben Kolonisten, die Holländer haben Kolonisten, und was haben wir? Pelzhändler und Priester.«

Doumergue trank und stellte sein Glas aufs Balkongeländer. »Könnt Ihr es uns verübeln?« fragte er. »Ich meine, würdet Ihr eine Frau hierherbringen? Ich will Euch einmal etwas zeigen.«

Tallévant erhob sich auf unsicheren Beinen und trat ans Geländer.

»Seht, da drüben«, sagte Doumergue. »Seht Ihr den Wilden mit der Muskete auf dem Rücken?«

»Der gerade aus dem Kessel ißt?«

»Ja. Wißt Ihr, wer das ist? Jean Mercier.«

»Wovon redet Ihr?«

»Ich sagte, das ist Mercier«, antwortete Doumergue. »Er war gerade mit einer Jägergruppe im Norden, um Pelze zu kaufen. Versteht Ihr? Er kleidet sich schon wie sie. Er ißt sogar, was sie kochen.«

Tallévant starrte betreten zu der halbnackten Gestalt hinüber, die soeben in ein Stück halbgares Bärenfleisch biß, an dem noch die Haare hingen. Der Mann trug europäische Jägerstiefel, nicht die Schuhe aus weichem Leder, die ein echter Wilder tragen würde. Konnte das wirklich der Pelzhändler Mercier aus Rouen sein, dessen Abrechnungen Tallévant in den Akten der Gesellschaft in Caen gesehen hatte? Er wandte sich an Doumergue. »Was fehlt ihm? Ist er betrunken oder verrückt geworden?«

»Nein, nein, ihm gefällt dieses Leben.«

»Aber wie kann das angehen? Dieses stinkende Essen, die Fliegen, der Geruch, diese ganze Lebensweise!«

»Lebensweise?« Martin Doumergue lachte. »Die Wilden leben für ihr Vergnügen, für einen vollen Bauch. Sie leben zum Jagen und Fischen. Arbeit kennen die Algonkin nicht. Vor allem aber: Sie lassen ihn mit ihren jungen Mädchen vögeln. Das gefällt ihm. Er liebt die Jagd und freut sich, wegzukommen von dem Leben, das die Priester uns hier führen sehen möchten, mit Beten und Fasten und allem. Da oben ist er frei. Und er ist nicht der einzige. Ich habe einundzwanzig Pelzhändler in meinen Büchern. Wenn sie hierbleiben, sind die meisten von ihnen in fünf Jahren genauso wie Mercier.«

»Ich glaub's nicht«, sagte Tallévant.«

»Und wenn wir Kolonisten hierherbringen«, sagte Doumergue, »wird es mit ihnen genauso gehen. Meint Ihr, ich würde eine Frau hierherholen und heiraten und mich hier niederlassen wollen? Wozu? Damit meine Söhne als Halbwilde aufwachsen und nackt in den Wäldern herumrennen und dann, wenn der Schnee kommt, Hungers sterben?«

Voll Unbehagen blickte Tallévant wieder zu der hochgewachsenen Gestalt des Pelzhändlers, den strähnigen, fettigen Haaren, den schmalen Hüften, den nackten Gesäßbacken unter dem Lendenschurz. Doumergue irrt sich; es muß Alkohol sein, oder Irrsinn. Zurückzugehen von allem, was wir sind und wissen, auf diesen primitiven Stand? »Es will mir nicht einleuchten«, sagte er laut.

»Nein? Mir schon. Wir kolonisieren nicht die Wilden, sie kolonisieren uns. Selbst der Kommandant in diesem stinkenden Pelzumhang ist hier glücklicher, als er es in Frankreich je war.«

Tallévant füllte sein Glas nach und trank. Die Weinbranddünste stiegen ihm in den Kopf. »Also, ich nicht«, sagte er. »Wenn mein Vertrag ausläuft, kehre ich nach Hause zurück.«

Martin Doumergue sah ihn an. »So? Ich bin mir manchmal nicht sicher. Wird überhaupt einer von uns zurückkehren?«

Die beiden Wilden, die nach dem Fest des Kommandanten aufgestanden waren, um Paul Laforgue zu umarmen, führten ihn jetzt zum zeitweiligen Lager der Algonkin, und das Grinsen ihrer grellbunt bemalten Gesichter erinnerte ihn an die mittelalterlichen Festtagsmasken seiner normannischen Heimat. Als er das Lager betrat, umringten ihn die Wildenfrauen; die verheirateten unter ihnen waren vorzeitig gealtert und verschlissen von der Arbeit, die jungen Mädchen schändlich locker bekleidet und frech und unbekümmert wie die ungebärdigen Kinder, die feixend um ihn herumrannten und ihn zwickten und an ihm zupften, als hätte man ihnen ein Spielzeug mitgebracht. Laforgue, dem das dumpfe Sausen in seinem entzündeten Ohr das Hören erschwerte, verstand aus den Fragen der Wildenfrauen, daß sie wissen wollten, was er zu essen mit auf die Reise nehme, ob er Tabak habe und ihnen Weinbrand geben könne. Gesichter bedrängten ihn, weiß blitzende Zähne zwischen sonnenbrauner Haut, hübsche, fröhliche dunkle Augen, lange schwarze Haare: Diese Gesichter, diese Menschen werden außer Daniel meine einzige Gefährten sein, wenn wir morgen flußaufwärts fahren.

Laforgue hatte noch nie in einem Wildenlager gelebt. Keiner der Patres, die zur Zeit in der Mission Québec tätig waren, außer Père Bourque, war auch schon so weit gereist, wie er nun reisen würde, hatte nachts im Freien oder in den Wigwams der Wilden geschlafen und nichts als ihre Nahrung zu essen bekommen. »Es ist eine Reise von der beschwerlichsten Art«, hatte der Superior ihn gewarnt. »Zugleich ist es aber auch die vorteilhafteste Art, so eine Reise zu machen. In einer Jägergruppe aus Männern, Frauen und Kindern hat man nämlich, falls unterwegs ein

Kind oder Erwachsener krank wird, immer die Möglichkeit, durch eine Nottaufe eine Seele für Gott zu retten. Père Brabant und andere haben in den *Relations* geschrieben, daß sie noch auf jeder Reise ins Land der Huronen die große Ehre hatten, auf diese Weise mindestens eine Seele zu retten. Bedenkt, daß eine solche Gnade alle Gefahren und Widrigkeiten, die Ihr erleiden mögt, mehr als rechtfertigt.«

Eingedenk dieser Worte des Superiors zwang Laforgue sich jetzt zu einem Lächeln, während er die Neckereien der Wildenkinder über sich ergehen lassen mußte: das eine zog an den Perlen seines Rosenkranzes, als wollte es sie abreißen; ein anderes zupfte ihn am Bart und nannte ihn einen haarigen Hund, denn die Wilden trugen keine Bärte und rissen sich die eigene spärliche Gesichtsbehaarung aus, weil sie bei ihnen als häßlich galt. Ein kicherndes kleines Mädchen versuchte ihm dauernd zwischen die Knöpfe seiner Soutane zu greifen und seine Genitalien zu befühlen. Die Wilden beachteten das gar nicht, denn es kam für sie nicht in Frage, ihre Kinder zu strafen oder zu zügeln. Als der kleine Quälgeist nicht aufgab, hob Laforgue ihn schließlich hoch, stellte ihn ein Stückchen weiter wieder ab und versuchte sich aus dem Gedränge zu befreien. Doch die Wildenfrauen hielten ihn lachend fest, und wie er in diesem Augenblick sehnsüchtig an seine Zelle dachte, wo er sonst um diese Stunde allein im Gebet kniete, hatte er die Idee, Häuptling Ticktack zu beschwören. Er hob die Hände, als wollte er eine Rede halten, und rief: »Halt! Häuptling Ticktack sagt, ich muß jetzt nach Hause gehen. Der Häuptling sagt, es ist Zeit für mich, nach Hause zu gehen.«

»Wo ist denn der Häuptling?« fragte eine alte Frau. »Hältst du ihn bei dir versteckt?«

»Nein, der Häuptling ist in unserem Haus. Aber er hat

heute morgen gesprochen. Entschuldigt mich, ich muß gehen.«

»*Dong! Dong! Dong! Dong!*« ahmte die alte Frau, deren Gesicht ein einziges Spinnennetz winziger Fältchen war, den Schlag der Uhr so täuschend echt nach, daß es schon nicht mehr menschlich klang.

»Halt!« rief ein anderer Wilder nach dem vierten Schlag, und alle brachen in großes Gelächter aus. Chomina, der Häuptling, der Laforgue ins Lager gebracht hatte, nahm ihn bei der Hand und bahnte ihm einen Weg durch die johlende Menge. »Geh nur, Nicanis«, sagte er zu Laforgue, dem die Algonkin diesen Namen gegeben hatten. »Geh zu Häuptling Ticktack und sag ihm, daß wir dich morgen beim ersten Licht hier erwarten.«

»Dann bis morgen«, sagte Laforgue. Die Wilden waren still. Selbst die Kinder hörten auf herumzulaufen und sahen ihm schweigend nach, wie er ihre Feuer verließ und flußabwärts zu der Stelle ging, wo die Pelzhändler herumlagen und tranken. Im Näherkommen sah Laforgue im Schatten der Bäume Daniel stehen und auf ihn warten.

»Ich habe ein Kanu hier, *mon Père*. Ich bringe Euch zur Mission zurück.«

»Gut«, sagte Laforgue. Dann sah er den Jungen an. »Ist irgend etwas los?«

»Nein, *mon Père*.«

Aber es *war* etwas los, dessen war er sicher. Er hatte den Eindruck, daß Daniel Angst hatte, und im Weitergehen merkte er, wie der Junge sich oben auf der Uferböschung hielt, wie um die Stelle zwischen den Bäumen zu meiden, wo die Händler lagen. Das war zweifellos vernünftig, denn man wußte nie, in was für einer Stimmung die Pelzhändler waren, besonders an allgemeinen Feiertagen, wenn sie getrunken hatten. Und wie zur Bestätigung dieses Gedankens ertönten mit einemmal Männerstimmen, gefolgt von einem plötzlichen Kreischen. Ein Wildenmädchen kam zwischen den Bäumen hervorgerannt, langbeinig und linkisch wie ein Füllen, das gleich hinfallen würde. Das Mädchen war groß und schlank und nach Wildenart festlich gekleidet, denn es trug nur eine Art Rock, der von der Taille bis zu den Knien reichte, und um den Hals einen Schmuck aus blauen und purpurnen Perlen, die sie aus Muschelschalen anfertigten. Das Mädchen kam direkt auf Laforgue und Daniel zugerannt, wich vor ihnen aus wie vor einer Mauer, machte kehrt und rannte flußabwärts davon. Im selben Moment sah Laforgue einen Wilden zwischen den Bäumen hervorkommen und ihr nachsetzen. Der Wilde war betrunken. An den Füßen hatte er Jägerstiefel, die nicht zum schnellen Laufen gemacht waren, und als er jetzt an Laforgue vorbeitorkelte, rutschte er aus und fiel hin, und sein halbnackter Körper verschwand neben dem schlammigen Flußufer in einer Staubwolke. Laforgue sah zu Daniel, der den gestürzten Wilden nicht beachtete und nur dem fliehenden Mädchen nachstarrte. Er nahm den Jungen beim Arm und versuchte ihn wegzuziehen von diesem Ort der Versuchung, doch als sie an dem am Boden liegenden Wilden vorbeikamen, warf dieser sich herum, packte Laforgue am Saum seiner Soutane und zwang ihn stehenzubleiben. Der Wilde sah aus trunkenen Augen zu ihm auf und sagte auf Französisch: »Segnet mich, *mon Père*, denn ich habe gesündigt.«

»Kommt weiter«, sagte Daniel. »Beachtet ihn nicht.«

»Warte.« Laforgue sah den Wilden erstaunt an. »Du sprichst Französisch?«

»Nicht gut«, sagte der Wilde, »und am liebsten gar nicht.«

Sofort ging Laforgue neben dem Mann auf die Knie und schlug ein Kreuzzeichen, denn dieser Wilde mußte ein Christ sein. Woher kam er, woher sprach er so gut Französisch, woher kannte er auf Französisch die Worte, die den Priester baten, ihm die Beichte abzunehmen? »Ich kann dir jetzt nicht die Beichte abnehmen, mein Sohn«, sagte er sanft, »denn du bist betrunken.«

Der Wilde lächelte. Plötzlich hörte Laforgue hinter sich zwischen den Bäumen lautes Lachen und verstand, daß man ihm einen Streich gespielt hatte. Der Mann war kein Algonkin, sondern einer dieser gottlosen französischen Pelzhändler, ein *coureur de bois*, der mit den Wilden durch die Wälder streifte und ihre heidnische Lebensweise übernahm. Und als Laforgue sich umdrehte, um zu sehen, wer sich da über ihn lustig machte, kam zwischen den Bäumen noch ein halbes Dutzend anderer solcher Männer hervor. Sie hatten drei halbnackte Wildenmädchen bei sich. Sie selbst waren auch halbnackt und hatten sich Haare und Körper mit Federn und Perlen geschmückt wie die Wilden. Und alle waren betrunken.

Dies war kein Ort für einen Priester. »Komm, Daniel«, sagte er, doch als er sich von den Knien erheben wollte, zog der falsche Wilde wieder an seiner Soutane und brachte ihn zum Straucheln, bevor Laforgue sich losreißen konnte.

Daniel war schon vorausgegangen, und als Laforgue, das Lachen der Waldläufer noch laut in den Ohren, dem Jungen folgte, sah er ihn auf das Wildenmädchen zulaufen, das einen Bogen geschlagen hatte und zurückkam. Daniel rief nach ihr, und Laforgue drehte sein gesundes

Ohr in die Richtung, doch wie schon so oft in den letzten Wochen hörte er nur einen dumpfen, fernen Ton. Was rief Daniel? Er sollte nicht mit der Wilden sprechen. Sie konnte betrunken sein. Im Rausch glaubten die Wilden, ein Teufel habe von ihnen Besitz ergriffen. Wenn ein betrunkener Wilder einen anderen tötete, machten sie ihn nicht für seine Tat verantwortlich, und darum war es gefährlich, sich ihnen in diesem Zustand zu nähern. Aber im Näherkommen sah Laforgue jetzt, wie Daniel das Mädchen am Arm packte.

»Laß sie!« rief er.

»Geh zu deinen Leuten zurück«, sagte Daniel, und diesmal hörte Laforgue seine Worte. »Geh schon, geh sofort!« Er sah so aus, als wollte er das Mädchen schlagen, doch sie befreite sich aus seinem Griff und rannte zu dem gottlosen Händler zurück, der aufstand und ihr lüstern die Arme entgegenstreckte; sein Lendenschurz war verrutscht, und sein steifer Penis war hoch aufgerichtet.

»Komm jetzt fort«, sagte Laforgue, dem beim Anblick der Scham dieses Händlers die Zornesröte auf den Wangen brannte. Doch Daniel stellte sich vor ihn.

»Laßt mich«, sagte der Junge und starrte mit offenem Mund auf die Szene unter ihnen am Ufer zurück, wo der Händler das Mädchen umarmte, das seinen Penis zu streicheln begann, während er ihr den kurzen Rock über den Gesäßbacken hochzog.

Solchen Anblick hatte der Teufel geschickt, und Laforgue wollte nichts davon sehen. Mit einer Kraft, die er sich selbst nicht zugetraut hätte, packte er Daniel und riß ihn zu sich herum. »Laß uns zurückgehen«, sagte er dabei. »Wir müssen alles vorbereiten. Morgen brechen wir beim ersten Tageslicht auf.«

Und er sah im Gesicht des Jungen eine Benommenheit, als habe der Anblick der Wollust ihm allen Verstand geraubt.

»Wo ist das Kanu?« fragte Laforgue. »Wo hast du das Kanu gelassen?«

Der Junge zog nach hinten, als wollte er noch einmal auf die Szene der Lüsternheit zurückblicken.

»Komm fort«, sagte Laforgue. »Sieh da nicht hin. Es ist Sünde, sich so etwas anzusehen.«

»Ich *habe* nicht hingesehen«, sagte der Junge. In seinen Augen standen Tränen. »Dort«, sagte er mit wütender, gepreßter Stimme und ging auf die Stelle zu, wo das Kanu der Mission vertäut lag; er ging so schnell, daß Laforgue nicht mitkam. Warum weinte er? Doch da fiel Laforgue ein, wie behütet Daniel bei seinem priesterlichen Onkel in einem kleinen normannischen Dorf aufgewachsen war. Was konnte so ein Junge von Lüsternheit und Ausschweifung wissen?

»Ihr solltet ihn bestrafen«, sagte der Junge plötzlich, während er das Kanu losband. »Wenn Ihr es Père Bourque meldet, wird Père Bourque es dem Kommandanten melden, und dann kommt er in den Block. Und das verdient er. Mißachtung der Religion ist eine Sünde und verboten.«

»Aber Mercier ist Hugenotte«, sagte Laforgue. »Er gehört nicht unserem Glauben an.«

»Trotzdem. Es ist verboten. Ihr solltet es dem Kommandanten melden.«

»Ja, ja, das wäre meine Pflicht«, sagte Laforgue. »Aber wir reisen morgen ab, und ich habe keine Zeit mehr – ich meine, ich bringe es auch nicht übers Herz. Er war doch betrunken. Seine Sinne waren verwirrt.«

»Mercier und verwirrt?« meinte Daniel, während er das

Boot ins seichte Wasser schob, sich darin aufrichtete und es festhielt, damit Laforgue einsteigen konnte. »Mercier schert sich einen Dreck um Gott, um Frankreich oder sonstwas. Wir sollten es Père Bourque sagen.«

»Daniel«, sagte Laforgue, »Père Bourque hat schon genug Sorgen, findest du nicht?«

Der Junge beugte sich stumm über den Bug des Kanus und paddelte mit der Geschicklichkeit eines Wilden.

»Morgen treten wir unsere Reise an«, sagte Laforgue. »Daran müssen wir jetzt denken. Laß uns Gott um Vergebung bitten für unsere Sünden, auch für die Sünden dieses Mannes. Bist du nicht einverstanden?«

Endlich sah er Daniel den Kopf halb wenden und zustimmend nicken. Doch ein Schluchzen schüttelte noch immer seinen Körper. Er ist eben noch ein Kind, sagte sich Laforgue. Und es ist meine Pflicht, ihn zu beschützen.

2

»Wir sind bereit«, sagte Chomina.

Neehatin antwortete nicht. Er sah zu den Schwarzröken. Der Schwarzrockhäuptling stand jetzt am Ufer, und der Schwarzrock Nicanis und der normannische Junge gingen vor ihm auf die Knie. Der Schwarzrockhäuptling hob die rechte Hand, geöffnet wie ein Messer. Er machte eine Bewegung nach unten damit, dann zur Seite, und die beiden Knienden senkten bei dieser Bewegung die Köpfe, während der Schwarzrockhäuptling ein paar Worte in ihrer Sprache sagte.

»Was machen die da?« fragte Chomina.

»Das ist irgendein beschissener Zauber«, sagte Neehatin. »Damit bringen sie ihre Feinde zum Schweigen. Hast du ihre Verpflegung auf unsere Kanus verteilt?«

»Ja.«

»Wo sind die sechs Musketen?«

»Drei in meinem Kanu, drei in deinem. Und das Pulver und Blei habe ich in eine Haut gewickelt, wie du gesagt hast.«

»Wir werden die Musketen nicht benutzen, bevor wir in den Jagdgründen sind«, sagte Neehatin. »Diese Normannenköter haben uns nur halb soviel Pulver und Blei gegeben, wie wir verlangt hatten. Außerdem müssen wir noch lernen, wie man damit schießt.«

»Das weiß der Normannenjunge.«

»Scheiß ihn zu«, sagte Neehatin. »Wir lernen es selbst.«

Er sah zum Ufer. Der Junge und der Schwarzrock hatten sich von den Knien erhoben und gingen zu dem Schwarzrockhäuptling, um ihn zu umarmen wie eine Frau. Neehatin drehte sich wieder zu seinen Leuten um. Sie warteten. Es waren mit Frauen und Kindern zusammen sechsundzwanzig. Er sah zum Himmel. Der Mond hing blaß in den Wolken, während die Nacht zum Tag wurde. Am Himmel sprach kein Zeichen gegen ihren Aufbruch.

Neehatin ging zu den Schwarzröcken und lächelte sie an. »Wir sind bereit«, sagte er.

Laforgue kniete in dem schmalen Kanu, das Paddel auf die Knie gelegt, die Holzschuhe um den Hals gehängt, den Kopf entblößt im kühlen Morgenwind. Hinter ihm hielt eine Wildenfrau das Kanu mit leichten Paddelschlägen ruhig. Die Ladung war mit Fellen zugedeckt, auf denen drei Hunde saßen, und vorn hielt ein Wilder das Kanu in der Flußmitte und sah wartend nach hinten, wo die anderen Kanus vom Ufer ablegten. Dort hatten die Patres Bourque, Bonnet und Meynard sich nebeneinander aufgestellt und schwenkten zum Abschied ihre Hüte. Es waren zusammen fünf Kanus. Die Wilden reisten in Familiengruppen; die Kinder und Hunde saßen dabei auf der Ladung, die Frauen paddelten in der Mitte, und die Männer steuerten das Kanu vorn und hinten. Laforgue sah Daniel im nächsten Kanu, und im vordersten hob Neehatin, der Anführer, soeben die Hand, worauf sich alle gleichzeitig in Bewegung setzten. Die Kanus, unglaublich leicht und zerbrechlich für ihre schwere Last, glitten flink in den Gegenstrom und nutzten ihn aus, um nicht gegen die Hauptströmung anpaddeln zu müssen. Laforgue sah zurück zu den Holzhäusern der Siedlung, den steilen Klippen und dem Wall aus Erde und Holz, der hoch oben das schlichte Fort umgab, von wo Champlain über Neufrankreich herrschte. Geradc als er dorthin schaute, pufften über der Mauer Rauchwolken empor, gefolgt von Kanonendonner. Die Wilden sahen erschrocken nach oben, doch Neehatin hatte sich in seinem Kanu aufgerichtet und rief ihnen zu, daß die Kanonenschüsse eine Ehrenbezeigung seien, mit der die Normannen ihnen viel Glück für ihre Reise wünschten. Unter erfreutem Lachen beugten die Wilden sich über ihre Paddel. Die Kanus kamen in Fahrt. Die Wilden verstummten, wie es ihre Art war, und von nun an hörte man nur noch das Eintauchen der Paddel ins stille Wasser.

Vor zwei Jahren war Laforgue, ehe er Frankreich verließ, ins heimatliche Rouen gefahren, um eine Seelenmesse für seinen Vater zu lesen. Als er hinterher mit seiner Mutter zu Fuß nach Hause ging, waren sie über den Alten

Markt gekommen. Es war ein nasser, windiger Frühlingstag; der Regen trommelte auf die Dächer der normannischen Fachwerkhäuser, die den Platz umstanden. Seine Mutter, die sich ihren Mantel über den Kopf gezogen hatte, bog von ihrem normalen Heimweg ab und ging über den Platz zu der mit einem Kreuz gekennzeichneten Stelle, wo man vor zweihundert Jahren einen Scheiterhaufen errichtet hatte, um Jeanne d'Arc zu verbrennen. Seine Mutter blieb vor der geheiligten Stelle stehen und kniete im strömenden Regen zum Gebet nieder, während Laforgue verlegen dabeistand, denn er wollte nicht gern ihre Andacht stören, aber auch nicht vor den Augen der vorübergehenden Fremden selbst auf dem nassen Kopfsteinpflaster niederknien. Als seine Mutter sich schließlich mit nassen Röcken und verrutschten Strümpfen wieder erhob, sagte sie zu ihm: »Ich habe für dich gebetet, Paul. Hier habe ich für dich gebetet. Weißt du warum?«

»*Non, maman.*«

»Weil Gott dich erwählt hat, genau wie er das Mädchen erwählt hat.«

Ihre Worte machten ihn erröten. Es war natürlich töricht, ihn mit einer Heiligen wie Jeanne d'Arc zu vergleichen, aber es stimmte auch wieder, daß er seit dem Tag, an dem der Orden ihm seine Bitte um Entsendung nach Neufrankreich gewährt hatte, vom Ruhm des Märtyrertums in diesem fernen Land träumte.

»Kommt«, sagte er, indem er sie beim Arm nahm. »Laßt uns nach Hause gehen. Ihr seid durchnäßt. Ihr holt Euch noch den Tod.«

Seine Mutter klammerte sich im Weitergehen fest an seinen Arm. »Versprich mir eines«, sagte sie. »Versprich mir, daß du mich, wenn du dort bist, in dein tägliches Gebet einschließt.«

»Natürlich, natürlich«, sagte er. »Das tue ich doch immer, *maman*.«

»Nein, nun hör mir doch einmal zu. Gott wird dein Gebet erhören, wie er meines nicht erhören wird. Er wird dich erhören, wie er das Mädchen erhört hat. Denn er hat dich erwählt, für ihn zu sterben. Ich werde dich nie wiedersehen.«

»*Maman*, bitte. Ihr dürft mich nicht mit der heiligen Johanna vergleichen. Ich bin kein Heiliger. Kommt, gehen wir nach Hause.«

Und nun, in der Stille des großen Flusses, sah Laforgue über fernen Baumwipfeln einen Schwarm Gänse dahinziehen und hörte wieder seiner Mutter Worte. In den letzten zwei Jahren, die er in der Station Québec verlebt hatte, war jeder wache Augenblick eine Vorbereitung auf diesen Tag gewesen: das Erlernen der schriftlosen Sprachen der Algonkin und Huronen; das Studium der Schriften Père Brabants über die Gebräuche und Sprachen der wilden Völker; das stundenlange Üben im Kanu; seine übergroße Gewissenhaftigkeit bei allen ihm zugewiesenen Aufgaben, mochten sie noch so beschwerlich und niedrig sein; und vor allem das unablässige tägliche Gebet, in dem er den heiligen Joseph und die Gottesmutter angefleht hatte, sich für ihn zu verwenden und ihm die Ehre einer großen Gefahr am einsamen Ort zu gewähren. Seit dem Tag, an dem dieser Wilde namens Ihongwaha den Brief von Père Brabant gebracht hatte, der von der Krankheit im Huronenland berichtete, hatte Laforgue in durchwachten Nächten darum gebetet, er möge der Erwählte sein. Denn das war wirklich eine Reise wie die, von denen er vor langer Zeit im Jesuitenhaus von Dieppe gelesen hatte, würdig der heldenhaften Märtyrer der Gesellschaft Jesu in Paraguay; eine Entsendung dorthin, wo Père Brabant arbeitete, den die Huronen verehrten und dessen in den *Relations* veröffentlichte Berichte einen jeden daheim in Frankreich inspirierten. Heute also machte er sich auf den Weg dorthin, wo Märtyrertum mehr als eine fromme Hoffnung war. Dies ist meine Stunde. Dies ist mein Beginn.

Der Tag verging. Am Himmel sank die Sonne immer tiefer, bis sie kaum noch über die Baumwipfel guckte. Ein Wind kam auf und kräuselte das Wasser des Flusses, ein kalter Wind, der Laforgues Wangen betäubte. Er entsann sich, was Père Bourque ihm über einen falschen zweiten Sommer gesagt hatte, der um die Oktobermitte einsetze und gegen Herbstende noch ein paar heiße Tage bringe. Dieser falsche Sommer endete jetzt. Der Winter war nah.

Die Sonne sank unter die Baumwipfel. Schatten zogen über die Wasseroberfläche. Neehatin gab ein Kommando, und sofort schwenkten die Kanus auf die Mündung eines Nebenflüßchens zu. Die Wilden stiegen aus und zogen die Boote aus dem Wasser. Laforgue, dem vom langen Knien alle Glieder weh taten, ging steifbeinig zu der Lichtung hinauf, wo die Algonkin im geordneten Durcheinander langer Übung mit der Vorbereitung des Nachtlagers begonnen hatten. Neehatin und Chomina, die Anführer, versammelten die Männer um sich und schickten sie truppweise in den Wald. Einige hatten Pfeil und Bogen bei sich, andere lange Wurfspieße, wieder andere Äxte und Keulen. Daniel hatte seine Muskete genommen und sich einer der Gruppen angeschlossen, wobei er Laforgue zurief: »Wartet hier, *mon Père*. Es soll hier Wild geben. Wir sind in einer Stunde wieder zurück.«

»Soll ich nicht mit dir kommen?«

Der Junge schüttelte den Kopf, und Männer und Hunde verschwanden im Gehölz. Plötzlich erfüllte Stimmenlärm die Lichtung; die Frauen schleppten frisch gefällte junge Fichtenstämme an. Laforgue setzte sich einen Moment hin und sah den Kindern zu, die lärmend auf der Lichtung umhertollten; dann fiel ihm ein, daß es bald dunkel würde, und er begann sein Brevier zu lesen. Doch das vertraute Buch wirkte hier fehl am Platz, und die lateinischen Sätze gerieten ihm im Kopf durcheinander.

Er sah auf. In der Mitte der Lichtung hatten ein paar jüngere Frauen die Fichtenstangen so zusammengestellt, daß sie eine Art Dach bildeten, während die älteren die Matten aus Birkenrinde von den Booten holten, um sie auseinanderzurollen und als Wände für den Wigwam zusammenzulegen. Wieder andere schleppten grüne Fichtenzweige aus dem nahen Wald heran und breiteten sie zu einem großen Teppich aus, der als Bett für alle dienen würde. Es war eine lange, mühevolle Arbeit. Die untergehende Sonne färbte den Horizont hellrosa.

Laforgue starrte auf die Worte in seinem Buch und dachte an das Jesuitenhaus in Dieppe zu dieser Stunde des Abendgebets, wenn die Priester auf dem Kreuzgang einhergingen und schweigend und versunken ihr Brevier lasen. Auch er war unter ihnen gewesen. Aber von nun an würde er sein Stundengebet auf irgendeiner Lichtung in einem fremden Wald oder hinter den hölzernen Palisaden einer fernen Missionsstation lesen. Er betrachtete wieder das Gewimmel der Wildenfrauen, die Körper ausgemergelt und gebeugt von Jahren schwerer Arbeit, die Glieder knotig, die Gesichter von Sonne und Wind gegerbt; und die braunen, lachenden jungen Mädchen und die Kinder, so wild wie der Wald, der ihre Heimat war. Mit diesen Menschen würde er nun jahrelang zusammensein, vielleicht sein ganzes restliches Leben. Auf einmal überkam ihn Trauer. Er sah empor zu dem rosa Himmelsgewölbe. Ein Schwarm kleiner schwarzer Vögel schwirrte über die Lichtung, wie lauter Kommas, und verschwand zwitschernd zwischen den Baumwipfeln. Er hörte ferne Rufe, und kurz darauf kamen die ersten Männer aus dem Wald zurück. Sie waren in ausgelassener Stimmung und hielten die erlegten Hasen und Wachteln in die Höhe, damit die Frauen sie bewundern konnten.

Feuer wurde angezündet. Die großen Kessel, in denen die Wilden alles Essen kochten, wurden von den Kanus geholt und an Stangen aufgehängt, die schräg über die Feuer ragten. Während der Himmel sich immer mehr verfinsterte, kamen nach und nach auch die übrigen Jäger zurück. Sie kamen mit leeren Händen, bis endlich Chomina, der Jagdhäuptling, mit drei anderen erschien, die an einer langen Stange einen Hirschkadaver trugen. Freudenrufe ertönten. Die Algonkin zerhackten den Hirsch und warfen die Stücke zu der übrigen Jagdbeute in die Kessel. Dann sah Laforgue Daniel mit leeren Händen zurückkommen und seine Muskete ins Futteral stecken.

»Daniel?«

»Ja, Père Paul?«

Daniel kam zu ihm. Er wirkte abwesend. Als er seine Biberfellmütze abnahm, sah Laforgue, daß er sich die langen Haare nach Art der Algonkin zu einem Zopf geflochten hatte.

»Sie haben einen Hirsch erlegt, *mon Père*«, sagte Daniel. »Das heißt, daß wir morgen nicht sehr früh aufbrechen werden.«

»Wir müssen aber früh aufbrechen«, sagte Laforgue. »Ich rede mit Neehatin. Wir müssen beim ersten Licht fort.«

Während er sprach, sickerte Dunkelheit in den Dämmer der Lichtung. Die Wilden wurden zu Schattenrissen, die sich im flammenerhellten Kreis der Feuer bewegten. Hunde, von Kindern gejagt, die sie quälen wollten, rannten bellend umher. Die Gesichter der älteren Wilden wirkten im Schein der Feuer so unmenschlich wie hölzerne Masken. Dann wurden die ersten Stücke halbgares Fleisch aus einem Kessel genommen, und Neehatin erhob sich, schnitt ein Stück Hirschkeule ab, kam damit zu Laforgue und reichte es ihm an seiner Messerspitze an. »Hier, Nicanis«, sagte er. »Iß. Jetzt wird richtig gegessen.«

Mit dieser Formel drückten die Wilden ihre Gastfreundschaft aus. Laforgue nahm das fettige Fleisch in die Hände. Haut und Haare hingen noch daran. »Jetzt werde ich richtig essen«, sagte er und biß, seinen Ekel überwindend, in das halbgare Fleisch. Männer kamen lächelnd näher, als Neehatin ein zweites Stück Fleisch nahm und es Daniel mit den Worten gab: »Nun du, Inwanchu«, denn das war der Name, den die Wilden dem Jungen gegeben hatten.

»Fotzig gutes Hirschfleisch«, sagte einer der Wilden.

»Fressen, jetzt wird fotzig gefressen«, meinte ein anderer.

Laforgue wand sich bei den unflätigen Worten. »Sie reden, wie die Hunde reden würden, wenn sie Zungen hätten«, hatte Père Bourque über die anzüglichen Späße der Wilden gesagt. »Aber bedenkt, daß es nicht böse gemeint ist. Wir müssen das ignorieren. Sie werden sich nicht ändern.« Er sah ihnen beim Essen zu. »Völlerei ist ihre höchste Form des Glücks«, hatte der Superior zu ihm gesagt. »Es ist ihnen nicht beizubringen, Lebensmittel für Zeiten aufzubewahren, in denen es nichts gibt. Mais für ihr Sagamité ist das einzige, was sie speichern.« Und Père Brabant hatte in seinen Briefen an den Provinzialoberen einmal gescherzt, die Wilden wüßten überhaupt nur ein einziges Gebet an Gott zu richten: »Gib uns täglich Biber, Hirsch und Elch.« Laforgue betrachtete das fettige Stück halbgares Fleisch. Man hatte ihn gewarnt, daß die Wilden es als Beleidigung des Gebenden ansähen, wenn man etwas Angebotenes nicht esse, deshalb schaute er sich um, wo er seine Portion ungesehen loswerden könne. Daniel war zu den Feuern gegangen, wo er wie ein Algonkin auf der Erde saß und zufrieden mit den Umsitzenden in ihrer Sprache schwatzte. Laforgue zog sich tiefer in den Schatten zurück und begab sich flußabwärts, und als ihm ein Hund nachgelaufen kam und an ihm hochsprang, um ein Stück von seinem Fleisch zu ergattern, sah Laforge darin die Lösung, also gestattete er dem Tier, seine Zähne in das Fleisch zu schlagen, und ließ es los. Sofort rannte der Hund mit seiner Beute ins Gehölz.

Es regnete. Aus dem Nieseln wurde ein Platzregen. Die Feuer zischten. Frauen liefen zu den Kanus, um zu sehen, ob die Ladung zugedeckt war. Die andern aßen ungeachtet des Regens in aller Seelenruhe weiter, bis die Kessel leer waren. Dann begaben sie sich, durchnäßt wie sie waren, zur Nacht in den Wigwam. Laforgue, der unter einem Baum Schutz gesucht hatte, sah Neehatin auf den Wald zukommen, und als er dem Häuptling sein gesundes Ohr zuwandte, hörte er seinen Namen.

»Nicanis? Nicanis?«

»Neehatin, rufst du mich?«

»Hast du gegessen, Nicanis?«

»Ich habe richtig gegessen.«

»Dann laß uns hineingehen«, sagte Neehatin. »Es wird die ganze Nacht regnen.«

Also folgte Laforgue seinem Gastgeber in die Rindenhütte, wo sie das als Tür dienende Bärenfell beiseite zogen. Drinnen lagen die Wildenfamilien auf dem Bett aus Fichtenzweigen, Männer, Frauen und Kinder durcheinander, die einen zusammengerollt wie Embryos, andere mit hochgezogenen Knien auf dem Rücken. Auf und zwischen ihnen lagen ihre Hunde. Laforgue sah Daniel in einer dieser Gruppen liegen, den Mantel übers Gesicht gezogen, als schlafe er schon.

»Hier, Nicanis«, sagte Neehatin und stieß eine Frau zur Seite, um Platz für den Priester zu machen. »Leg dich hin. Du wirst dich wohlfühlen.«

Gehorsam nahm Laforgue seinen Platz ein. Er lag mit dem Rücken zu einer alten Frau, mit dem Gesicht ungemütlich nah bei einem jungen Mann, der den Arm um ihn legte, als wären sie zwei Kinder im selben Bett. Hunde krabbelten auf den Schlafenden herum und suchten einen Platz zum Hinlegen. Ein Kind weinte. Zwei Männer unterhielten sich leise. Der Regen trommelte unablässig auf das Dach aus Birkenrinde und tropfte oben an der Spitze durch ein großes Loch herein, durch das man in den Nachthimmel sah. Die Fichtenzweige bildeten ein erstaunlich weiches Bett, und Laforgue grub sein Gesicht hinein und hoffte, daß der Duft ihrer Nadeln die üblen

Ausdünstungen der ungewaschenen Leiber übertönen möge. Wie immer nachts, versuchte er seine Gedanken auf die Kreuzigung Jesu zu richten. Doch die alte Frau hinter ihm stieß ihn mit dem Knie in den Rücken, als sie sich einmal schnarchend umdrehte. Die Atemdünste der Wilden hingen wie eine niedrige Wolke über der drangvollen Enge, und nach und nach bekam Laforgue auch mit, wie die jungen Mädchen und Burschen kichernd umherkrochen und einander suchten. Er zog sich den Hut über die Augen, um nicht zu sehen, was er nicht sehen sollte, doch dabei schob sich ein junges Mädchen an ihn heran, und er fühlte sein Glied steif werden.

Wie soll ich hier schlafen? Ich müßte hinausgehen und mich unter die Bäume legen. Aber was wird in den vor uns liegenden Nächten, wenn die Kälte es unmöglich macht, da draußen allein zu überleben? Es ist eine Prüfung. Es ist Gottes Wille, daß ich hierbleibe.

Er preßte sein Gesicht in die Zweige und versuchte die Ohren vor dem geilen Gekicher zu verschließen. Dann begann er zu beten, zuerst gedankenlos, doch schließlich formten die Worte sich zu einem Gebet. ›O Herr, ich sage dir Dank. Denn Du hast mich hierhergeführt.‹

Neehatin erwachte. Der Traum ging ihm nicht aus dem Kopf. Er wußte nicht, was der Traum befahl, aber man mußte ihm gehorchen. Daß er in der ersten Nacht einer Reise geträumt hatte, bedeutete, daß Gefahr auf sie wartete. Aber was für eine Gefahr? Er mußte in Erfahrung bringen, was der Traum bedeutete. Er stand auf und tastete sich durch das Knäuel schlafender Körper. Als er an seiner Frau vorbeikam, stieß er ihr den Fuß ins Kreuz, um ihr zu bedeuten, daß sie aufstehen und ihm folgen solle. Dann ging er hinaus. Der Himmel war still. Der Regen hatte aufgehört. Der Mond stand über dem Wald und sah ihm zu, wie er über die Lichtung ging. Er blickte in den Wald. Der Wald schlief noch. Er setzte sich ans Ufer und starrte ins Wasser.

Dann hörte er die Schritte seiner Frau auf der Lichtung. Bei den Irokesen hatten die Frauen im Rat etwas zu sagen, aber Neehatins Volk behandelte seine Frauen wie seine Hunde. Neehatin verstand nicht, warum sein Volk das tat. Seine Frau hatte die Sehergabe. Er schaute sie an, wie sie unter dem staunenden Mond auf ihn zukam. Sie war häßlich von vielen Wintern und gebeugt von den Bürden des Tragens und Kochens und Wigwambauens. Ihre Kinder halfen ihr nicht dabei. Es waren lauter Jungen. Als sie bei ihm war, setzte sie sich neben ihn, und er wußte, daß sie es wußte. »Ja«, sagte er. »Ich habe geträumt.«

Sie sah ihn an. »In der ersten Nacht der Reise?« fragte sie. »Mist!«

»Es ist eine Warnung«, sagte er. »Das ist doch gut, oder nicht?«

Sie gab darauf keine Antwort. »Erzähl mir deinen Traum.«

»Ich saß auf einem Baumstamm. Ich paddelte über einen Fluß und landete an einer Lichtung. Da ging ich eine Wiese hinauf, und die ganze Zeit folgte dieses dicke Aas von einer Schlange mir durch die Gräser nach.«

»Weiter.«

»Ich ging zum Fluß zurück und setzte mich wieder auf den Baumstamm. Als ich wegpaddelte, sprang ein schwerer Mann hinter mir auf den Stamm, daß er wippte. Ich fiel ins Wasser, und da kam ein Fisch geschwommen und befahl mir, ihm zu folgen. Er führte mich ans andere Ufer. Das ist alles. Was hat es zu bedeuten?«

Sie senkte den Kopf und dachte nach. »Die Schlange ist ein Zauberer. Wir müssen einen Zauberer finden, der uns sagt, was das für eine Gefahr ist.«

»Es ist also eine Gefahr?«

Sie nickte. »Ja. Der schwere Mann ist der Schwarzrock.«

Neehatin war überrascht. Daran hatte er nicht gedacht. »Dann ist es der Schwarzrock, der uns Gefahr bringt?«

»Ja.«

»Aber wir haben ihn mitgenommen. Was befiehlt der Traum mir zu tun?«

»Er sagt, du mußt den Fisch finden. Wir müssen einen Zauberer finden, der uns sagt, was das für ein Fisch ist, der uns retten wird.«

»Mestigoit ist ein Zauberer«, sagte Neehatin. »Er ist der einzige von hier bis zu den Winterjagdgründen. Er lebt bei den Montagnais im Mittelland.«

»Wie viele Nächte?«

»Acht.«

»Mist«, sagte sie. »Acht Nächte?«

»Wir werden uns beeilen. Wenn wir ein bißchen Glück haben, schaffen wir es in sieben.«

»Du mußt es versuchen«, sagte sie. Dann sah sie zum Wald. »Die Bäume sind aufgewacht. Es ist Zeit zum Aufbruch.«

»Zuerst muß ich den Ältesten Bescheid sagen.« Er sah zu ihr, dann zum Wald, und eine große Angst überkam ihn. »Ich werde keine Angst zeigen«, sagte er. Aber das sagte er nicht zu seiner Frau, sondern zum Wald.

Die Bäume flüsterten. Er hörte nicht, was sie sagten.

»Was soll ich jetzt tun?« fragte er sie.

›Lache über den Schwarzrock‹, sagte der Wald.

»Das will ich tun«, sagte Neehatin.

Laforgue erwachte. Oben durch die Dachöffnung sah er in den Morgenhimmel. Er hatte das Gefühl, sich übergeben zu müssen. Er preßte die Nasenlöcher zu, um den üblen Gestank seiner Schlafgenossen nicht mehr zu riechen, und taumelte zum Ausgang. Draußen auf der Lichtung war es sauber und still. Gras und Laub glitzerten vom Tau. Im Wald blitzten Sonnenstrahlen durch die große Säulenhalle der Bäume, und er fühlte sich an die Schatten in der Kathedrale von Coutances erinnert. Er sah zum Fluß, in die schnelle Strömung, die sein Wasser viele tausend Meilen weit zum Meer trug. Bei den am Ufer liegenden Kanus saß eine kleine Gruppe Wilder im Halbkreis und hörte ihrem Anführer zu. Laforgue sah Neehatins Lippen sich bewegen, konnte aber auf die Entfernung nicht hören, was er sagte. Um nicht zu stören, ging er in die andere Richtung fort und immer weiter, bis er außer Sichtweite des Lagers war. Endlich allein in der morgendlichen Stille, kniete er sich hin, knöpfte seine Soutane auf und wusch sich Kopf und Hände im eiskalten Wasser des Flusses. Als er fertig war, trocknete er sich mit dürren Grasbüscheln ab und ging wieder auf die Knie, um sein Morgengebet zu sprechen. Wie so oft, wenn er eine neue Prüfung auf sich zukommen sah, rief er die Jungfrau Maria um Beistand an.

»Heilige Mutter«, betete er, »ich bitte um Deinen erhabenen Segen für diese Reise. Ich bitte Dich, mir beizustehen in dieser Krankheit, die mein Ohr befallen hat. Wenn die Entzündung nicht abklingt, fürchte ich, bald nicht mehr hören zu können, was man mir sagt. Ich bitte nicht Deinen Sohn, mir diese Prüfung zu ersparen. Ich weiß, daß solche Heimsuchungen ihre Bedeutung haben; daß Gott nicht zuläßt, daß man ihn leicht bezwinge, und je mehr man gibt, desto mehr wird man gewinnen, und je mehr man verliert, desto mehr wird man finden. Doch manchmal verbirgt sich Gott, und dann ist der Kelch sehr bitter. Immer wenn ich, von dieser Taubheit geschlagen, sein Werk nicht ausführen zu können glaube, fürchte ich in meiner Schwäche, daß er sein Antlitz vor mir verborgen hat...«

In diesem Augenblick zog ein großer Schatten über ihn hinweg. Das Gebet erstarb ihm auf den Lippen, und als er aufblickte, sah er hoch oben einen Adler von einer Art, die er in Frankreich nie gesehen hatte: weiß der Kopf, gelb der Schnabel und die Krallen, die großen schwarzen Flügel aufgespannt wie Segel, um die Winde einzufangen, so glitt er über den Bäumen hin und her. Plötzlich klappten die großen Flügel zusammen wie aneinanderschlagende Schwerter. Der Adler stürzte zwischen die Bäume. Und wie Laforgue dort kniete, verwandelten alle seine Nöte, seine Taubheit, die Gefahren dieser Reise, einem Wunder gleich, sich in ein großes Abenteuer, eine Chance, hier in fernen Landen Gottes Ruhm zu mehren. Gott hielt sich nicht verborgen; im Flug des Adlers hatte er sich ihm gezeigt. Jetzt sah Laforgue den Adler wieder über die Bäume emporsteigen und mit stetem Flügelschlag seine Beute davontragen. Und in der Schönheit dieser Wildnis sang sein Herz ein *Te Deum* der Freude.

»Der andere Normanne ist jetzt wach«, sagte Chomina.

Neehatin, der den Ältesten gerade seinen Traum erzählt hatte, blickte auf und sah Iwanchu, den Jungen, über die

Lichtung kommen. Anders als der Schwarzrock hatte dieser Junge scharfe Ohren. Neehatin machte den andern ein warnendes Zeichen. Der Junge kam heran.

»Wann brechen wir auf?« fragte er.

»Wir brechen jetzt auf.«

»Gut. Darüber wird Nicanis sich freuen.«

Neehatin zeigte flußabwärts. »Nicanis ist wach und dorthin gegangen. Such ihn und sage ihm, daß wir bereit sind.«

»Das tue ich«, sagte der Junge.

Die Ältesten sahen ihn gehen. »Warum hast du gesagt, daß wir aufbrechen?« fragte einer von ihnen. »Hier ist gut jagen.«

»Weil der Traum sagt, daß wir müssen.«

»Weißt du das genau?« fragte Ougebemat, ein alter Mann, der vor Jahren an Agnonhas Seite gegen die Irokesen gekämpft hatte. Die Ältesten wandten sich ihm zu. Ougebemat verstand Träume zu lesen.

»Ich weiß es genau«, sagte Neehatin, aber er fühlte, wie ihm der Angstschweiß aus den Nackenhaaren rann.

»Der Mann, der dich von dem Baumstamm geworfen hat, war der Schwarzrock«, sagte Ougebemat. »Habe ich recht?«

Neehatin sah ihn erschrocken an. Er sagt, was meine Frau gesagt hat. »Ja, du hast recht«, sagte Neehatin.

»Dann sollten wir die Normannenköttel hier zurücklassen, um dem Traum zu gehorchen, und allein weiterfahren.«

Neehatin schüttelte den Kopf. »Das hat der Traum mir nicht gesagt. Außerdem haben wir ihrem Häuptling etwas versprochen. Fürchtest du nicht seinen Zorn, wo du doch neben ihm gekämpft hast?«

»Ich scheiße auf seinen Zorn. Ich scheiße auf alle Normannen«, sagte Ougebemat. »Ich fürchte den Traum.«

»Den fürchte ich auch«, sagte Neehatin. »Und ich gehorche ihm, indem ich die Normannenköttel in unsere Kanus lade. Der Traum hat mir gesagt, daß die Schlange ein Zauberer ist, darum müssen wir den Schwarzrock mitnehmen, bis der Zauberer uns sagt, was wir mit ihm machen sollen.«

Er sah sogleich, daß seine Worte den Streit entschieden hatten. Die Ältesten waren sich einig. Wenn der Traum sagte, die Schlange sei ein Zauberer, war Ougebemat überstimmt.

»Wenn der Traum dir das gesagt hat«, sagte Ougebemat, »muß man ihm gehorchen. Denn es hat ihn ja nicht irgendeine nichtsnutzige Sacklaus geträumt, sondern ein Häuptling.«

Die andern stimmten zu, denn Ougebemat sprach natürlich die Wahrheit. Dem Traum eines Häuptlings ist zu gehorchen. Ein Traum ist wirklicher als Tod oder Kampf.

»Wir müssen sofort aufbrechen«, sagte Neehatin. »Der Zauberer Mestigoit wohnt sieben Nächte von hier, vielleicht acht. Wir sind so lange in Gefahr, bis wir ihn gefunden haben. Wir müssen fahren wie mit einem Waldbrand im Rücken. Sind wir alle einig?«

Sie bestätigten es mit kehligen Zustimmungslauten und erhoben sich. Die Debatte war beendet. Neehatin fühlte seine Halsmuskeln vor Anspannung zittern und senkte das Kinn, damit Chomina es nicht sah, Chomina, der andere Menschen beobachtete, wie ein Jäger nach einer Bewegung spähte, die ihm sagte, wann er zustoßen mußte.

Aber Chomina wußte nicht, daß der Traum gar nichts zu Neehatin gesagt hatte und nur Neehatins Frau meinte, die Schlange bedeute einen Zauberer.

Und Neehatin, der genau wußte, daß der Fluß und der Wald und alle Tiere, die sie jagen würden, seine Lüge kannten – auch wenn diese Männer nicht wußten, daß er ihnen nicht die Wahrheit gesagt hatte –, blickte in diesem Augenblick wieder zum Wald und hatte große Angst. Und wieder sprach der Wald zu ihm und tröstete ihn. ›Lache über den Schwarzrock‹, sagte der Wald.

›Das tue ich ja‹, antwortete Neehatin den Bäumen. Er drehte sich um und gab den nähergekommenen Frauen ein Zeichen. »Nehmt die Birkenrinden ab. Beladet die Kanus. Beeilt euch.«

3

Die nächsten vier Tage paddelten die Wilden vom Morgengrauen bis in die Abenddämmerung. Sie machten keine Pausen zum Essen, nicht einmal, um sich zu erleichtern; zu Laforgues Ekel urinierten sie, solange sie in den Kanus waren, in dieselben Kessel, in denen sie sonst ihr Essen kochten. Als Laforgue einmal seinen Darm leeren mußte, wies ihn der Algonkin, der in seinem Kanu der Leitpaddler war, mit einer Geste zum Bootsheck. Und so mußte Laforgue unter den Hänseleien der Kinder und zur Belustigung der Frauen die Backen in den Wind halten. Die Wilden mit ihren stets ungewaschenen Mäulern sparten dabei nicht mit Anzüglichkeiten, von denen er manche nicht mitbekam, aber die er verstand, erschreckten ihn; eine Frau rief: »Guckt euch diesen weißen Arsch an«, und eine andere: »Zeig uns doch mal deinen Prickel, Nicanis«, und bei dem Gejohle paddelten sie unablässig weiter und ließen nicht zu, daß ihr Kanu hinter den anderen zurückblieb. Die Kraft dieser Wilden erstaunte ihn; sie paddelten in Schichten, und nie versuchte sich einer zu drücken. Ihm selbst taten schon die Schultern weh, und seine Arme fühlten sich an wie auf der Streckbank verdreht. Doch er erinnerte sich an Père Brabants Ermahnung: »Wenn Ihr in ihren Kanus ein Paddel in die Hand nehmt, legt es nicht wieder fort, bevor Ihr Euren Teil geleistet habt, sonst verachten sie Euch.« Und so plagte er sich unter Schmerzen weiter ab, Stunde um Stunde, und lächelte nur, wenn sie über ihn lästerten. Ihre Sticheleien hatten nichts Kränkendes. Sie hänselten einander unaufhörlich und nahmen nie Anstoß. In Québec, wo er angefangen hatte, ihre Sprache zu erlernen, hatte Père Bourque ihn schon darauf vorbereitet, daß sie einem, wenn man sie nach Wörtern für Gott oder Himmel in ihrer Sprache fragte, gern ein unflätiges Wort wie Arsch oder Möse unterschoben. Davor müssen wir uns also stets in acht nehmen, hatte Père Bourque gesagt, und deshalb alle ihre schmutzigen Wörter lernen. Und zu Laforgues Beschämung waren diese Wörter nun oft das einzige, was seine ertaubenden Ohren aus den Sätzen der Wilden als sinnvoll heraushörten.

Jeden Abend legten die Kanus bei Einbruch der Dunkelheit am Ufer an. Es wurde Feuer gemacht und der widerliche Maisbrei, den sie Sagamité nannten, darüber gekocht. Für Laforgue schmeckte er wie verdünnter Leim, aber er mußte davon essen, wenn er nicht verhungern wollte. Ans Jagen dachten die Wilden überhaupt nicht mehr. Wenn sie gegessen hatten, krochen sie in ihren Wigwam und schliefen bis kurz vor Morgengrauen; dann standen sie wieder auf, aßen von dem am Abend übriggebliebenen kalten Sagamité, packten ihre Sachen zusammen und knieten sich wieder in die Kanus. So müde und erschöpft Laforgue und Daniel oft waren, gewöhnten sie sich doch rasch an diesen Rhythmus und verbrachten die Tage, wie die Algonkin, schweigend und paddelnd, den Blick starr auf die strähnigen Haare und braunen Schultern des vor ihnen knienden Paddlers geheftet, und fuhren durch eine Landschaft dahin, die sich in Stunden und Tagen nie zu verändern schien.

Am Abend des vierten Tages begann es, kurz bevor die Kanus anlegten, zu regnen, und die Algonkin zogen, kaum daß sie an Land waren, die Sachen an, die sie bei Kälte trugen: lange Jacken und Beinkleider aus Elchleder, die mit vielen Riemen festgezogen wurden. Laforgue, der von der Tagesmühe noch ganz steif war, taumelte und fiel, kaum daß er ans Ufer trat. Sogleich kam Daniel zu ihm gerannt.

»Fehlt Euch etwas, Père Paul?«

Laforgue lächelte. »Ich habe zwar gelernt, stundenlang in der Kirche zu knien, aber offenbar bin ich etwas aus der Übung gekommen.«

Als er und Daniel weitergingen, sahen sie Chomina, Neehatin und die Ältesten in einem kleinen Grüppchen bei den Bäumen zusammenstehen, sonderbar anzusehen in ihrer Elchlederkleidung, wie sie dort beratend die Köpfe zusammensteckten. Neehatin drehte sich um und sah den Priester an. Seine Lippen bewegten sich.

»Er ruft Euch«, sagte Daniel. »Hört Ihr ihn nicht?«

»Doch, doch«, sagte Laforgue, aber er sah nur, daß der Wilde die Lippen bewegte.

»Komm mit«, sagte Laforgue zu Daniel. »Du kannst mir helfen, mit ihm zu reden.«

Neehatin kam durch den Regen auf sie zu und sagte etwas, aber Laforgue verstand es nicht. »Was sagt er?«

»Er sagt, sie sind sehr schnell gepaddelt, damit wir früh bei den Schnellen ankommen, wie Agnonha es wünscht. Er möchte jetzt ein Dankeschön von Euch haben.«

»Ein Dankeschön?«

»Damit will er sagen, daß er ein Geschenk von Euch erwartet.«

»Was möchtest du denn für ein Dankeschön?« fragte Laforgue den Häuptling.

»Du hast Tabak«, sagte Neehatin. »Wir haben keinen. Mit Tabak werden wir sehr fleißig paddeln, und du wirst zufrieden sein.«

»Den Tabak haben wir aber als Tauschware für die Ottawa.«

Neehatin lächelte. Es war kein freundliches Lächeln. *»Khisakhiran«*, sagte er.

Mit *Khisakhiran* kritisierten die Wilden die Franzosen dafür, daß sie nicht mit anderen teilten. *Khisakhiran* hieß: »Ihr liebt es, ihr liebt es mehr als uns.« Die Wilden teilten alles, auch mit Fremden. Doch Laforgue erinnerte sich an die Warnung des Superiors: »Wenn Ihr ihnen gebt, was Ihr habt, werden sie fordern und fordern, bis sie Euch alles abgenommen haben.«

»Wenn ich jedem von euch Tabak für eine Pfeife gebe?« fragte er Neehatin und lächelte dabei zum Zeichen, daß er die Kränkung nicht übel nahm.

Aber der Algonkin schüttelte den Kopf und sagte verächtlich: *»Sakhita.«* Das hieß: »Wenn du es so liebst, dann liebe es doch.« Und damit ging er fort.

»Er ist beleidigt, *mon Père.*«

»Ich weiß, daß er beleidigt ist. Ich bin ja nicht taub.«

»Wenn wir nicht mit ihnen teilen«, sagte Daniel, »wie können wir dann erwarten, daß sie mit uns teilen?«

Laforgue fühlte, wie er rot wurde. Wie kommt es, daß dieser Junge, kaum zwanzig Jahre alt, mich belehren zu können glaubt, wie man mit den Wilden umgeht? »Na schön«, sagte er ärgerlich. Dann rief er Neehatin nach: »Neehatin, verzeih mir. Bitte, nehmt den Tabak.«

Der Wilde blieb stehen, dann drehte er sich um und starrte Laforgue an. Aus unerklärlichen Gründen brach er in schallendes Gelächter aus.

»Verzeih mir«, sagte Laforgue noch einmal.

»Wir werden rauchen«, sagte Neehatin und lächelte. Dann rief er den Frauen zu: »Holt den Tabak aus Nicanis' Kanu. Jetzt werden wir richtig rauchen.«

Zwei junge Mädchen liefen zu Laforgues Kanu hinunter und begannen eines der Bündel aufzuknüpfen. »Das ist das falsche Bündel«, sagte Laforgue zu Daniel. »Wenn sie nun den Meßwein finden?«

Unverzüglich lief Daniel zum Kanu und gab dem großen schlanken Mädchen, das sich gerade an dem Bündel mit den Meßgewändern, Meßgeräten und dem Meßwein zu schaffen machte, lachend einen Klaps. Ebenso lachend schlug sie nach Daniel, der dabei ihre Hand packte und sie zu dem Bündel zog, in dem der Tabak war. Neehatin ging hin und nahm den kleinen Ballen Tabak an sich, mit dem Laforgue die Allumette am Oberstrom für ihre Hilfe bei den Portagen hatte bezahlen wollen. Freudenrufe ertönten.

Der Priester drehte sich um und ging fort. Im Schutz der Bäume zog er sein Brevier heraus. Der Regen hatte fast aufgehört. Beim Lesen wurde er so müde, daß ihm die Augen zufielen und er einschlief. Als er aufwachte, waren schon die Feuer angezündet, und das gekochte Sagamité wurde ausgeteilt. Die Männer und die älteren Frauen lagen herum und rauchten ihre Pfeifen. Laforgue zog seine Soutane um sich. Er hatte Hunger, aber der Gedanke an das Sagamité widerte ihn an. Er zog sein Messer heraus, schnitt ein paar Fichtenzweige und begann sich unter dem Schutzdach eines großen Baumes ein Lager herzurichten. Da kam jemand durch die Dunkelheit. Es war Daniel.

»Was macht Ihr da, Père Paul?«

»Ich wollte zur Abwechslung einmal hier schlafen.«

»Warum?«

»In der Hütte kann ich nicht richtig schlafen. Dieser Gestank und Lärm, und was da drinnen alles vor sich geht.«

»Was denn?« Daniel sah den Priester groß an.

»Hast du nichts gesehen? Es ist auch besser so. Und daß du dort schläfst, ist mir auch nicht sehr recht. Gerade du.«

»Warum gerade ich?«

»Die Wilden sind wie die Hunde. Sie haben kein –« Er fühlte wieder, wie er rot wurde. Solche Dinge mochte er nicht gern in Worte fassen.

»Aber wir können nicht hier draußen schlafen«, sagte Daniel. »Es könnte wieder Regen kommen. Und wenn wir krank werden, helfen die Algonkin uns nicht.«

»Sie würden uns schon nicht im Stich lassen.«

»Aber sie würden uns auch nicht helfen. Wir müssen selbst zurechtkommen. So sind sie eben. Und irgend etwas ist nicht in Ordnung. Habt Ihr nichts bemerkt?«

»Nicht in Ordnung?«

»Warum haben wir es so eilig? Ich habe Chominas Frau

sagen hören, daß wir noch drei Tage so schnell fahren müssen.«

»Barmherziger Gott«, sagte Laforgue. »Halten wir das durch?«

»Wir müssen«, sagte der Junge. »Außerdem wolltet Ihr das doch, oder? Ihr habt mir gesagt, es sei schon spät für den Beginn einer solchen Reise.«

»Nach meiner Karte«, sagte Laforgue, »müßten wir in drei Tagen die ersten Schnellen erreichen. Vielleicht wollen sie darauf hinaus.«

»Ich weiß nicht«, sagte der Junge. »Aber sie sind wegen irgend etwas beunruhigt. Seht Ihr, es regnet schon wieder. Laßt uns hineingehen.«

Und so ging Laforgue, von Daniel begleitet, in den stinkenden Wigwam. Schon wenig später krabbelten wieder die Hunde über seinen Bauch. Er schlug nach ihnen und rief: *»Aché! Aché!«*, womit die Wilden ihre Hunde wegzujagen pflegten, aber es nützte nichts. Die Hunde wurden von den Wilden nicht regelrecht gefüttert, und da in den letzten Tagen nicht gejagt worden und folglich auch nichts für sie abgefallen war, hatten sie Hunger und steckten rastlos überall die Nasen zwischen die schlafenden Leiber. Ein Kind brüllte. Laforgue zog sich die Soutane übers Gesicht und hielt sich die Hände über die Ohren. Wie in den Nächten zuvor tat ihm der ganze Körper unvorstellbar weh. Ich werde hier nie einschlafen können.

Und augenblicklich schlief er ein.

Als er wieder aufwachte, war es stockdunkel. Er deckte sein Gesicht auf und sah zu der Öffnung im Dach, das den Himmel zeigte. Der Mond hatte sich versteckt. Die

Jägergruppe schlief jetzt den Schlaf der frühen Morgenstunden, alle zu einem Knäuel zusammengedrängt wie ein einziges großes Tier, das in einem kollektiven Traum zuckte. Laforgue bewegte steif seine von der Plackerei im Kanu schmerzenden Schultern. Und da sah er, daß Daniel nicht mehr neben ihm lag. Wo er gelegen hatte, lag jetzt eine Wildenfrau; ihr Gesicht war ganz nah bei seinem, und aus ihrem offenen Mund kam ein tiefes, schnaubendes Schnarchen. Laforgue drehte sich mühsam um und setzte sich auf, um zu sehen, wo Daniel war. Aber in dieser Finsternis war ein Körper unmöglich vom anderen zu unterscheiden. Wieder wurde ihm von dem Gestank übel. Vielleicht war Daniel nach draußen gegangen? Laforgue stand auf und begab sich vorsichtig tastend, um nicht auf andere zu treten, zu dem Bärenfell vor dem Ausgang.

Die Nachtluft draußen war frisch wie neuer Wein. Die tiefe Stille, der unermeßliche Himmel und der saubere Duft des Waldes waren köstlich nach der Enge in dem stinkenden Wigwam. Hin und wieder schaute über ihm der Mond zwischen Wolkenfetzen hervor wie ein dicker, geheimnisvoller Apfel und gab mit seinen kalten Strahlen dem dunklen Waldboden einen stählernen Glanz. Laforgue sah sich um. Er war allein.

Langsam ging er über die Lichtung und blieb am Fluß stehen. Die Nacht war warm, als hätte sich nach dem Regen die Wärme des Sommers zurückgeschlichen. Laforgue machte kehrt. Er spielte mit dem Gedanken, sich dort hinten unter den Bäumen ein Bett zu machen. Da hörte er auf einmal, so nah, daß ihm ein Kribbeln den Rücken hinunterlief, jemanden leise in der Wildensprache reden. Eine zweite Stimme antwortete flüsternd. Sein Herz raste. Ihm fiel die Warnung des Superiors wieder ein, daß jederzeit mit dem plötzlichen Auftauchen von Feinden zu rechnen sei. Die beiden Stimmen unterhielten sich. Man hatte ihn nicht gesehen. Die Laute kamen zwischen den Bäumen hinter ihm hervor. Laforgue duckte sich, wie in der törichten Annahme, wenn er sich kleiner mache, verkleinere er auch die Gefahr, gesehen zu werden, und drehte sich um.

Jetzt hörte er neue Geräusche. Das war kein Sprechen, sondern klang fast wie ein Stöhnen. Er hörte auch das Unterholz rascheln. Er machte einen weiteren Schritt nach vorn, teilte behutsam den Vorhang aus Birkenlaub und sah im nächsten Moment zwei Menschen vor sich. Sie sahen ihn aber nicht.

Er duckte sich noch tiefer und ließ den Laubvorhang wieder zufallen, aber so, daß er noch hindurchsehen konnte. Er hörte, wie er jetzt selbst im Gleichklang mit den Tönen, die er von vorn vernahm, zu keuchen anfing. Der Mond kam soeben ganz hinter den Wolken hervor und strahlte hell wie der Tag. Laforgue starrte auf die nackten Gestalten. Der Junge kniete hinter dem Mädchen und hielt ihre Taille umfaßt, das Mädchen lag vornübergebeugt mit Gesicht und Armen auf dem Boden, während er von hinten in sie eindrang – wie zwei sich paarende Hunde. Der Junge warf den Kopf zurück und stieß seine Lenden in sie hinein. Sein Gesicht war wild vor Erregung. Der Junge war Daniel. Das Keuchen kam von ihm.

Und Laforgue sah das alles durch den Laubvorhang, sah den nackten Mädchenkörper, die spitzen Brüste, die fast den Boden berührten, ihr beinahe schmerzhaft verzerrtes Gesicht. Er sah es und versuchte seine eigene Erregung zu unterdrücken. Doch er mußte immer weiter hinschauen, im Herzen die Angst, selbst gesehen zu werden, im Kopf aber nur dieses Schauspiel der Lust. Er fühlte sein Glied schwellen und steif werden, bis es weh tat. Er schob den Kopf noch etwas weiter vor, um besser zu sehen und keinen Lendenstoß des Jungen zu verpassen, und voll schaudernder Erregung bildete er sich ein, er selbst sei der Junge, der da über dem Wildenmädchen den Kopf zurückwarf. Es war das große schlanke Mädchen, das er gestern abend zum Fluß hatte laufen sehen, um den Tabak aus dem Kanu zu holen.

Der Junge stöhnte auf dem Höhepunkt laut auf, dann ließ er sich nach vorn fallen und legte den Kopf auf ihre Schultern. Beide sanken auf ihr Bett aus Zweigen und Kleidern. Laforgue sah das Mädchen langsam mit den Fingern über Daniels Schenkel streicheln. Jetzt richtete sie sich halb auf, und zu Laforgues Verwunderung sank ihr Kopf auf seine Lenden nieder. In all seinen zölibatären Träumen, für die er sich in seiner Novizenzelle gegeißelt hatte, wäre ihm so etwas nie in den Sinn gekommen. Das Mädchen küßte Daniels Penis und lutschte daran, und dieser Anblick erfüllte ihn so sehr mit Scham, Wut und Begehren, daß er ohnmächtig zu werden glaubte. Und während das Mädchen Daniels Penis küßte, drehte es sich auf dem Lager halb um sich selbst und präsentierte den lüsternen Blicken des Jesuiten das mädchenhaft schmale Hinterteil, als wolle es ihn zu denselben Freuden einladen, die es gerade dem Jungen geschenkt hatte.

Wie besessen begann Laforgue an den Knöpfen seiner Soutane zu nesteln. Auf Knien, ohne einen Blick zu wenden und so laut keuchend, daß es wie ein zerreißendes Laken klang, begann er in einem krampfartigen Rhythmus zu zucken, bis sein Samen auf die Erde spritzte. Das Paar küßte sich und richtete sich auf, um von neuem in Stellung zu gehen, während der Zuschauer sich abwandte und linkisch auf allen vieren über die Lichtung zurückkroch, so schnell er konnte, bis er wieder am Flußufer war. Dort erst richtete er sich auf und rannte, von Panik erfaßt, stolpernd davon. Er rannte und rannte immer weiter am Ufer entlang, bis er das Lager schon längst nicht mehr sehen konnte.

Dann blieb er stehen und sah sich um. Er war allein. Es kam ihm vor, als wäre er das einzige Lebewesen weit und breit. Er ließ den Kopf sinken und schluchzte in einem rauhen, gebrochenen Rhythmus, der sonderbar laut über den mondbeschienenen Fluß hallte. Da stand er nun inmitten dieser Wildnis, weinend, aller Hoffnung beraubt und jenseits aller Vergebung. Der Mond verblaßte, und nach und nach färbte der Himmel sich blutrot vom heraufziehenden Morgen. Laforgue wandte dem Fluß den Rücken zu, nahm sein Messer aus der Tasche, ging in den Wald und kam mit ein paar Fichtenzweigen zurück, die er abgeschält und zu einer biegsamen Peitsche zusammengeflochten hatte. Wieder stellte er sich mit dem Gesicht zum Fluß. Er ließ seine Soutane herunter und knöpfte das Unterhemd auf, bis er mit nacktem Oberkörper dastand. Und mit mechanischen Bewegungen, als hantiere er mit einem Dreschflegel, geißelte er seinen Rücken, Schlag um Schlag, bis das Blut in seine Kleider spritzte und sein Rücken so rot war wie der Himmel über ihm. Dann erst warf er die Peitsche fort, sank auf die Knie und versuchte die Gebete der Reue und Scham zu sprechen.

»Wo ist Nicanis?« rief Neehatin, als sie die Kanus zu Wasser ließen.

Daniel sah sich um. Wo war er? Dann sah er den Pater um die Flußbiegung kommen, langsam, wie in Gedanken.

»Père Laforgue?« Laforgue blickte auf, und als er die Algonkin zum Aufbruch bereit sah, beeilte er sich, zu ihnen zu kommen.

Wo hat er gesteckt? wunderte sich Daniel, doch dann verlor er das Interesse an dem Priester, denn da drüben war *sie*. Sie stieg soeben in Chominas Kanu und kniete sich hinter ihre Mutter, um das Boot in die Strömung hinauszupaddeln. Daniel schwang sein Paddel und versuchte näher heranzukommen, doch seine Bootsgefährten arbeiteten dagegen und bedeuteten ihm, er solle warten. Es gab auf Fahrten eine Regel: Zuerst Neehatins Kanu, dann Chominas und dann erst die anderen. Als sie an ihm vorbeikam, sah sie ihn nicht an. Er wußte, daß sie ihn nicht ansehen würde und auch nicht wollte, daß er zu ihr hinsah. Oonta hatte ihm erklärt, daß es bei ihnen so Brauch sei. Ein Bewerber dürfe kein Interesse an dem Mädchen zeigen; er dürfe sie nicht ansehen oder mit ihr sprechen und sich höchstens einmal zufällig in ihrer Nähe aufhalten. Sonst würden alle anderen ihn auslachen, und das Mädchen müsse sich seinetwegen schämen.

›Sieh mich an‹, versuchte er sie zu beschwören, als ihr Kanu vorüberglitt. Den ganzen Tag wird dein Kanu vor meinem sein, und ich kann dich erst abends wiedersehen.

Wenn sie nicht will, daß ich zu ihr hinübersehe, kann das nur heißen, daß sie mich als Bewerber sieht. Aber das kann ja nicht sein. Die Algonkin haben nichts dagegen, wenn wir mit ihren Mädchen schlafen, aber sie werden mich nie als ihren Mann akzeptieren. Sie sagen, daß wir häßlich und haarig sind und nicht wie sie mit anderen teilen. Sie glauben klüger zu sein als wir.

Aber sie *muß* mich als Bewerber sehen. Sonst würde sie über mich lachen und mich ansehen wie die andern

Mädchen. Oonta und das andere kleine Mädchen an den Aalreusen haben mich tun lassen, was ich wollte. Sie hatten nichts dagegen, wenn ich sie ansah und vor anderen mit ihnen redete. Aber sie will das nicht. Sie sagt, ich sei nicht so häßlich wie die anderen Franzosen. Trotzdem hat sie Mercier seinen Schwanz in sie hineinstecken lassen und ihn sogar darauf geküßt.

Ich ertrage es nicht, daran zu denken. Als ich vierzehn war und bei den Récollet-Patres in die Schule ging, habe ich einen Jungen auf dem Schulhof schmutzige Zeichnungen herumreichen sehen. Ich habe ihm mein ganzes Geld gegeben, damit ich die Zeichnungen haben und zerreißen konnte. Und genauso ist mir zumute, wenn ich an Sie und Mercier denke. Aber warum ist mir so zumute, wenn ich selbst Tag und Nacht an nichts anderes denken kann, als dasselbe mit ihr zu tun? Bin ich jetzt das Gegenteil von dem Jungen auf dem Schulhof, dem Jungen, der ich einmal war? Sieht sie mich als Bewerber an? Was würde Chomina dazu sagen? Ich glaube, er kann mich gut leiden; er sagt, daß er mich mag. Aber man darf nicht glauben, was sie einem sagen. Sie lügen uns an, wie sie einander nie anlügen würden, denn sie betrachten uns nicht als Menschen, sondern als Ungeheuer. Père Bourque hat erzählt, wie sie zum erstenmal unsere Schiffe sahen und an Bord kamen. Da habe man ihnen Wein und Schiffszwieback angeboten, und sie seien zu ihren Leuten zurückgegangen und hätten erzählt, wir seien Teufel, die auf einer schwimmenden Insel aus Holz wohnten und Blut tränken und getrocknete Knochen äßen. Sie glauben, daß Tiere eine Seele und einen Verstand haben. Sie glauben, daß die Bäume lebendig sind und sie beobachten. Weil wir nicht glauben, was sie glauben, halten sie uns für dumm. Sie würden mich nur akzeptieren, wenn ich so würde wie sie. Vielleicht würden sie mich adoptieren, wie sie es manchmal mit ihren Gefangenen tun. Aber Père Bourque sagt, daß sie ihre Gefangenen selten adoptieren, meist aber martern und töten. Um einer von ihnen zu werden, müßte ich martern und töten wie sie. Könnte ich das? Ich habe meinen Heiland gemartert, und zwar eines Mädchens wegen, das gar kein Mädchen ist, sondern ein wildes Tier. Gewiß, ich gebe ihr Geschenke, aber sie schläft nicht nur der Geschenke wegen mit mir. Sie sieht mich als Bewerber an. So muß es sein.

Was weiß ich? Ich kann nicht mehr denken. Ich bete nicht mehr, ich, der ich einmal mein Leben für Gott hingeben wollte. Ich glaube, ich liebe sie, aber wie kann das Liebe sein, wenn es mir ewige Verdammnis bringt? Wenn ich heute nacht sterben müßte, würde ich geradewegs in die Hölle fahren. Und obwohl ich das weiß, kann ich nicht bereuen. Ich kann es nicht, weil ich sie nicht verlieren möchte. Um meine Seele zu retten, müßte ich auf der Stelle zu Père Paul gehen und beichten. Doch wenn ich das täte, würde er es sich zur Pflicht machen, mich von dem Mädchen fernzuhalten. Ich muß sie haben. Heute nacht werde ich sie haben. Ich werde in alle Ewigkeit verdammt sein. Sie sieht mich als Bewerber an. Nur daran kann ich denken.

Am sechsten Tag der wilden Fahrt zu dem Zauberer wurde es kalt. Während die Kanus auf der breiten Bahn des Flusses dahinjagten, zogen dicke graue Wolken vor den Himmel. Die Wilden hatten es so eilig wie noch nie. Und als vor dem vordersten Kanu eine Elchfamilie arglos ins Wasser platschte – der Bulle hob den gehörnten Kopf und stieß einen Alarmruf aus, während die Kühe wie angewurzelt im flachen Wasser stehenblieben –, hob Neehatin den Arm und befahl die Weiterfahrt.

Der Regen hörte auf. Kurz bevor es dunkel wurde, begannen weiche Schneeflocken in der Luft zu tanzen wie ein Mottenschwarm. Laforgue, dem von seiner selbstauferlegten Strafe der Rücken schmerzte, sah zum Himmel auf. Und sogleich dachte er an das *aide-mémoire*, das der Superior ihm aufgeschrieben hatte:

Wenn in den ersten zwei Wochen nach Antritt der Reise starker Schneefall einsetzt, könnte es den Algonkin einfallen, nicht weiterzufahren, sondern irgendwo zu überwintern, wo sie Großwild jagen können, das im tiefen Schnee unbeholfen ist. Ich bete, daß es nicht schneit, bevor Ihr die Schnellen passiert habt. Dort sind die längsten Portagen. Ich muß Euch warnen, daß Père Brabant und Père Gulot früher schon einmal unterhalb der Schnellen mit einem Kanu und fast ohne Lebensmittel sitzengelassen wurden, aber sie haben mit Hilfe ihrer Landkarte dennoch ihr Ziel erreicht. Gott hat sie nicht im Stich gelassen und wird auch Euch nicht im Stich lassen. Eure Reise ist in seiner Hand.

Aber es schneit ja gar nicht richtig, dachte Laforgue, während er in das Schneetreiben blickte. Und wenn die Wilden uns sitzenlassen, ist von Daniel wenigstens die Versuchung zur Sünde genommen. Was soll ich tun? Ich müßte von ihm verlangen, daß er beichtet und dem Umgang mit diesem Mädchen abschwört. Aber wie soll ich mit ihm reden? Wie kann ich irgend jemandem noch etwas sagen, der ich doch selbst unsäglich bin?

Als die Kanus anlegten, lag dicker Schnee. Neehatin gab ein paar Anweisungen zum Bau des Wigwams, Anweisungen, die Laforgue nicht hörte, weil er in diesem Moment Ausschau nach Daniel hielt. Wo war er, war er bei dem Mädchen? Er ging zu der Stelle, wo die Frauen Äste und Zweige für den Wigwam schnitten, und sah das Mädchen mit zwei anderen zuammen Fichtenzweige aus dem Wald schleppen. Beim Arbeiten wechselten sie, wie es bei ihnen üblich war, unflätige Worte und Beleidigungen und lachten dabei. Als Laforgue in ihr Gesicht sah, fühlte er seine Wangen vor Verlegenheit ganz heiß werden.

Das Mädchen hatte die langen schwarzen Haare nach hinten gekämmt, wo sie von einer Kupferspange zusammengehalten wurden. Am Hals hatte sie eine Perlenhalskette bis zwischen die Brüste hängen. Wie manche von den Wilden hatte sie eine helle, von der Sonne gebräunte Haut und blitzendweiße Zähne. Aber ihre Jacke war so speckig und fleckig wie bei allen anderen, ihre Arme und Beine geschwärzt vom Ruß der Lagerfeuer. Er sah sie an und mußte sich zwingen wegzusehen. Der Teufel benutzt sie gegen uns.

In dem Moment sah er Daniel aus dem Wald kommen, die Mütze gefüllt mit wilden Beeren. Er kam zu ihm.

»Hier, *mon Père*. Nehmt Euch welche.«

Laforgue nahm eine Handvoll Beeren und mied dabei Daniels Blick. Vor seine Augen trat wieder dieses Bild der Wollust, das er letzte Nacht seinem Gedächtnis einzubrennen versucht hatte. Schweigend aß er die bitteren Früchte.

»Wie ist es Euch heute ergangen?« fragte der Junge.

Laforgue hob mühsam die Schultern. Zum Sprechen fühlte er sich nicht imstande. Wenn ich spreche, muß ich ihn zur Rede stellen.

»Irgend etwas stimmt hier überhaupt nicht«, sagte Daniel.

»Inwiefern?« fragte Laforgue heiser.

»Einer der Wilden hat mir gesagt, wir müßten bis morgen abend an einer bestimmten Stelle sein. Ich weiß nicht, warum.«

»Ein Wilder hat dir das gesagt? Welcher?«

»Eine Wilde. Chominas Tochter«, sagte der Junge. Seine Miene blieb dabei völlig ungerührt.

»Dieses Mädchen da drüben? Das gerade Zweige anschleppt?«

Daniel sah zu den drei arbeitenden Mädchen. »Ja, die große«, sagte er. Dabei wandte er keinen Blick von ihr. »Sie bauen heute einen Winterwigwam«, sagte er. »Wegen des Schnees.«

Ich muß mit ihm reden. Ich muß ihm sagen, daß ich alles weiß. Aber wie zuvor brachte er kein Wort heraus. Statt dessen griff er in Daniels Mütze und nahm sich noch ein paar von den bitteren Beeren. Während er sie aß, drehte Daniel sich um und ging über die Lichtung zu den Männern, die soeben einen Platz für den Wigwam von Schnee zu räumen versuchten, wobei sie ihre Schneeschuhe als Schaufeln benutzten. Das große Mädchen rief den anderen lachend etwas zu. In der Nähe kochten die älteren Frauen die Abendmahlzeit aus Sagamité und schoben lange Äste ins lodernde Feuer.

Laforgue wandte sich ab. Tränen füllten seine Augen, Tränen, die er nicht verstand. Er wankte in den Wald und suchte sich eine Stelle, wo kein Schnee gefallen war. Dort kniete er unter den Bäumen nieder, um zu beten. Die Tränen liefen ihm über die Wangen, während er wieder und wieder die Worte der Zerknirschung sprach: »O mein

Gott, ich bereue aus ganzem Herzen, daß ich dich beleidigt habe.« Seine Lippen sprachen, doch selbst im Gebet kam ihm das Bild von letzter Nacht wieder in den Sinn, und sein Glied wurde steif. Lange kniete er so. Es wurde dunkel. Er hörte jemanden seinen Namen rufen.

»Père Paul?«

Er stand auf und trat aus dem Schutz der Bäume. Daniel stand auf der Lichtung. »Habt Ihr schon gegessen?«

»Ich habe keinen Hunger«, sagte Laforgue.

»Neehatin will, daß wir schlafen gehen. Wir brechen beim ersten Morgengrauen wieder auf.

Wegen der Kälte hatten die Wilden den Wigwam kleiner und niedriger gebaut als sonst. Sie mußten auf allen vieren hineinkriechen. In der Mitte brannte ein Feuer und verbreitete erstickenden Rauch, von dem einem die Augen tränten und alle husten mußten. Der Rauch drang Laforgue derart in Nase und Kehle, daß er sein Gesicht in die Fichtenzweige auf dem Boden preßte. Trotz der Gluthitze, die das Feuer abgab, fror er am Rücken. Bei dem allgemeinen Gehuste und Kindergeschrei war an Schlaf nicht zu denken. Daniel legte sich neben ihn, doch als Laforgue nach einer Weile die Augen öffnete, konnte er vor lauter Qualm nichts sehen. Seine Gedanken irrten ziellos hin und her zwischen Gebetsfetzen, bangen Versprechungen, den Jungen zur Rede zu stellen, und den Bildern der Lust, die ihm tückisch immer wieder auflauerten und ihn plagten. Als das Feuer endlich niedergebrannt war, der Rauch nachließ und Laforgue das Gefühl hatte, daß alle schliefen, konnte er sich aufrichten und nach Daniel sehen. Doch wie er gefürchtet hatte, sah er ihn nirgends. Er tastete sich durch die murrenden Schläfer, erreichte das Bärenfell, das als Türe diente, und kroch auf allen vieren ins Freie. Die Nachtluft war sehr kalt. Kein Mond war zu sehen. Laforgue sah kaum zehn Schritte weit. Als er sich aufrichtete, dröhnte es in seinem entzündeten Ohr, daß er einen Moment das Bewußtsein zu verlieren glaubte. Eben kam der Mond hinter einer Wolke hervor, so daß er endlich sehen konnte, wohin er ging. Er ging in den Wald. Er rief nicht Daniels Namen, und während er sich vorsichtig durchs Unterholz bewegte, mußte er sich voller Scham gestehen, daß er sich ihnen ungesehen hatte nähern wollen. Und wenn ich sie finde, wenn ich sie erneut beim Kopulieren sehe, werde ich dann wieder im Versteck bleiben und der Dritte in diesem Spiel sein? Ich bin nicht befugt, ihn zu beraten und zu kritisieren. Ich bin nicht mehr würdig, ein Priester zu sein.

Er machte kehrt und verließ den Wald. Die Nacht war eisig geworden. Beim Wigwam angekommen, kroch er auf allen vieren hinein und wühlte sich irgendwo zwischen die schlafenden Wilden. Ihre Nähe wärmte ihn, und erschöpft schlief er ein.

4

Die Wilden sangen. Sie sangen schon seit Tagesanbruch, als sie ihre Boote zu Wasser gelassen hatten. Es war wie immer ein monotoner Singsang, ohne Lebensfreude und vom Rhythmus ihrer Arbeit bestimmt. Aber sie sangen zum erstenmal seit sieben Tagen, und es war, als wollten sie mit dem Gesang etwas feiern, das Ende der Reise. Und tatsächlich ließen sie kurz nach Mittag auf Neehatins Zeichen plötzlich die Paddel sinken, und die Kanus trieben neben der Strömung dahin. Ein Eistaucher strich tief übers Wasser und ließ seinen einsamen Ruf ertönen. Dann war es still, und Neehatin schien zu lauschen. Plötzlich kamen zwischen den Bäumen am Ufer etwa zwanzig unbekannte Wilde hervor und schwenkten ihre Speere und Schilde. Sie waren so ähnlich gekleidet und geschmückt wie die Algonkin, und als Neehatin sie sah, ließ er die Kanus ans Ufer paddeln. Einige der Fremden kamen ins seichte Wasser gewatet und halfen ihnen, die Boote an Land zu ziehen. Laforgue beugte sich vor und brachte ungeschickt sein Kanu zum Wippen. »Wer ist das?« fragte er.

»Montagnais«, sagte sein Leitpaddler.

Die Wilden kannten keine Begrüßungsformen und begrüßten die Fremden einfach dadurch, daß sie sich von ihnen beim Aussteigen helfen ließen. Die Fremden waren lauter Männer. Als Daniel und Laforgue an Land traten, kamen sie näher und betrachteten sie von allen Seiten wie etwas Fremdartiges. Endlich wandte einer von ihnen sich an Ougebemat. »Warum hat der eine lauter schwarzes Zeug an?«

»Weil er ein hundsföttischer Dämon ist«, sagte Ougebemat, und ein paar von den Algonkin fingen an zu lachen.

»Sie sind behaart wie die Hasen«, sagte ein anderer Fremder. »Wozu bringt ihr diese häßlichen Hasen mit?«

»Weil sie hungrig sind«, sagte Ougebemat. »Sie wollten uns fressen, aber wir haben ihnen gesagt, sie sollen lieber euch fressen, denn ihr schmeckt so süß wie Scheiße.«

Alle lachten jetzt, die Algonkin wie die Montagnais, aber Laforgue sah, daß einigen der Fremden offenbar nicht ganz wohl war. Er lächelte sie an und sagte: »Wir sind gekommen, um euch zu helfen. Wir sind von unserem großen Gott geschickt, der unser aller Gott ist, auch er eure, obwohl wir euch noch nie gesehen haben.«

»Der Schwarze kann ja gar nicht richtig sprechen«, sagte ein Montagnais. »Er bellt wie ein Hund.«

»Es sind Normannen«, sagte Chomina. »Sie sprechen auch noch ihre eigene Sprache, und die klingt wie Vogelgesang. Komische Leute sind das. Sie leben auf hölzernen Inseln im großen Wasser. Und daß sie häßlich sind, stimmt auch, aber sie können einem gute Geschenke geben. Wir lieben sie, weil ihr Häuptling Agnonha vor vielen Wintern, als wir die Irokesenärsche töteten, für uns gekämpft und gesiegt hat.«

»Dann sind das Agnonhas Männer?« fragte einer der Fremden. »Die Köttel, die unsere Felle so lieben?«

»Sie lieben sie mehr als ihr Leben«, sagte Chomina, und alle lachten.

Neehatin hob die Hand. »Ist Mestigoit bei euch?«

»Ja.«

»Gut. Ich muß mit ihm reden.« Er wandte sich an seine Leute. »Geht ihr nach Beeren und Wild suchen. Ich bin bald zurück.«

»Hier gibt es nichts zu jagen«, sagte einer der Fremden. »Wir ziehen weiter.«

»Gestern haben wir Elche gesehen«, sagte Chomina.

»Das war gestern, du Dummsack«, sagte der Montagnais lachend. »Wenn ihr hierbleibt, kann ich dir sagen, was ihr fressen werdet. Baumrinde.«

Neehatin kam auf Laforgue zu. »Ich bleibe nicht lange fort, Nicanis. Es gibt hier jemanden, mit dem ich sprechen muß, bevor wir weiterfahren.«

Die Montagnais gingen mit ihm. Sie verschwanden alle im Wald. »Habt Ihr schon darüber nachgedacht«, wandte Daniel sich an Laforgue, »was wir tun werden, wenn sie uns hier sitzenlassen?«

»Dann fahren wir allein weiter. Aber warum sollten sie uns sitzenlassen?«

Daniel antwortete nicht. Er nahm seine Muskete. »Ich gehe in den Wald«, sagte er. »Vielleicht kann ich ein Wild erlegen.« Er ging. Einige von den Algonkin nahmen ihre Speere und Äxte und gingen ebenfalls in den Wald. Laforgue sah nach dem großen Mädchen, das gerade dabei war, seiner Mutter Flöhe aus dem Haar zu klauben und sie aufzuessen. Die Wilden aßen das Ungeziefer nicht aus Appetit, sondern aus Rache, weil es sie gebissen hatte. Das hatte Père Bourque ihm erklärt. Er hatte gesagt, darin zeige sich ihre Einstellung gegenüber Feinden. Einem Feind dürfe man kein Erbarmen zeigen. Man müsse ihn vernichten. Laforgue setzte sich hin, schlug sein Brevier auf und begann seine täglichen Gebete zu lesen. Als er damit fertig war, kamen ein paar Kinder angerannt und entrissen ihm den breitkrempigen Hut. Er lief ihnen nach, um ihn zurückzuholen, und stolperte und fiel hin.

Er hatte sich dabei am Knie verletzt, und als er sich mit schmerzverzerrtem Gesicht gerade wieder erheben wollte, sah er Neehatin aus dem Wald kommen, gefolgt von einer kleinen Gestalt, die er zuerst für ein Kind hielt. Es war jedoch kein Kind. Es war der erste verwachsene Wilde, den er bisher zu sehen bekommen hatte, kleinwüchsig und bucklig, mit runzligem Gesicht, das er sich grellgelb angemalt hatte, und einem seltsamen bezopften Hut auf der Glatze. Er trug ungewöhnliche Kleider aus zusammengestückelten alten Fellen und schleppte seine Habseligkeiten in einem Ledersack mit sich herum. Die Frauen und Kinder verstummten bei seinem Anblick. Neehatin kam über die Lichtung und gab Chomina, der nicht in den Wald gegangen war, ein Zeichen. Chomina stand auf, ging an den Waldrand und stieß einen lauten, hohen Ruf aus. Es war irgendein Tierlaut, den er imitierte, um den Jägern das Signal zur Rückkehr zu geben. Inzwischen ging der Bucklige um die ganze Lichtung herum und musterte die Frauen und Kinder wie ein Schauspieler, der sich seinem Publikum vorstellte, doch als er zu Laforgue kam, blieb er abrupt stehen. Er kniff die schillernden schwarzen Augen zusammen wie vor einem blendenden Licht. Dann drehte er sich um und sah zu Neehatin, der nickte, worauf der Bucklige mit vorsichtigen, kurzen Schritten, als bewege er sich auf einem zugefrorenen Fluß, ganz nah zu dem Jesuiten ging. Laforgue, den Hut in der einen und das Brevier in der andern Hand, lächelte unsicher den kleinen Mann an, der reglos unmittelbar vor ihm stand und mit dem bemalten Gesicht, das aussah wie eine Totenmaske, in der nur die funkelnden Augen lebendig waren, zu ihm aufschaute. Irgend etwas an diesem Menschen war Laforgue auf Anhieb unheimlich, so daß er einen Moment vergaß, was man ihn gelehrt hatte, und den Wilden ansprach: »Ich heiße Nicanis. Und wer bist du?«

»Ah! Ah! Ah!« Der Bucklige sprang in plötzlicher Wut auf und nieder. »Was nennst du deinen Namen? Was fragst du nach meinem? Du weißt doch, daß du das nie tun darfst.«

»Es tut mir leid«, sagte Laforgue. »Das hatte ich vergessen.« Denn er wußte, daß die Wilden nicht gern nach ihrem Namen gefragt wurden und auf entsprechende Fragen gern so taten, als hätten sie nicht verstanden. Père Bourque hatte es ihm gesagt und ihn ermahnt, auch seinen eigenen Namen nie ungefragt zu nennen.

Er sah den kleinen Buckligen an, der immer noch

herumsprang und »Ah! Ah! Ah!« rief, als ob er Schmerzen hätte.

»Ich sagte, es tut mir leid.« Laforgue versuchte zu lächeln. »Ich bitte um Entschuldigung.«

»Nein, nein, nein«, rief der Bucklige. »Du lügst. Ich sage dir, warum du diesen Namen genannt hast. Weil es nicht dein Name ist. Es ist der Name des Mannes, der in deinem Körper war, bevor du hineingekrochen bist. Du bist nicht Nicanis, wer immer das ist. Du bist ein Dämon.«

Laforgue erschrak. »Warum sagst du das?« fragte er.

»Weil *ich* ein Dämon bin«, sagte der Bucklige. »O ja. Jeder weiß das. Ich bin vor dreißig Wintern in die Möse einer Algonkinfrau gekrochen und von ihr als Kind geboren worden. Und du, Schwarzrock, bist auch ein Dämon. Nun laß mich mal sehen.« Er ließ Laforgue stehen und ging, halb gebückt, wieder im Kreis herum wie ein Schauspieler vor seinem Publikum. Dann blieb er mit dem Gesicht zum Wald stehen und verharrte völlig unbeweglich in dieser Pose.

In dem Moment kamen, ganz wie in einem Theaterstück, Chominas Jäger aus dem Wald zurück. Unter ihnen war Daniel. Der Bucklige zeigte auf Daniel, und für einen Augenblick war alles still; alle standen starr wie die Figuren auf einem Fries.

»Laß dich ansehen«, rief der Bucklige. »Bist du der Sohn dieses Dämons? Nein, nein, das sehe ich jetzt. Du bist nur ein Normannenhase, ein habgieriger kleiner Köttel, der in Felle verliebt ist.«

Daniel lächelte. »Ich bin nicht in Felle verliebt. Ich bin hier, um diesem hochwürdigen Vater bei seiner Arbeit zu helfen. Wir sind auf dem Weg nach Norden, ins Land der Huronen.«

»Vater? Was für ein Vater?« schrie der Bucklige, als hätte er ihn mißverstanden. »Dieser Schwarzrock ist nicht dein Vater, sage ich dir. Er ist nicht, was er behauptet. Er ist ein Dämon.« Er bückte sich, öffnete seinen Fellsack und entnahm ihm eine Trommel, wie die Wilden sie zu ihren Feiern und Gesängen benutzten, eine flache, runde Trommel aus Häuten mit Kieselsteinen darin. Er hob sie hoch und schüttelte sie, während er in einem Bogen zu Laforgue zurückging. Er schüttelte die Trommel erst rechts, dann links von dem Jesuiten. Dann stimmte er ein wildes Geheul an und lief, die Trommel schüttelnd, um Laforgue herum. Die Wilden standen stumm dabei und schauten zu. Bei der dritten Umkreisung legte der Bucklige die Trommel vor den Priester hin, machte kehrt und huschte über die Lichtung zurück zu Neehatin, der sich bückte, damit der kleine Mann ihm etwas ins Ohr flüstern konnte. Danach kam er zurückgerannt und hob seine Trommel auf. Laforgue sah er dabei nicht mehr an. Man hätte meinen können, der Priester habe zu existieren aufgehört.

»Das ist ein Zauberer«, sagte Daniel zu Laforgue.

Ein Zauberer. Laforgue mußte an die *Relations* denken, in denen Père Brabant geschrieben hatte:

Die Zauberer sind unsere ärgsten Feinde. Sie sind verschlagen und machen sich die Unwissenheit der Leute zunutze. Aber in gewisser Weise fürchte ich auch, daß sie mit dem Teufel im Bunde stehen. Ich weiß es nicht sicher, aber als ich mit den Wilden reiste, tat der Zauberer alles, was in seiner Macht stand, um mich an der Verbreitung des Glaubens zu hindern. Ich hatte das Gefühl, daß er ein Abgesandter des Bösen war. Tag und Nacht stachelte er andere an, mich zu töten.

Neehatin hob die Hand. »Wir fahren jetzt weiter«, sagte er zu der Gruppe. »Mestigoit wird im Kanu von Nicanis mitfahren. Weiter flußaufwärts werden wir Elche finden. Das sagt mir mein Traum.«

Als die Kanus nun ins Wasser glitten, kletterten die Kinder und der Zauberer in die Mitte von Laforgues Kanu. Der Bucklige setzte sich mit dem Rücken zum vorderen Paddler, die Beine in Hockstellung unter den Körper gezogen, die schillernden Augen unverwandt auf Laforgue gerichtet, als ob er sein Wärter wäre. Laforgue, der sich unbehaglich fühlte unter diesem starren Blick, hörte wieder die seltsamen Worte des Buckligen: ›Du bist nicht Nicanis, wer immer das ist. Du bist ein Dämon.‹ Kann es sein, daß dieser Mann ein Abgesandter des Teufels ist und das Mal der Sünde in mir sieht? Oder kann es sein, daß der Böse ihn benutzt, um mich mit Zweifeln und Verzweiflung zu versuchen und mich so davon abzuhalten, meinen Auftrag zu erfüllen?

Nachdem die Wilden den Zauberer gefunden hatten, schienen sie es nicht mehr eilig zu haben. Nach kaum zwei Stunden legten sie an einer großen, von den allgegenwärtigen Bäumen des Waldes gesäumten Wiese an. Sofort gab Neehatin den Jägern die Erlaubnis, auf die Suche nach Wild zu gehen, während die Frauen wie gewöhnlich mit dem Bau des Wigwams begannen. Es hatte hier nicht geschneit, aber die Luft war frostig.

Laforgue saß für sich allein und las sein Brevier, doch auf der gegenüberliegenden Seite der Wiese sah er Mestigoit, den Buckligen, sein Wasser abschlagen. Er und der Bucklige waren als einzige Männer im Lager zurückgeblieben. Der Zauberer kam und setzte sich mit gekreuzten

Beinen vor den Priester, der in seinem Brevier blätterte. Nach einer Weile nahm er seine flache Trommel aus dem Fellsack und schüttelte sie. Augenblicke später stimmte er auch wieder sein sonderbares Geheul an, begleitet vom frenetischen Rasseln der Trommel. Laforgue tat der Kopf weh von dem Lärm, aber er las weiter. Als der Zauberer das sah, stand er auf und begann um den Jesuiten herumzutanzen und mit den Füßen zu stampfen; dabei schüttelte er die Trommel unmittelbar vor Laforgues Gesicht und heulte so schauerlich, daß der Priester ihn unmöglich weiter ignorieren konnte.

Laforgue klappte sein Brevier zu. »Was gibt es?« fragte er. »Warum tust du das?«

Der Bucklige hielt mit seinen Tollereien inne und legte den Kopf schief. »Ich will dich austreiben, Dämon. Ich sage dir, daß du aus dem Körper dieses Mannes herauskommen und diesen Ort verlassen sollst. Weil du den Lärm fürchtest, Dämon. Die Trommel ist dir ein Greuel.«

»Ich bin kein Dämon«, sagte Laforgue, worauf der Bucklige wieder die Trommel schüttelte, von neuem sein Geheul anstimmte und herumsprang wie zuvor. Laforgue versuchte seine Wut zu zügeln; er steckte das Brevier ein und ging über die Wiese zum Wald.

Die Wälder waren gefährlich. Père Bourque hatte gewarnt, man könne sich in ihnen verlaufen wie in einem Irrgarten, wenn man sich nicht ganz genau den Weg merke. Doch Laforgue, hinter sich das Getrommel des Zauberers, trat in den Wald und ging immer weiter und weiter durch die große Halle der Bäume. Und je weiter er lief, desto schwächer wurde das Geheul des Buckligen, bis er es endlich gar nicht mehr hören konnte. Er blieb stehen und lauschte, und als er ganz von ferne noch immer das Rasseln der Trommel vernahm, ging er weiter.

Endlich war es still. Er sah sich um. Auf allen Seiten war der Wald gleich. Lange Lichtschäfte bohrten sich aus großer Höhe durch das Dunkel und vertieften es noch. Kein Lüftchen wehte. Laforgue beschloß hierzubleiben, bis dieser teuflische Zauberer einen andern Zeitvertreib gefunden hatte. Er setzte sich mit dem Rücken an einen Baum und sah zum Himmel empor. Der Nachmittag schien nicht enden zu wollen. Während er ringsum das Unterholz und den Teppich aus Laub und Moos betrachtete, ging ihm der Gedanke durch den Kopf, daß er in diesem großen, leeren Land, wo nur so eine kleine Anzahl von Wilden umherzog, womöglich der erste Mensch war, der seit Anbeginn der Welt den Fuß in ebendieses Waldstück setzte.

Und während ihm das durch den Kopf ging, wurde ihm zugleich bewußt, daß er sich die Richtung nicht gemerkt hatte, aus der er gekommen war. Wo war die Wiese? Er sah zum Himmel, doch der Himmel gab ihm keinen Fingerzeig. Er entsann sich des Rats, den Père Bourque ihm gegeben hatte: »Wenn Ihr Euch verirrt, lauft nicht blind umher.« Er konnte doch höchstens ein paar Minuten von der Stelle entfernt sein, wo die Wilden ihre Kanus angelandet hatten. Er dachte an den Buckligen. Vielleicht war er in der Nähe. Er rief laut: »Mestigoit! Mestigoit, gib Antwort. Schlag deine Trommel.« Aber nur sein eigenes Echo kam zurück, wie in einer Höhle. Er schaute nach links, dann nach rechts. Ich bleibe ganz ruhig. Ich werde ruhig warten, bis ich die Jäger zurückkommen höre. Vielleicht sehe ich sie sogar hier zwischen den Bäumen. Aber wenn sie nun nicht diesen Weg zurückkommen?

Gewiß werden sie Leute ausschicken, nach mir zu suchen. Ich will beten. Vielleicht hat der Herr mich ja auch dazu ausersehen, hier allein in dieser Wildnis zu enden. So es Dein Wille sei, bin ich Dein Diener und sage Dir Dank. Doch indem er das sagte, wußte er, daß er keineswegs Dank sprach, sondern von immer größerer, blind machender Angst erfaßt wurde.

Er lauschte wieder, aber es war so still, daß er sich schon fragte, ob sein krankes rechtes Ohr nun völlig taub geworden war. Er stand auf, nahm einen Zweig und schlug ihn gegen einen Baumstamm. Deutlich hörte er dabei das klatschende Geräusch. Warum ist es so still? Ich kann doch höchstens ein paar hundert Schritte von der Wiese entfernt sein. Wenn ich jetzt ein paar hundert Schritte in diese Richtung gehe und die Wiese nicht finde, komme ich einfach wieder hierher zurück.

Er setzte sich in Bewegung, den Blick nach unten, um zu sehen, ob er Spuren hinterließ. Doch der laubgepolsterte Boden nahm keine Fußabdrücke an. Er nahm sich deshalb einen kleinen Zweig und machte damit an jeden dritten Baum ein Zeichen; und so ging er weiter, bis er die paar hundert Schritt zurückgelegt zu haben glaubte. Der Himmel war jetzt dunkler. Er überlegte, ob er auf einen Baum klettern sollte, um sich zu orientieren. Aber diese hohen Bäume hatten unten nur ganz wenige Äste und erschienen ihm unbesteigbar. Plötzlich hatte er das sichere Gefühl, immer tiefer in den Wald hineinzugehen und sich von der Wiese zu entfernen. Er trat den Rückweg an. Anfangs konnte er seine Schritte noch anhand der Zeichen an den Bäumen zurückverfolgen, doch plötzlich, und ohne zu wissen warum, sah er keine Zeichen mehr. Er hatte sich verirrt.

»Mestigoit! Mestigoit! Hier ist Nicanis.« Aber niemand hörte ihn. Oder vielleicht lauerte der Bucklige irgendwo zwischen den Bäumen und lauschte. Der Bucklige war ein Zauberer und stand mit dem Teufel im Bund; er war ein Zauberer und hielt ihn für einen Dämon, den er mit Freuden würde sterben sehen. Laforgue trat der Schweiß auf die Stirn. »Mestigoit!« rief er. »Mestigoit, der Dämon hat mich verlassen. Hilf mir!«

Der Himmel war schon sehr dunkel. Die Nacht brach an. Inzwischen mußten die Jäger zurückgekehrt sein. Daniel wird Neehatin bitten, Leute nach mir auszusenden. Aber wenn nun der Zauberer sagt, ich sei ein Dämon und in den Wald geflohen, wird Neehatin vielleicht keine Leute aussenden, die mich suchen. Ich muß ruhig bleiben. *De profundis clamavi ad te, Dominum.* Aus der Tiefe rufe ich, Herr, zu Dir. Herr, höre meine Stimme!

Plötzlich hörte er einen Ruf. Welch wunderbarer Ton! Sein Herz raste. Er horchte, aber alles war wieder still. Ich kann mir das nicht eingebildet haben. Es war ein Ruf.

Er rannte los, lief in die Richtung, woher der Ruf gekommen war. *War* es die Richtung? Er mußte ruhig bleiben, doch er rannte immer schneller, stolperte, spähte keuchend durch die gefleckte Finsternis der Bäume. »Chomina!« rief er. »Chomina, hier ist Nicanis!« Vielleicht lief er in die falsche Richtung. Er blieb stehen. Sein Atem ging so schwer, als müßte er jeden Moment zusammenbrechen. So nah zu sein und sie dann doch zu verfehlen! Wenn sie weitergingen, würde er sie nie einholen. Wieder begann er zu laufen, diesmal schräg zu der vorherigen Richtung, wobei er die Augen anstrengte, um im Dunkel der Bäume menschliche Gestalten ausmachen zu können, und die schwerhörigen Ohren spitzte, ob sie nicht noch einen Ruf vernahmen.

O Schrecken! Laforgue stöhnte auf, wie von einem tödlichen Schlag getroffen. Vor ihm kam wie ein jagender Schatten ein Wilder durch die Bäume geschossen, den Speer erhoben, um ihn zu töten. Fast war der Speer schon in seiner Brust, da dehnte sich das Gesicht des Wilden plötzlich zu einem Grinsen.

»Du große Bärenscheiße!« schrie er. »Ich dachte, ich hätte einen Elch gesehen, und nun ist es nur der verfotzte Nicanis.«

Sogleich tauchten drei weitere Wilde aus der Dunkelheit der Bäume auf, wie Gespenster aus dem Nichts.

»Ich habe mich verlaufen«, erklärte ihnen Laforgue.

»Dann komm schon«, sagte der Wilde. »Wir gehen zum Lager zurück. Was gehst du auch hierher, wenn du dich im Wald nicht auskennst?«

»Er ist ein altes Weib«, meinte ein zweiter Wilder lachend. »Der Wald ist für Männer.«

Die Wilden umringten ihn und schüttelten sich vor Lachen, und Laforgue stimmte in das Lachen ein. Bisher hatten ihre unflätigen Witze ihn noch nie zum Lachen gebracht. Aber nun umarmte er, von einer Rührung übermannt, die er selbst nicht verstand, den Wilden, der ihn gefunden hatte, und drückte sein Gesicht in die speckige Jacke, die den Körper des Mannes umhüllte, dieweil aus seinem Lachen Tränen wurden. Ich hätte hier sterben können, allein in dieser Wildnis. Ich habe mich nicht auf den Tod gefreut, wie ein Heiliger sich darauf gefreut hätte. Ich hatte nur Angst.

»Was ist los mit dir, du Hasenarsch?« fragte der Wilde. »Was heulst du so? Komm schon. Wir gehen zurück.«

Laforgue zitterte am ganzen Leib. Wie ein treues Hündchen folgte er taumelnd den Wilden, die sich so behende durch den weglosen Wald bewegten, als gäbe es für sie keine Dunkelheit. Sie gingen weiter und immer weiter, lachend und mit faulen Witzen übereinander lästernd, wie sie zuvor über ihn gelästert hatten, und plötzlich sah er von fern einen Flammenschein. Sie kamen auf die lange Wiese. Der Wigwam war fertig, die Feuer waren angezündet. Männer, Frauen und Kinder hockten wie die Tiere um die rauchende Grube herum und rührten das Sagamité in ihren Kesseln. Und eine unaussprechliche Erleichterung füllte Laforgues Herz, als er sich dieser Szene näherte. Ihm war, als wäre er nach langer Wanderung auf einsamer Straße über einen Hügel gekommen und sähe plötzlich ein Dorf zu seinen Füßen liegen, sein Heimatdorf.

In der Nacht schreckte er aus dem Schlaf. Jemand hatte ihn von hinten gestoßen. Mühsam drehte er sich im Knäuel seiner stinkenden Gefährten um und sah Mestigoit, den Zauberer, der sich im Schlaf zusammengerollt hatte wie ein Igel. Im rauchigen Feuerschein sah er Daniel beim Eingang liegen und dachte sogleich: Wenn ich heute für immer im Wald geblieben wäre, würde Daniel im Stand der Todsünde bleiben und ohne die Gnade der Beichte vielleicht hier unter den Wilden sterben. Ich kann dem nicht länger zusehen, sagte sich Laforgue. Ich muß ihn zur Rede stellen. Wenn er heute nacht hinauszugehen versucht, muß ich ihn daran hindern. Wo ist das Mädchen?

Doch er sah das Mädchen nicht. Er kroch näher zu Daniel. Hunde jaulten, Kinder weinten, und von Zeit zu Zeit vernahm Laforgue verstohlene Laute, aus denen er schloß, daß da ein paar Wilde kopulierten. Er versuchte zu beten. Nach und nach ging das Weinen der Kinder in ein Grunz- und Schnarchkonzert über. Er sah wieder zu der Stelle, wo Daniel lag, und sah Daniels Rücken, doch da erkannte er voller Schrecken, daß er sich geirrt hatte. Sofort wollte er sich aufrichten, aber der Bucklige hatte sich so dicht an ihn gedrängt, daß er auf seiner Soutane lag. Vorsichtig versuchte er sich zu befreien, doch da schlug der Zauberer die schillernden Augen auf und belauerte ihn mit drohendem Blick.

Laforgue rückte ab, legte sich wieder hin und stellte sich schlafend. Nach einer kleinen Weile schlich er ganz vorsichtig zum Ausgang. Mit klopfendem Herzen richtete er sich draußen in der Nacht auf. Wo sind die beiden? Wenn ich sie sehe, darf ich nicht hinschauen, sondern muß sofort Daniels Namen rufen. Angestrengt blickte er um sich, aber er sah nur die Leere der Wiese. Er ging zum Waldsaum und folgte ihm, wobei er leise »Daniel? Daniel?« rief. Würde Daniel antworten, wenn er ihn hörte, oder sich verstecken? Ein Frösteln überlief ihn. Und da glaubte er auf einmal einen Ton zu hören, der wie ein Schmerzenslaut klang. Er kam von der anderen Seite der Wiese, beim Fluß. Ja, er kam vom Fluß. Laforgue rannte über die Wiese, dem Ton entgegen.

Sie sah den Zauberer hinter dem Schwarzrock zusammengeringelt liegen. Ihr Vater sagte, der Zauberer werde den Schwarzrock nicht aus den Augen lassen, bis er die Antwort gefunden habe. Aber heute nachmittag war der Schwarzrock dem Zauberer entkommen und hatte im Wald einen Bann auf die Jagd gelegt. So hatte Neehatin es den Ältesten erklärt. Sie hätte das eigentlich nicht hören dürfen. Unverheiratete Frauen oder kinderlose Verheiratete wurden selbst wie Kinder behandelt. Aber sie hatte es gewagt, sich dorthin zu schleichen, wo Neehatin Rat hielt, denn sie hatte Angst um ihren Liebsten. Der Schwarzrock habe einen Bann auf die Jagd gelegt, hatte Neehatin zu den Männern gesagt, und darum hätten sie hier, wo der Wald ihnen Elche versprochen habe, heute keine Elche gefunden.

Als der Zauberer sich hinter den Schwarzrock legte, sah sie, daß Iwanchou, ihr Liebster, gleich neben dem Ausgang lag. Er hatte ihr zugeflüstert, er wolle warten, bis der Schwarzrock eingeschlafen sei, und dann hinausschleichen und sich mit ihr unter den Bäumen treffen. Aber heute nacht fürchtete sie den Wald. Der Wald würde zornig sein, weil der Schwarzrock einen Bann auf ihn gelegt hatte. Iwanchou war vom Stamm des Schwarzrocks. Der Wald könnte sich an ihm rächen – und an ihr, wenn sie mit ihm zusammen war. Doch es schmerzte sie, daß sie ihn heute nacht nicht im Wald treffen sollte. Sie wollte mit ihm vögeln. Jede Nacht wollte sie mit ihm vögeln. Sie verstand nicht, was geschehen war. Sie hatte doch auch schon mit anderen Jungen und Männern gevögelt. Alle taten das gern, wie ja auch alle gern aßen. Wenn man vor der Heirat vögelte, mußte man nur aufpassen, daß man keine Kinder kriegte. Das war die Zeit zum Glücklichsein, und sie war glücklich gewesen. Aber seit sie vor dreißig Nächten, oben bei den Aalreusen, zum erstenmal mit Iwanchou gevögelt hatte, wollte sie nur noch ihn. Und er wollte nur sie. Er wurde wütend, wenn sie mit anderen ging. Sie erinnerte sich noch an seine Wut, damals am Fluß, als der normannische Händler, der schon früher mit ihr gevögelt hatte, sie sich gegriffen und wieder mit ihr gevögelt hatte, betrunken wie er war. Iwanchou hätte den Händler umgebracht, wenn der Schwarzrock nicht dagewesen wäre. Iwanchou war komisch. Er fürchtete den Schwarzrock und wollte nicht, daß der Schwarzrock es erfuhr, wenn sie miteinander vögelten. Die Schwarzröcke vögelten nie. Chomina, ihr Vater, hatte ihr gesagt, sie täten das nicht, weil sie Zauberer seien. Aber das leuchtete ihr gar nicht ein. Zauberer vögelten doch auch. Sogar Mestigoit, der so häßlich war wie ein Stachelschwein und behauptete, er sei ein Dämon, hatte heute den Mädchen seinen steifen Prickel gezeigt und gefragt, ob er mit ihnen vögeln dürfe.

Als sie Iwanchou gefragt hatte, warum er Angst davor habe, wenn der Schwarzrock ihn vögeln sehe, hatte er gesagt, das sei wegen seines Gottes, der auch der Gott des Schwarzrocks sei. Er sagte, sein Gott werde zornig auf ihn sein. Warum er denn zornig sei, fragte sie ihn. Was ist am Vögeln unrecht? Oder kommt es daher, daß ihr Normannen keine eigenen Frauen habt, wie mein Vater sagt? Natürlich haben wir Frauen, sagte er. In unserm Land, jenseits des großen Wassers, gibt es viele Frauen. Aber jetzt fragte sie sich, ob er gelogen hatte. Sie erinnerte sich noch, wie er ihr einmal gesagt hatte, er habe noch nie mit einer Frau gevögelt, bevor er zu den Algonkin gekommen sei.

Tränen brannten in ihren Augen, wie sie hier im Wigwam lag und an das alles dachte, und die Tränen kamen nicht nur vom Rauch. Sie wollte aufstehen und mit Iwanchou hinausgehen. Sie verstand nicht, warum sie jetzt nur noch ihn wollte. Mädchen in ihrem Alter vögelten mit vielen Männern und bekamen viele Geschenke, bevor sie heirateten. Das war die Zeit der Freude. Nach der Heirat wurden die Frauen zu Sklavinnen. Das hatte sie

Inwanchou alles erklärt. Sie wußte, daß auch er schon mit anderen gevögelt hatte, mit Oonta und ihrer kleinen Schwester oben bei den Aalreusen. Aber das war, bevor ich dich kennenlernte, hatte er gesagt. Von jetzt an vögeln wir nur noch miteinander. Wenn du Geschenke willst, gebe ich dir Geschenke, von denen du nicht einmal träumen kannst. Ich nehme dich mit in meine Heimat, wo du jeden Tag essen kannst, soviel du willst. Sie glaubte ihm nicht. Das gab es nirgendwo, daß man jeden Tag zu essen hatte. Sie fragte ihren Vater danach. Ihr Vater sagte, es könne schon stimmen, daß die Normannen jeden Tag zu essen hätten, aber nur deshalb, weil sie geizige Stinktiere seien, die ihr Essen nicht mit anderen teilten. Sie versteckten es in ihren Hütten und gäben nichts davon her, wenn man sie bitte, sagte ihr Vater. Niemand dürfe ihnen trauen, sagte er. Sie erzählten den Huronen, wenn sie ihren Gott annähmen, würde er sie vor allem Übel schützen. Aber das ist Hundescheiße, sagte ihr Vater. Die Huronen, die den Normannengott annehmen, sterben und hungern genauso wie andere auch. Und sie trieben einen Wasserzauber, sagte er. Sie tropften Wasser auf die Köpfe von Kranken und kleinen Kindern, und die Kranken und die kleinen Kinder müßten dann sterben. Als sie ihren Vater das alles erzählen hörte, bekam sie Angst. Sie fragte Iwanchou, ob er von ihr verlangen werde, daß sie seinem Gott diene. Aber er sagte: »Ich diene ihm ja selbst nicht mehr. Ich diene dem Manitu.«

Der Manitu war der große Dämon. Ihr Vater sagte, die anderen Normannen, die wegen der Felle kämen, seien lauter Verrückte, vom Manitu verhext. Sie gäben Messer, Wampum, Kessel, Ahlen und Kleider, sogar Musketen, für die Felle von Biber, Otter, Luchs und Wildkatze. Sie machten sich aus diesen Fellen keine Festgewänder wie die Algonkin, sondern brächten sie auf ihre hölzernen Inseln im Fluß. Wenn dann der Schnee komme, verschwänden die Inseln drüben im großen Wasser und kämen viele, viele Nächte später, wenn der Winter fort sei, leer zurück.

»Sag nicht, daß du dem Manitu dienst«, sagte sie zu Iwanchou. »Denn sonst muß ich vor dir weglaufen.«

»Dann laufen wir zusammen weg«, sagte er, und er weinte, als er das sagte. Er sagte, er habe keinen Plan für sie. Aber sie würden immer zusammensein, sagte er.

»Warum sagst du das?« fragte sie ihn. »Du weißt genau, wenn wir über die Großen Schnellen sind, wirst du mit dem Schwarzrock ins Land der Huronen weiterreisen, während wir für den Winter zum Jagen hierbleiben. Du wirst fortgehen, und ich werde dich nie wiedersehen.«

»Ich verlasse dich nicht«, sagte Iwanchou. »Ich werde den Schwarzrock verlassen, wenn wir über die Großen Schnellen sind. Ich werde deinen Vater Chomina fragen, ob ich dein Mann werden und mit den Algonkin leben und jagen darf. Ich kann sie lehren, ihre Musketen zu gebrauchen«, sagte er. »Und ich kann ihnen mehr Pulver und Blei besorgen, wenn die Schwarzröcke mir bezahlen, was mir zusteht.«

Manchmal, wenn er so redete, fiel ihr ein, daß er ja noch ein Junge war, obwohl er so alt war wie sie. Ihr Vater würde sie ihm nie zur Frau geben. Ihr Vater würde sagen: »Wie kann ich dich einem Normannenköttel zur Frau geben? Jeder weiß, daß sie so dumm sind wie blinde Hirsche. Sie wissen nicht, daß die Erde lebendig ist, daß die Bäume reden, daß die Tiere und die Fische Verstand haben und sich an uns rächen, wenn wir ihre Toten nicht achten. Diese dummen Normannen füttern die Gebeine des Bibers den Hunden. Der Biber vergibt es ihnen nicht«, würde ihr Vater sagen. »Wie könntest du einen Jäger zum Mann nehmen, den die Tiere nicht achten? Du würdest verhungern.«

Als sie zu Iwanchou sagte, er irre sich, denn ihr Vater werde ihn nie als ihren Mann anerkennen, sagte er: »Dann laufen wir weg. Zusammen.«

»Warum sagst du das immerzu?« fragte sie. »Das ist so dumm. Wohin sollen wir denn laufen?«

»Ich nehme dich mit nach Québec«, sagte er. »Ich gehe mit dir zu Agnonha und bitte ihn, mich mit dir in meine Heimat zurückzuschicken.«

»Auf einer hölzernen Insel?« fragte sie. »Nein, nein, da hätte ich Angst.«

»Du brauchst keine Angst zu haben«, sagte er. »Das sind nur große Kanus. Und wenn wir in meiner Heimat sind, gebe ich dir Geschenke, von denen du dir noch nie hast träumen lassen.«

Aber sie wollte keine Geschenke. Sie wußte nicht, was sie tun sollte. Sie wollte Iwanchou, aber sie wußte, daß Iwanchou und der Schwarzrock vielleicht bald sterben würden, wenn der Zauberer es sagte. Sie weinte. Sie schlief nicht. Als das Feuer zu Asche zerfiel, fühlte sie Iwanchou an ihrem Kleid zupfen. »Komm«, sagte er. Und sie ging mit ihm, kroch mit ihm hinaus in die Kälte und schaute zum Himmel, um zu sehen, ob er zornig war. Iwanchou nahm sie bei der Hand und führte sie zum Wald. »Nein«, sagte sie. »Nicht dahin.«

»Warum nicht?«

»Der Schwarzrock hat einen Bann auf den Wald gelegt. Dahin dürfen wir nicht gehen.«

Iwanchou lächelte im Mondlicht. »Wer sagt das?«

»Mestigoit.«

»Das ist Hundescheiße«, sagte Iwanchou. »Komm.«

»Wir gehen zum Fluß«, sagte sie. »Nicanis hat keinen Bann auf den Fluß gelegt.« Sie zog ihn herum und begann im Mondschein über die Wiese zu laufen, die zum Fluß hinunterführte. Er lief ihr lachend nach. Wenn er nachts mit ihr zusammen war, lachte er oft. Tagsüber hatte sie ihm verboten, sie anzusehen oder in ihre Nähe zu kommen. Es war Sitte, daß ein junger Mann, der ein Mädchen gern zur Frau haben wollte, sie nicht ansah oder mit ihr sprach oder in ihre Nähe kam. Sie betrachtete ihn als ihren Verlobten, mochte ihm das aber nicht sagen. Statt dessen sagte sie ihm, er müsse sich von ihr fernhalten, weil sie den Zorn ihres Vaters fürchte. Wie er den Zorn des Schwarzrocks fürchte. Darum vermied er es, so gut er konnte, sie anzusehen, wenn andere dabei waren. Er kam ihr auch nicht nah, nur nachts. Aber wenn sie, wie jetzt im Mondlicht, zusammenkamen, konnte er seine Freude nicht verbergen. Er lachte glückselig, als sie Hand in Hand zum Flußufer hinuntergingen. Weit genug vom Wigwam entfernt fanden sie ein Bett aus Farn, und er legte sich darauf, machte seine Hose auf und zeigte ihr seinen steifen Prickel. »Ich bin hungrig«, sagte er. »Den ganzen Abend konnte ich nur ans Essen denken. Ich dachte, wie könnt ihr es nur so lange ohne Essen aushalten? Und dann habe ich an dich gedacht. Das war die Lösung. Da brauchte ich nicht mehr ans Essen zu denken, ich habe nur noch an dich gedacht. Sieh her«, sagte er, »sieh dir an, was du gemacht hast. Küß ihn.« Sie kniete sich vor ihn hin und küßte ihn. Sie zitterte in der kalten Nachtluft, aber unter der Jacke war ihr heiß. Er schob ihre Jacke hoch, und seine Zunge berührte ihre Brüste. Sie fühlte ihre Brustwarzen steif werden. Sie wollte jetzt gern mit ihm vögeln, aber zuerst mußte sie ihn etwas fragen. »Warum legt Nicanis einen Bann auf den Wald, damit wir keine Elche finden?«

»Sei doch still«, sagte er. »Küß mich.«

»Warum will er, daß wir verhungern?« fragte sie. »Gib Antwort.«

»Wie kann ich antworten, wenn du Bärendreck redest?« sagte er. »Komm, leg dich hin.«

Das Bett von Farn war feucht, doch erregt wie sie war, zog sie Jacke und Rock aus, um nackt für ihn zu sein, nur noch geschmückt mit einer langen Kette von weißen und purpurroten Perlen aus Muschelschalen, die ihr zwischen den Brüsten baumelte, als sie sich über ihn schob und seinen Prickel in den Mund nahm und daran lutschte. Jetzt zog er unter ihr seine Kleider aus, damit auch er nackt war. Seine Haut war anders als die ihres Volks. Gespensterhaut, sagten sie dazu, und wie sie jetzt in der Nacht an seinem weißen Bauch und Brustkasten hinaufblickte, glänzte sie silbern. Er begann laut zu ächzen und nahm ihren Kopf in die Hände, um ihn von seinem Prickel wegzuziehen, denn er wollte noch nicht kommen. Sie kniete sich nieder und wollte ihm gerade ihre Hinterseite bieten, als sie Schritte hörte. Feinde? Flink kroch sie zur Seite, warf Iwanchou seine Hose zu und ermahnte ihn, still zu sein. Während er sich anzog, wurden die Schritte lauter; jemand kam in ihre Richtung gelaufen. Sie spähte über die Farne und sah den Läufer, der seine langen Gewänder gerafft hatte.

»Nicanis!« flüsterte sie.

Iwanchou duckte sich sofort in den Farn, doch sie wußte, daß es sinnlos war. Der Schwarzrock kam in ihre Richtung; es gab hier keine Möglichkeit, sich zu verstekken. Und dann erschien er oben auf der Uferböschung und sah herab und entdeckte sie. Sie hörte ihn in der Normannensprache reden, aber nicht zornig, wie sie erwartet hatte, sondern bittend und angstvoll. Sie sah den Schwarzrock auf Iwanchou zugehen, wie um ihn zu umarmen, doch Iwanchou stieß ihn fort und kam zu ihr, um ihr zu helfen, die Jacke zu schließen, und die fremden normannischen Laute, die er von sich gab, klangen böse. Nun sah sie den Schwarzrock auf die Knie gehen und die Hände flach aneinanderdrücken. Dabei sah er in den Himmel und stimmte einen normannischen Singsang an.

Gleich kam ihr der Gedanke, daß der Schwarzrock vielleicht einen Zauber auf sie legte, denn die Schwarzröcke vögelten nicht und wollten nicht, daß andere vögelten. Sie sagte zu Iwanchou: »Warum läßt du ihn das tun? Er legt einen Zauber auf uns.«

Iwanchou zog ihren Kopf an seine Brust. »Nein«, sagte er. »Er spricht zu seinem Gott. Komm. Laß uns in den Wigwam zurückgehen. Ich muß nachdenken. Wir müssen entscheiden.«

»Was müssen wir entscheiden?« fragte sie, doch er antwortete nicht. Als sie sich von dem knienden Schwarzrock abwandten, hörte dieser mit dem Singsang auf und rief Iwanchous normannischen Namen: »Dan-ja! Dan-ja!« Sie sah, daß der Schwarzrock Tränen in den Augen hatte. Warum weinte er? Sie sah zum Himmel, aber von dort spürte sie keine Gefahr. Die Nacht war die Zeit der Toten. Ringsum im Wald wandelten die Toten und redeten und schauten zu, was sich hier tat. Was dachten die Toten, wenn sie hier den knienden Schwarzrock sahen, der einen Zauber sprach, während sie und Iwanchou fortgingen?

War es ein Zauber? Oder sprach er wirklich zu seinem

Gott, wie Iwanchou sagte? Und was sagte er zu ihm? Und wieder stockte ihr der Atem, als sie jetzt sah, daß nicht nur die Toten ihnen zuschauten. Mestigoit stand zwischen den Bäumen. Er hatte ein Lächeln im Gesicht, ein Lächeln, das sie fürchtete. Eben winkte er ihr und Iwanchou, sie sollten zu ihm kommen. Sie hätten ja gehorcht, aber Iwanchou schüttelte den Kopf und hielt sie fest an sich gedrückt. Der Zauberer trat aus dem Schutz der Bäume hervor und kam mit seinen sonderbar tänzelnden Schritten zu ihr, ein Mann so klein wie ein Kind, den Rücken gekrümmt wie eine Adlerschwinge. »Du hast dich zu den Toten gesellt, Annuka«, sagte er zu ihr. »Siehst du?« Er zeigte auf die kniende Gestalt des Schwarzrocks. »Er hat einen Todeszauber auf dich gelegt.«

»Komm fort«, sagte Iwanchou zu ihr.

»Wohin willst du gehen?« rief der Bucklige und lachte. »Wohin willst du gehen?«

Als er das Mädchen nackt am Ufer sah, wandte Laforgue den Blick ab. Dann hörte er ein Scharren, und als er wieder hinsah, stand Daniel schützend vor ihr, während sie sich anzog.

»Daniel«, sagte Laforgue. Dann verließen ihn die Worte. Er senkte den Kopf.

»Geht fort, Père Paul«, sagte Daniel. »Geht fort.«

»Das kann ich nicht.« Er ging auf den Jungen zu, wie um ihn zu umarmen. »Daniel, laß uns gemeinsam beten. Für deine Sünde und meine.«

Aber Daniel stieß ihn fort. »Laßt mich in Ruhe«, sagte er in gepreßtem, wütendem Ton. »Ich will nicht beten. Ich will mit diesem Mädchen leben.«

»Nein. Wenn du das tust, wird deine Sünde in alle

Ewigkeit auch meine Sünde sein. Hör mir zu. Gott wird dir vergeben, wie er uns allen vergibt, wenn wir ihn nur um Vergebung bitten. Daniel, knie mit mir nieder.«

Laforgue machte ein Kreuzzeichen, kniete im Gras nieder und faltete die Hände zum Gebet. »Barmherziger Gott, unser Heiland, wir flehen Dich an um Vergebung –«

Doch mitten in sein Gebet hinein sagte das Mädchen laut in der Wildensprache: »Warum läßt du ihn das tun? Er legt einen Zauber auf uns.«

Er hörte Daniel antworten, daß er zu seinem Gott bete. Dann stieg der Junge die Uferböschung hinauf und zog das Mädchen hinter sich her. »Daniel!« rief Laforgue ihm nach, »Daniel!«, während sie über die Wiese flüchteten. Er stand auf und schaute ihnen nach bis zum Waldrand, und dann sah er dort den Zauberer erscheinen. Der Zauberer sagte etwas, aber Laforgue konnte es nicht hören. Das Mädchen drehte sich um und lief davon. Laforgue sah Daniel hinterherlaufen, sie einholen und in die Arme nehmen. Fest umschlungen gingen sie zum Wigwam. Ich werde bis morgen früh warten, sagte er sich. Ich werde bis morgen früh warten und dann mit ihm reden, allein. Was heißt das, er will mit ihr leben? Der Teufel hat ihm den Verstand verwirrt, genau wie mir.

Er blieb stehen und sah über die Wiese. Der Zauberer kam auf ihn zu. In der linken Hand hielt er seine Trommel, und im Näherkommen begann er sie zu schütteln. Als er nah war, begann er auch wieder seinen schlurfenden Tanz. Das Rasseln der Kiesel in der Trommel klang in Laforgues entzündetem Ohr wie Hagel. Er sah die Augen des Zauberers im Mondlicht schillern.

»Dämon!« schrie der Zauberer. »Bist du da? Versteckst du dich noch immer in dem Schwarzrock? Antworte!«

»Sei still«, sagte Laforgue. »Die anderen schlafen. Es gibt keinen Dämon.«

»Nein!« Trommelrasselnd stimmte der Zauberer sein schauerliches Geheul an.

»Hör auf!« schrie Laforgue, und zu seiner Überraschung hielt der Zauberer inne, erstarrte in seinen Bewegungen, als hätte Laforgue ihm einen Speer in die Brust gejagt.

»Dann komm«, sagte der Zauberer ruhig. »Komm, Nicanis. Ich zeige dir etwas.«

Er winkte Laforgue in seiner theatralischen Art, ihm zu folgen, und führte ihn an den Waldrand. »Horch«, sagte der Zauberer. »Was hörst du?«

Laforgue hörte nichts, nur das Knacken kleiner Zweige und das nächtliche Seufzen schwankender Äste.

»Na?« fragte der Zauberer.

»Ich höre nichts. Ich habe schlechte Ohren.«

»Hörst du nicht ihre Stimme?«

»Was für eine Stimme? Ich sage dir doch, daß ich schlechte Ohren habe.«

»Dann schau. Schau da drüben hin.« Der Zauberer wies, fast ängstlich, zu einer dunklen Baumgruppe. »Siehst du sie? Sie trägt ein Kleid von schönem Haar. Es sind die Haare der Männer, die sie getötet hat. Eben erst, als du da unten am Fluß warst, habe ich sie deinen Namen rufen hören. ›Nicanis!‹ rief sie. Da wußte ich, daß der Dämon dich verlassen hatte. Schau jetzt. Kannst du sie nicht sehen?«

»Ich sehe nichts«, sagte Laforgue.

»Dann komm fort«, sagte der Zauberer. »Laß uns zusammen in den Wigwam gehen.«

Wider Willen folgte Laforgue dem Buckligen über die

mondbeschienene Wiese. Die Kälte nahm ihm jedes Gefühl. Er sah den Zauberer immerzu nach den Bäumen zurückblicken.

»Ah«, sagte der Zauberer. »Sie ist fort. Aber sie wird wiederkommen.«

»Von wem redest du?« fragte Laforgue.

Der Zauberer lächelte. »Wie sonderbar ihr Normannen seid. Ihr seid taub und blind wie die Toten am Tage. Ihr sagt, ihr wißt vieles, aber ihr redet wie die kleinen Kinder, die nur wenige Wörter kennen und nichts verstehen. Sie hat deinen Namen gerufen. Wenn du einer von uns wärst, würde dein Herz vor Angst zerspringen. Aber du hörst nichts. Du fühlst nichts.«

»Wer ist ›sie‹?« fragte Laforgue. »Irgendeine Hexerei, ein Teufel, den du fürchtest?«

Der Zauberer lächelte. »Ich sage ja, du bist wie ein Kind; du siehst nichts, du hörst nichts, du weißt nichts. Armer Nicanis.« Er hielt das Fell am Eingang für ihn auf. »Komm, laß uns schlafen gehen. Jetzt kann selbst ich dir nicht mehr helfen.«

5

Am nächsten Morgen schneite es. Als die Wilden aus dem Wigwam kamen, drückte ringsum eine schwere Schneelast die Äste des Waldes nieder, deckte die Wiese zu und erfüllte die Luft mit einem blendenden Glitzern. Die Wilden schienen sich zu freuen. Die Kinder warfen sich in den ersten richtigen Schnee dieses Winters und wälzten sich wie Holzknüppel die Uferböschung hinunter. Hunde rannten aufgeregt bellend umher und pinkelten gelbe

Streifen in den weißen Teppich. Die Frauen begannen die Wände des Wigwams abzubauen, rollten die Rindenmatten wieder auf und beeilten sich, sie in die Kanus zu packen. Laforgue suchte Daniel und traf ihn, wie er gerade seine Muskete in ein Futteral aus Hirschleder steckte.

»Guten Morgen.«

Der Junge sah ihn an, und sein Blick war kalt. Der Schnee lag ihm auf den Schultern wie ein Umhang. »Es ist jetzt keine Zeit zum Reden, *mon Père*. Wir müssen sofort aufbrechen. Neehatin möchte bis zum frühen Nachmittag die Insel der Farben erreichen. Dazu müssen wir kräftig paddeln.«

»Na schön«, sagte Laforgue. »Wir wollen nicht von letzter Nacht sprechen. Aber was soll das Gerede, daß du mit dem Mädchen leben willst? Père Jérômes Leben kann davon abhängen, ob wir nach Ihonatiria kommen, bevor der Winter einsetzt. Ohne dich schaffe ich das nicht.«

»Wir reden von heute, nicht von der Zukunft«, sagte der Junge. »Kommt. Es ist wichtig, daß wir uns beeilen.«

Laforgue fühlte die Zornesröte in seine Wangen steigen. »Was ist wichtiger als deine unsterbliche Seele?«

»Beeilt Euch!« wiederholte der Junge.

»Antworte. Was könntest du jetzt tun, das wichtiger wäre, als auf die Knie zu gehen und Gott um Vergebung zu bitten?«

Aber noch während er redete, drehte der Junge sich um und lief zu den Kanus.

»Daniel, hör mir zu!«

»Nein, hört Ihr *mir* zu«, rief der Junge zurück. »Wenn Euch Père Jérômes Leben wichtig ist, steigt in Euer Kanu. Beeilt Euch. Sie mögen es nicht, wenn man sie warten läßt.«

»Werde nicht unverschämt.« Laforgue hob die Stimme im Zorn. »Egal, was du von mir hältst, ich bin ein Priester. Du schuldest zumindest meinem Gewand Respekt.« Aber noch während er das sagte, merkte er plötzlich, wie albern seine Worte waren. Welchen Respekt? Was war er denn für ein Priester? Warum redete er mit diesem Jungen wie mit einem Schüler in der Klasse, wo er doch ebensogut wußte wie der Junge, daß sie hier allein waren, verlassen in diesem Land, das Gott dem Kain gab, dem Land des Teufels, und unter Barbaren lebten, die jetzt ungeduldig ihre Kanus ins Wasser schoben.

Er lief zu seinem Kanu, warf seinen Mantel hinein, zog sich die Holzschuhe aus, um durch das eisige Wasser zu waten, und kletterte von der Seite in das zerbrechliche Gefährt, während die Wilden ihm zusahen. Die Kanus glitten wie eine große Schlange rasch auf den breiten Fluß hinaus. Schnee blendete Laforgue, als er jetzt seinen breitkrempigen Hut absetzte, um dem Paddler hinter ihm nicht die Sicht zu nehmen. Zwei Hunde kletterten über ihn und machten es sich auf dem Gepäckstapel in der Bootsmitte bequem.

Als er sein Paddel in die Hand nahm und zu paddeln anfing, wurde ihm schwindlig, und in seinem Ohr erklang wieder dieses betäubende Dröhnen, das er schon fürchtete. Er blickte starr geradeaus in das blendende Schneetreiben. Die Kälte ließ kleine Eiszapfen an seinem Bart und den Brauen wachsen. Er fühlte einen Tritt in den Rücken und hätte in dem schmalen Gefährt beinahe die Balance verloren. Er drehte sich um und drückte sich an die Seite, um das Kind, das ihn getreten hatte, vorbeizulassen, damit es sich mit den anderen Kindern in den Gepäckstapel kuscheln konnte. Aber als das Kind es sich dort gemütlich machte, drehte es sich um und sah zu ihm zurück. Durch den Schleier des Schneetreibens sah er das runzlige Gesicht und die schillernden Augen des Zauberers Mestigoit.

Den ganzen Morgen glitten die Kanus flußaufwärts. Das Unwetter ließ nicht nach. Manchmal schien der Wind zu drehen und der Schnee ihnen in den Rücken statt ins Gesicht zu wehen. Der schneeverkleidete Wald auf beiden Seiten verschwamm mit der wattigen Weiße des Himmels, als wollte die Erde selbst mit der Trostlosigkeit des Winters verschmelzen. Laforgue taten beim Paddeln die Arme und Schultern so weh, als hätte man ihn lebendig gehäutet. Seine Knie und Schenkel erstarrten in dieser verkrampften Haltung, und in seinem linken Bein breitete sich ein taubes Gefühl nach unten aus, so daß er oft nach einem Paddelschlag fast über Bord kippte. Bei allem Bemühen konnte er mit dem Wilden vor ihm nicht mithalten, und es kam vor, daß er vor Schwäche sein Paddel einfach ins Wasser hängen ließ und keuchend den Kopf senkte, während es in seinen Ohren dröhnte und der Schmerz in seinem Körper wühlte.

Am frühen Nachmittag sah er in der Ferne, wie durch einen Nebel, die Küste einer großen Insel in der Mitte des Stroms, und im selben Moment wendete die Bootsschlange nach links und steuerte auf einen Landeplatz zu. »Insel der Farben« hatte Daniel sie genannt, und Laforgue erinnerte sich, in Père Brabants Bericht über seine Reise gelesen zu haben, daß die Algonkin hier eine rote Wurzel fanden, mit der sie ihre Festtagskleider färbten. Die Insel war dicht bewaldet. Laforgue, die Holzschuhe um den Hals gehängt und die Soutane hochgezogen, stieg ins seichte Wasser und half, sein Kanu an Land zu schieben und aufs schneebedeckte Ufer zu ziehen.

Die Wilden banden sich gleich nach der Landung ihre Schneeschuhe an die Füße, große flache Scheiben aus Holz und Lederriemen, von den Franzosen *raquettes* genannt. Laforgue packte sein Bündel aus und nahm auch seine Schneeschuhe heraus, mit denen er in Québec so manche Stunde geübt hatte. Nachdem er sie angeschnallt hatte, versuchte er sich damit vorsichtig durch den Schnee zu bewegen, merkte aber, daß all sein Üben ihm im richtigen Winterschnee nicht viel nützte. In die erste tiefe Wehe fiel er prompt hinein. Kinder rannten höhnisch lachend um ihn herum, und einer der Algonkinmänner half ihm auf und meinte lachend: »Steh auf, du Hasenarsch. Hast du Normannenwasser getrunken, daß du davon umfällst?«

»Danke«, sagte Laforgue und lächelte. Man mußte immer lächeln und sich bedanken und durfte nie die Beherrschung verlieren, denn die Wilden selbst waren nur schwer zu erschüttern und nahmen ihre eigenen Prüfungen und Leiden erstaunlich gleichmütig hin.

»So mußt du die Füße heben, Nicanis«, sagte der Mann und machte es ihm vor. Langsam quälte Laforgue sich den Hang hinauf. Neben ihm hüpfte geschickt und leichtfüßig der Bucklige auf Kinderschneeschuhen einher.

Oben auf dem Hang standen Neehatin und Chomina, beide mit ihren Jagdwaffen. »Heute wirst du mit uns kommen, wenn wir Elche suchen«, sagte der Bucklige. »Neehatin hat mir gesagt, ich soll dich im Auge behalten, Schwarzrock. Kein Zauber gegen die Jagd, verstanden? Bete zu deinem Gott. Sag ihm, er soll uns Elche schicken.«

»Das will ich tun«, sagte Laforgue. Er sah Neehatin zu ihm herabblicken. Das Gesicht des Algonkinhäuptlings erinnerte ihn an das steinerne Bildnis eines toten Sachsenkönigs, das er in Bayeux auf ein Grabmal gemeißelt gesehen hatte. Neehatin hob den Arm und rief ein paar Befehle, von denen Laforgue nur verstand: »Hinter den Bäumen ... Chomina mit fünf Männern ... Ougebemat, die Schlucht ...« und dann: »Iwanchou, steck deine Muskete weg und nimm einen Speer. Wir können den Krach deiner Kanone nicht brauchen.«

»Komm«, sagte der Bucklige. »Mir nach. Heb die Füße, so.«

Und so folgte Laforgue, unsicher auf den großen, flachen Schneeschuhen, den Jägern zwischen spärlichen Bäumen hindurch ins weiße Unbekannte. Der kalte Wind fegte einen feinen, zuckrigen Nebel von den pulvrigen Schneewehen. Laforgue gab sich alle Mühe, das Tempo des Buckligen mitzuhalten, aber nach einer Weile merkte er, daß die anderen weitergegangen und schon nicht mehr zu sehen waren. Sie kamen an einen langgestreckten, schneebedeckten Hang, der nach einer halben Meile an einer bewaldeten Schlucht endete. Oben auf diesem Hang sah er die Jäger wieder. Sie hatten sich lange Stangen zurechtgeschnitten und daran ihre steinernen Speerspitzen befestigt. Damit gingen sie nun vorsichtig den steilen Hang hinunter. Der Bucklige drehte sich um und legte Laforgue seine schmutzige Hand auf den Mund, damit er still sein sollte.

Die Jäger schwärmten zu einer langen Kette aus und wurden immer kleiner, bis sie weit unten auf dem weißen Hang nur noch wie Kinder aussahen. Plötzlich ging ein Ruck durch den Buckligen, und er zeigte nach unten. Aus einem Wäldchen kamen ein Elchbulle und zwei Kühe schwerfällig durch den tiefen Schnee gestapft. Sie sanken mit ihren langen dünnen Beinen in den Wehen ein, strauchelten und blieben stecken, wie wenn der Schnee weißer Leim wäre. Die Jäger sahen sie und pirschten sich an; sie liefen nicht, sondern näherten sich vorsichtig, als wollten sie ihnen nicht zu nah kommen. Laforgue sah Chomina sich umdrehen und ein Zeichen geben. Alle blieben stehen.

Chomina war den Tieren am nächsten. Er hob seinen unhandlichen Speer, schleuderte ihn und traf einen der Elche in den Hals. Das Tier bäumte sich im tiefen Schnee auf. Die beiden anderen setzten sich erschrocken in einen plumpen Galopp und strebten wieder den Bäumen zu. Schon waren andere Jäger zur Stelle, umstellten den verwundeten Elch und warfen ihre Spieße oder stachen damit auf ihn ein. Laforgue sah das Tier zusammenbrechen und den Schnee mit seinem Blut beflecken. Soeben brachen fünf Jäger aus einem anderen Waldstück hervor und suchten den beiden fliehenden Tieren den Weg abzuschneiden. Ihre Speere flogen. Das eine strauchelte und fiel, und die Jäger, flink und unvorstellbar sicher und leichtfüßig auf ihren flachen Schneeschuhen, waren sofort da, um ihm den Todesstoß zu versetzen. Die unverletzte Elchkuh hatte eine Anhöhe erreicht, wo der Schnee nicht so tief war, und floh jetzt schnell in die Sicherheit des Waldes. In dem Moment zerriß das Triumphgeheul der Jäger die Stille. Zwei der großen Tiere lagen tot im Schnee.

Der Bucklige drehte sich zu Laforgue um, und Freude glänzte in seinen schillernden Augen. »Ho, ho!« rief er, und es folgten noch ein paar kehlige Freudenlaute. »Dein Gott hat dich erhört, Nicanis. Diese Elche sind für dich gestorben. Ich habe dir ja gesagt, daß der Dämon aus deinem schwarzen Umhang gefahren ist, du Arsch im Glück. Jetzt wird gegessen. Heute abend wird richtig gegessen.«

Aber Laforgue hielt Ausschau nach Daniel. Schließlich sah er ihn bei dem zuerst erlegten Elch, den die Algonkin jetzt mit ihren Messern zu zerlegen begannen. Aus der Richtung, wo die Kanus am Ufer lagen, kamen Frauen und zogen die langen Rindenmatten, mit denen sie den Wigwam zu umkleiden pflegten, wie Schlitten hinter sich her. Sie begaben sich an den Ort des Gemetzels, und die Jäger luden Teile des zerlegten Tiers auf die Behelfsschlitten. Daniel half gerade, das Hinterbein eines Elchs abzuhäuten, und für Laforgue, der ihn von weitem mit seinen blutverschmierten Händen und Unterarmen sah, die langen Haare lose auf dem Rücken und die Kleidung speckig, unterschied er sich kaum noch von den anderen jungen Männern um ihn. Laforgue mußte wieder an die anderen Franzosen denken, die er in diesem wilden, weiten Land schon gesehen hatte: den Pelzhändler Mercier, wie er halbnackt aus den Kesseln aß; die jungen Waldläufer, die auf der Jagd nach Fellen mit den Algonkin durch die Wälder streiften und verwildert und verderbt nach Québec zurückkehrten und mit den Wildenmädchen schliefen. Wie kam es, daß sie in den wenigen Monaten, die sie wie die Tiere unter diesen Barbaren zubrachten, alle Zivilisation vergaßen, die sie hinter sich gelassen hatten, und ohne Furcht vor ewiger Verdammnis den Pfad der Unwissenheit und Unreinheit gingen, auf dem die Barbaren wandelten? Ist Belial schöner als Jesus? fragte sich Laforgue. Unmöglich. Wie kann es dann aber sein, daß er glühender geliebt wird, daß man ihm bereitwilliger gehorcht und inbrünstiger huldigt?

Er hatte aber jetzt kaum Zeit, über derlei Fragen nachzusinnen, denn auf allen Seiten liefen die Wilden wie im Freudenrausch umher, warfen mit unflätigen Worten um sich und lachten und benahmen sich wie die Clowns, während sie ihre Beute ins Lager schleiften, wo schon die Feuer im Schnee loderten. Die Kessel wurden aufgehängt und das Fleisch hineingeworfen. Kinder und Hunde tummelten sich in den Schneewehen, während die Jäger sich die Zeit, bis das Fleisch kochte, wie zur Feier ihres Sieges mit einem Glückspiel vertrieben, bei dem sie Steine in einer Schale schüttelten. Während der Jesuit sich an einem Feuer die erfrorenen Füße wärmte und den Saum seiner Soutane zu trocknen versuchte, kam Neehatin zu ihm. Der Zauberer, der gerade an einem Mädchen herumfummelte, das fast noch ein Kind war, ließ von seinem schändlichen Tun ab und kam sogleich herbei, um zu lauschen.

»Nun, Nicanis?« sagte Neehatin lächelnd. »Mestigoit sagt, er hat dir den Dämon aus dem Arsch gezogen. Stimmt das?«

»Das war kein Dämon«, sagte Laforgue und vergaß nicht zu lächeln. Aber er hörte nicht, was Neehatin als nächstes sagte; in seinen Ohren hatte es schmerzhaft zu dröhnen begonnen. »Wie bitte?« fragte er.

»Ich habe gefragt, ob dein Gott uns alle Tage Fleisch bescheren kann. Mestigoit meint, du kannst einen Zauber auf das Wild legen. Kannst du morgen wieder so einen guten Zauber machen wie heute? Ich meine, kannst du uns auch Biber herbeizaubern, nicht nur Elche?«

»Ich kann darum bitten«, sagte Laforgue. »Aber ich weiß nicht, ob mein Gott uns seines Segens für würdig hält.«

»Nicanis ist ein schlauer alter Köter, was?« rief Mestigoit und begann in seiner aufreizenden Art herumzutanzen. »Er sagt uns nichts, sagt uns überhaupt nichts!«

»Sag uns nur, wo wir noch mehr Elche finden«, meinte Neehatin lachend. »Wenn du das kannst, folgen wir dir, wohin du willst, sogar über die Großen Schnellen hinaus. Das ist ein Angebot, Nicanis. Rede mal mit deinem Gott darüber, und wenn er mir Elche gibt – ach ja, und ein paar Biber und ein paar fette Vögel –, dann verspreche ich dir, daß ich seine behaarten Zehen küsse, genau wie du.«

»Mein Gott kann mehr als dir zu essen geben«, sagte Laforgue, aber während er noch redete, sah er, daß Neehatin ihm nicht mehr zuhörte. Der Algonkinhäuptling hatte sich umgedreht und rief den Frauen an den Feuern etwas zu. Eine Frau nahm ein Stück Fleisch aus dem Kessel, legte es auf einen Rindenteller und brachte es ihm. Neehatin riß zuerst einen kleinen Streifen davon ab und gab den Teller mit dem Rest Laforgue. Den abgerissenen Streifen hob er in die Luft und sagte: »Das ist für deinen Hesu. So heißt er doch, ja?«

»Jesus«, sagte Laforgue.

»Hee-sus. Gut. Hier, Heesus, ich gebe dir dieses Stück Elch und bitte dich um mehr.« Er warf das Fleisch in die Flammen, wo es verbrutzelte. »Nun iß«, sagte er zu Laforgue. »Heute fressen wir wie die Wölfe, ja?«

Die Männer, Frauen und Kinder, die um die Kessel saßen, erhoben darauf ein lautes Freudengeheul, und die Frauen gingen sofort daran, Fleisch aus den Kesseln zu fischen und jedem, der kam, ein Stück auf den Rindenteller zu tun. Als Laforgue sich ans Feuer setzte, um seine Portion zu verzehren, kamen die halbverhungerten Hunde bellend an und bedrängten ihn, und als einer seine Schnauze sogar auf den Teller schob, fiel das Fleisch in den Schnee. Laforgue hob es hastig wieder auf. Nachdem er zehn Tage lang nur das widerliche Sagamité gegessen hatte, mundete ihm das halbgare Fleisch wie der feinste Rinderbraten, den er zu Hause in der Normandie je gegessen hatte. Ausgehungert verschlang er es und ging, dem Beispiel der anderen folgend, zu den Kesseln, um sich mehr zu holen. Ringsum sah er nur lächelnde Gesichter und hörte Rufen und Lachen und anzügliche Scherze. Wieder beeindruckte es ihn, wie die Wilden, die doch genau so ausgehungert sein mußten wie er, nicht drängelten und keiner mehr als den ihm zustehenden Anteil zu bekommen versuchte. Als Laforgue sich dem Kessel näherte, drehte der vor ihm stehende Mann sich sogar um und legte das Stück Fleisch, das er gerade für sich selbst herausgefischt hatte, ihm auf den Teller. Essend ging Laforgue im Gedränge umher. Er suchte Daniel. Jetzt ist der Augenblick, mit ihm zu reden; jetzt, solange alle beschäftigt sind und ehe wir uns zur Nachtruhe begeben. Aber beim Gehen begann es wieder in seinen Ohren zu brausen. Die schweren Strapazen des Paddelns, die eisige Kälte und der Schmerz von einer alten Fußverletzung setzten ihm so zu, daß er zitterte wie von einem beginnenden Fieber. Eben fiel ihm ein, daß er heute sein Abendbrevier noch nicht gelesen und in diesen Augenblicken des Schwelgens und Schlemmens an nichts anderes gedacht hatte, als sich satt zu essen. Was wunderte er sich, daß andere in dieser Wildnis verrohten? War es denn so ein Wunder, daß die Wilden ihr höchstes Glück im Essen sahen, sie, die fern von Gottes Angesicht in diesem rauhen, unbarmherzigen Land leben mußten und wie die wilden Tiere darauf angewiesen waren, Beute zu fangen? Würde es je möglich sein, diese Menschen zu bekehren? Es ist, als sei dieses Land so fern der wärmenden Sonne Gottes, daß selbst ich, der ich seine Hilfe erflehe, nur noch den Gedanken habe, den Bauch voll zu bekommen und mich dann wie ein Tier im rauchigen Gestank des Wigwams zwischen andere warme Körper zu drängen. Schmerz und Müdigkeit vernebeln mir den Geist. Ich kann nicht mehr denken.

Da sah er Daniel, wie er zwischen einem halben Dutzend anderer junger Jäger saß, an einem Knochen nagte und sich danach die Finger ableckte. Laforgue ging hin und setzte sich neben ihn. Das Gesicht des Jungen glänzte im Feuerschein, als hätte er es den Wilden gleichgetan und sich eingefettet. Ohne ein Wort führte Daniel wieder den Knochen zum Mund und nagte an dem Fleischfetzen, der noch daran hing.

»Was versteckst du dich vor mir«, sagte Laforgue. Es war keine Frage, sondern ein Vorwurf.

Daniel hielt mit Essen inne und starrte in die Flammen. »Weil ich mich schäme.«

Laforgues Herz klopfte wie wild in seiner Brust. Wenn er nur wüßte, daß auch ich gesündigt habe, würde er vielleicht mit mir reden.

»Ich schäme mich auch«, sagte Laforgue. »Ich schäme mich meiner selbst. Wer ohne Sünde ist, der werfe den ersten Stein. Ich habe keinen Stein zu werfen.«

»Wovon redet Ihr?« Der Junge starrte weiter ins Feuer. »Ihr versteht ja nichts.«

Laforgue senkte den Kopf. »Daniel, auch ich habe eine Sünde des Fleisches begangen.«

»Ihr?« Der Junge warf ihm einen erstaunten Blick zu. Dann lachte er. »Was habt *Ihr* denn wohl für eine Sünde begangen, *mon Père?* Irgendwas vor langer Zeit in Frankreich?«

»Nein. Eine Sünde im Geiste. Hier. Mit diesem Mädchen.«

Wieder warf der Junge ihm einen Seitenblick zu, diesmal argwöhnisch und verwirrt. »Mein Onkel mag die Jesuiten nicht; er wollte mich zu den Récollet-Patres in die Lehre schicken. Die Jesuiten lügen zur Ehre Gottes, sagt er. Der Zweck heiligt die Mittel. Man darf nie glauben, was sie sagen.«

»Ich sage die Wahrheit.«

»Aber wozu? Um mich herumzukriegen, ja?«

»Wir haben im Angesicht Gottes gleichermaßen gesündigt«, sagte Laforgue. »Vielleicht ist meine Sünde die größere, weil ich ein Priester bin. Nun müssen wir um Vergebung bitten und Besserung geloben. Ich möchte, daß du mit mir niederkniest und ein Reuegebet sprichst. Und wir werden geloben, weiteren Versuchungen aus dem Weg zu gehen.«

»Amen«, sagte der Junge bissig. »Wißt Ihr nicht, Père Paul, daß für uns andere das Leben nicht ganz so einfach ist? Wir sind keine Jesuiten. Gott hat uns nicht dazu auserwählt, seine besonderen Diener zu sein.«

»Gott hat dich auserwählt, mit mir zu kommen«, sagte Laforgue. »Daniel – Daniel, hör mir zu. Ich fürchte mich. Ich fürchte mich vor diesem Land. Ich fürchte mich vor dieser Mission. Ich fürchte mich vor dem, was hier geschieht. Ich rede nicht von den gewöhnlichen Gefahren wie Hunger, Gefangenschaft und Tod. Ich meine die andere, größere Gefahr. Vielleicht ist es Ketzerei, so etwas zu sagen, aber seit den letzten Tagen, je weiter wir kommen, bin ich mir immer sicherer, daß der Teufel dieses Land regiert. Hier herrscht Belial; er beherrscht die Herzen und Köpfe dieser armen Menschen. Durch sie versucht er unserem Heiland Wunden zu schlagen. Durch sie und unsere Schwäche. Zum Beispiel durch dieses Mädchen.«

»Das Weib ist das Werkzeug des Teufels, die Quelle der Unreinheit«, deklamierte der Junge höhnisch. »Bitte, Père Paul, das habe ich doch alles schon gehört.«

»Was noch nicht heißt, daß es nicht wahr ist.«

»Ob wahr oder nicht, ist mir egal. Ich habe gesagt, ich schäme mich. Und wißt Ihr auch, warum? Weil ich Gott im Stich gelassen habe und es mir gar nichts ausmacht.«

»Wie kann es dir nichts ausmachen, wenn du dich schämst?«

»Hört auf!« zischte der Junge wütend. »Versucht nicht, mich mit jesuitischen Spitzfindigkeiten hereinzulegen. Ich werde dieses Leben nicht aufgeben, habt Ihr gehört?«

»Du meinst, du willst dieses Mädchen nicht aufgeben. Von was für einem Leben redest du? Leben wie ein Tier?«

»Tier? Die Wilden sind wahrere Christen, als wir je sein werden. Sie haben keinen Ehrgeiz. In ihren Augen sind wir erbärmlich und dumm, weil wir Besitz mehr lieben als sie. Sie leben füreinander, sie teilen alles, sie werden nicht böse aufeinander und verzeihen einander Dinge, die wir Franzosen nie verzeihen würden.«

»Das weiß ich alles«, sagte Laforgue. »Ich weiß es, und es beschämt mich. Ihre Geduld ist bewundernswert.«

»Das ist mehr als Geduld. Ihr kennt sie nicht so, wie ich sie kenne. Annuka erzählt mir von den Geheimnissen dieses Landes, dieser Wälder. Darin finden sie ihre seelische Stärke. Wir sind für sie blind und dumm. Sie sagen, wir seien weniger klug als sie, weil wir diese Geheimnisse nicht erkennen.«

»Was für Geheimnisse?« fragte Laforgue. Seine Ohren brausten. Er mußte sich anstrengen, um zu hören, was der Junge sagte.

»Die Geheimnisse dieser Welt. Sie glauben, daß alle

Dinge eine Seele haben: Menschen, Tiere, Fische, Wälder, Flüsse.«

»Das kommt daher, daß Belial hier regiert«, sagte Laforgue. »Der Teufel macht ihren Geist krank, damit sie sich der Wahrheit unserer Lehren widersetzen.«

»Welcher Lehren?« fragte der Junge. »Warum sollten sie an Eure Welt nach dem Tod glauben, wenn sie schon eine eigene Nachwelt haben?«

»Wovon redest du? Sie glauben an keine Nachwelt. Père Brabant, der sie jahrelang studiert hat, sagt, daß sie keine Vorstellung von einer Nachwelt haben.«

»Da irrt er sich.«

»Du weißt also mehr als Père Brabant?«

»Ja. Denn ihm würden sie nie trauen. Für sie ist er ein Schwarzrock, und alle Schwarzröcke sind Zauberer. Von ihrer Welt der Toten würden sie ihm nichts erzählen.«

Laforgue betrachtete im Feuerschein das zornige junge Gesicht. Ringsum hatten die schmausenden Wilden ihre monotonen Festgesänge angestimmt. »Was für eine Welt?« fragte Laforgue.

»Die Welt der Toten.«

»Und wo ist diese Welt?«

»Sie glauben, daß die Toten bei Nacht sehen. Sie gehen umher, Tiere und Menschen, in den Wäldern der Nacht. Die Seelen der Menschen jagen die Seelen der Tiere in Wäldern, die aus den Seelen verstorbener Bäume bestehen.«

»Das hat sie dir also erzählt?« Laforgue lächelte. »Aber was sind das für kindliche Vorstellungen? Glauben sie, daß diese toten Seelen essen und trinken wie wir?«

Der Junge sah ihn verächtlich an. »Ist daran schwerer zu glauben als an ein Paradies, wo alle auf Wolken sitzen und

Gott anschauen? Oder auf ewig im Feuer der Hölle schmoren?«

Laforgue fühlte Zorn in sich aufkommen. Er ballte die Fäuste. »Sie haben also eine Welt der Toten, eine Welt der Nacht, in der die Toten lebendig werden. Und was machen sie bei Tag, diese toten Dinge?«

»Sie sagt, am Tage sind sie blind. Die toten Wilden sitzen so da, sagt sie.« Daniel duckte sich tief auf den Boden und legte die Ellbogen auf die Knie, den Kopf zwischen die Hände, ahmte die Haltung nach, die Laforgue die Algonkin schon hatte einnehmen sehen, wenn sie krank waren. »Und wenn die Nacht kommt, stehen sie auf«, sagte der Junge. »Dann gehen sie auf die Jagd.«

Laforgue schüttelte sich wie im Fieber. Er fühlte kalten Schweiß seinen Nacken hinunterrinnen, während der Junge, der dasaß wie ein Wilder, ihm die törichten Phantasien dieser Barbaren erzählte. »Verzeih mir«, sagte Laforgue. »Aber ist dir eigentlich klar, was du da sagst?«

»Ich sage Euch, was *sie* glauben. Ich habe nicht gesagt, daß *ich* das glaube. Ich will Euch sagen, daß Ihr sie nie zu Eurer Lehre bekehren werdet.«

»Du willst mich ablenken«, sagte Laforgue, »wie der Böse dich abgelenkt und mit einer Lüsternheit erfüllt hat, die so stark ist, daß sie dir die Angst austreibt, die du jetzt empfinden müßtest. Die Angst, deine unsterbliche Seele zu verlieren.«

»Was rede ich überhaupt mit Euch!« Der Junge sprang auf und stand vor Laforgue, als wollte er ihn schlagen.

»Wenn du heute nacht stirbst, im Stande der Todsünde«, sagte Laforgue, »wirst du feststellen, *daß* es eine Hölle gibt. Eine Hölle für die Ewigkeit.«

»Gute Nacht, Père Paul«, sagte der Junge und ging,

mischte sich unter die um die rauchenden Kesssel sitzenden, drängelnden, singenden, schmausenden Wilden. Laforgue ging ihm nicht nach. Dafür wurde sein Zittern immer stärker, bis es seinen ganzen Körper schüttelte wie im Fieber. Alle Glieder taten ihm weh, und sein mit halbgarem Fleisch gefüllter Magen rumorte und gab ihm das Gefühl, sich übergeben zu müssen. Er wiegte den Körper hin und her und starrte in die Flammen, und sein Verstand erinnerte sich nur verschwommen, worüber sie gesprochen hatten. Wenn ich krank werde und nicht mehr reisen kann, werden die Wilden keine Barmherzigkeit zeigen. Selbst gegenüber ihresgleichen sind sie völlig gleichgültig, wenn sie krank werden. Père Bourque hat mich gewarnt, wenn ich krank würde, dürfe ich es ihnen nicht zeigen. Ich muß stark sein. Ich sollte beten.

Er schloß die Augen und versuchte sein ermattetes Gehirn zum Beten zu zwingen, aber statt dessen nickte er ein. Er zuckte zusammen und konnte sich gerade noch fangen, bevor er längelang in den Schnee fiel. Das einzige, woran er noch denken konnte, war der Augenblick, da die Wilden nach beendetem Festmahl in den Wigwam kriechen würden und er sich zwischen ihre warmen Körper legen konnte, um in langem, müdem Schlaf Linderung von Fieber und Schmerzen zu finden. Morgen mußte er wieder aufstehen und mit den anderen paddeln. Morgen würden sie weiterreisen.

Neehatin erwachte. Er streckte den Arm nach der Tasche aus, in die er abends, wie es nach einem Festschmaus üblich war, ein paar Fleischstücke getan hatte. Er sah zu der Öffnung im Dach des Wigwams und wußte, daß die Sonne die erste Himmelsmauer überstiegen hatte. Langsam kaute er das Fleisch und spuckte die Knorpelstücke aus. Dann schlich er sich an den Knäueln der Schlafenden vorbei nach draußen. Ein paar andere waren schon auf. Er sah den Schwarzrock am Fluß knien und sich Gesicht und Hals waschen. Chomina, Amantacha und Ougebemat schnitten Speerschäfte für die Jagd zurecht, wie er es ihnen gestern abend aufgetragen hatte. Er ging zu ihnen.

»Wir gehen durch die Schlucht hinunter und sehen, ob wir Fährten finden«, sagte er. »Dann steigen wir die Hänge hinauf. Seid ihr dazu imstande, ihr Hirschkühe?«

»Wenn du Elche findest, steigen wir zwanzig bekackte Hänge hinauf«, versetzte Amantacha.

»Neehatin«, sagte Ougebemat, »wir haben uns unterhalten. Sag mal, glaubst du, daß der Zauber des Schwarzrocks uns die Elche auf die Insel geholt hat? Vorigen Winter und den Winter davor waren hier keine.«

»Auf der anderen Seite von hier ist eine Furt«, sagte Neehatin. »Im Spätsommer steht das Wasser dort niedrig. Da könnte so eine dumme Elchfamilie herübergewandert sein, und als das Wasser wieder stieg, saß sie in der Falle. Kein Weg zurück.«

»Was haben wir doch für einen schlauen Häuptling«, meinte Ougebemat, und alle lachten gutmütig. Aber sie wußten, daß Neehatins Erklärung die richtige war. Und meine Erklärung ist ihnen lieber, dachte Neehatin. Sie möchten nicht denken müssen, daß der Elch, den sie essen, ihnen von einem normannischen Zauberer geschickt wurde.

»Und wann brechen wir auf?« fragte Chomina. Er sah Neehatin mit Respekt an, aber ohne Liebe.

»Jetzt sofort«, sagte Neehatin. »Schick die Kinder am besten voraus, damit sie auf der anderen Seite der Insel auf uns warten. Die Frauen können ihnen mit den Lasten und den Kesseln folgen. Die Kanus lassen wir hier liegen.«

»Hast du dem Furzrock schon Bescheid gesagt?« fragte Chomina. »Er scheißt sich bestimmt selber zu.«

»Soll der doch«, sagte Neehatin. »Den Schwarzrock überlaß nur mir.«

»Wenn die Kinder jetzt aufbrechen, müßten sie lange vor Dunkelheit das Lager erreichen«, sagte Ougebemat. Es ist nur ein halber Tagesmarsch, sogar für die Kleinen.«

»Gebt ihnen etwas zu tragen«, sagte Neehatin. »Die kleinen Stinker sollen sich daran gewöhnen.« Die anderen lachten. Sie liebten ihre Kinder, aber er hatte recht. Sie mußten lernen, auch etwas zu tragen.

»Und die Normannen?« fragte Chomina.

»Die kommen mit uns. Ich habe diese Hirschkühe lieber vor als hinter mir.«

Neehatin ging fort; er ging zum Fluß hinunter. »Nicanis?« rief er. Der Schwarzrock kam ihm entgegen. Dabei lächelte er und nickte mit dem Kopf, wie die Normannen es immer taten, wenn sie einem nach dem Schlafen wieder begegneten. Der Schwarzrock sah krank aus.

»Fehlt dir etwas?« fragte Neehatin. »Du siehst aus wie durch die Hundescheiße gezogen.« Da er lachte, lachte auch der Schwarzrock, aber wie immer wirkte es bei ihm gezwungen. Er lachte, als hätte er Zahnschmerzen.

»Nein, mir fehlt nichts«, sagte der Schwarzrock. »Das Fleisch gestern abend, das hat gutgetan.«

»Heute gibt es mehr davon«, sagte Neehatin. »Fünf Elche müssen in dieser Familie sein. Wir haben erst zwei erlegt. Die anderen holen wir uns heute.«

»Aber müßten wir nicht weiterfahren?« fragte der

Schwarzrock. »Der Winter hat angefangen, und ich mache mir große Sorgen. Wir müssen heute weiter.«

»Nein, Nicanis. Zuerst werden wir Elch jagen und Elch essen, und was wir nicht essen, das räuchern wir und nehmen es mit. Danach werden wir viele Tage sehr schnell fahren.«

Der Schwarzrock zögerte. Neehatin sah den Krankenschweiß auf seiner Stirn. »Neehatin, mein Freund«, sagte der Schwarzrock, der immer redete wie ein kleines Kind, das gerade seine ersten Wörter gelernt hat. »Wenn ihr heute jagen müßt, bleibe ich hier und ruhe mich aus.«

»Bärendreck«, sagte Neehatin lachend. »Wir lagern heute abend auf der anderen Seite. Du kommst mit.«

»Aber kann ich nicht hierbleiben und warten, bis ihr zurückkommt?«

Neehatin sah zum Himmel. Der Himmel gab kein Zeichen. Warum wollte dieser Zauberer zurückbleiben? Wußte er von irgendeiner Gefahr, die auf sie lauerte? »Nein«, sagte Neehatin. »Ich will dir etwas sagen. Wenn du so kotzmüde bist, brauchst du heute nichts zu tragen. Mestigoit bleibt bei dir, und du kommst mit uns, mit den Jägern. Zieh deine Schuhe an. Ich muß jetzt gehen.«

Er wartete nicht ab, ob der Schwarzrock noch mehr Klagen vorzubringen hatte. Die Normannen beklagten sich immerzu. Sie gaben einem schöne Geschenke, aber dann erinnerten sie einen dauernd daran. Sie sorgten sich um alles und jedes, wie die alten Weiber. Ihr Gehirn war aus Hundescheiße. Neehatin ging die Uferböschung hinauf und rief: »Frauen mit Kindern. Frauen mit Kindern.«

Sie kamen aus dem Wigwam. Er sah zum Fluß zurück. Der Fluß lief seinen Lauf. Der Fluß sagte ihm nichts von einer Gefahr, die auf sic lauerte.

»Gebt den Kindern etwas zu tragen«, sagte er zu den Müttern. »Nicht zu schwer. Baut ihnen kleine Schlitten, die sie hinter sich herziehen können, wie ihr. Brecht sofort auf. Wir kommen später nach. Wir jagen noch Elche.«

Er hörte das glucksende Lachen des Zauberers, und als er sich umdrehte, sah er den kleinen Mann zu seinen Füßen. »Habe ich etwas von Elchen gehört?« fragte der Zauberer.

»Ja. Auf den jenseitigen Hängen müssen mindestens noch drei sein. Ich möchte, daß du hinter uns bleibst. Iwanchou nehmen wir bei Chominas Männern mit, aber du bleibst in der Nähe des Schwarzrocks. Wir gehen schnell, und dieser Hirsch kann ja in seinen Schneeschuhen nicht laufen. Wenn du ihn bei irgendeiner Zauberei siehst, laß ihn stehen und komm es mir sagen. Er hat die Schüttelkrankheit. Wußtest du das?«

Der Zauberer lächelte. »Natürlich weiß ich das. Vor zwei Nächten, im Wald, hat die Manitu ihn angelächelt. Die Menschenfresserin.«

Neehatin erschrak. »Du hast sie gesehen?«

»Ja.«

»Und warum bist *du* nicht krank?«

»Ich bin ein Dämon«, sagte der Zauberer. »Sie wird doch einem der Ihren nichts tun.«

»Du bist doch ein kleiner Furzköter«, sagte Neehatin lachend, obwohl ihm in Wahrheit nie ganz wohl war, wenn er mit Mestigoit sprach. Ja, es hieß, daß Mestigoit ein Dämon sei, der in eine Frau gekrochen und von ihr als Kind geboren worden war. Vielleicht hatte er gelogen und die Manitu gar nicht gesehen. »Weißt du bestimmt, daß du sie gesehen hast?« fragte er noch einmal.

Der Bucklige lächelte und zeigte die Zähne, die so spitz

waren wie bei einem Hund. »Ich habe sie gesehen. Sie hat aber mich nicht angesehen. Nur den Schwarzrock.«

»Beim Hasenarsch«, versuchte Neehatin zu scherzen. »Das macht es uns leicht, wie?«

»Leicht?« Das zerfurchte Gesicht lächelte nicht mehr. »Wenn sie ihn in einer der nächsten Nächte frißt, brauchen wir nicht mehr bis zu den Großen Schnellen. Dann haben wir uns Agnonhas Geschenke für nichts verdient.«

»Von den Normannen gibt es keine Geschenke, für die man nicht bezahlen muß«, sagte der Zauberer.

»Was redest du da für Bärendreck?« fragte Neehatin, noch immer bemüht, es ins Scherzhafte zu ziehen.

»Ich sage, was ich sage, und du weißt, was ich meine«, sagte der Zauberer. »Noch zwei Nächte, dann beginnt die Gefahr. Vielleicht stirbt der Schwarzrock bis dahin nicht. Er ist ein Zauberer, ein normannischer Zauberer. Die sind schwer zu töten.«

»Die Normannen scheißen und essen und bluten und sterben wie alle anderen«, sagte Neehatin. »Willst du darauf wetten? Ich setze zwei Biberfelle, daß er keine zwei Nächte mehr lebt, wenn die Manitu ihn angesehen hat.«

»Ich habe keine Biberfelle«, sagte der Zauberer. »Ich habe nur dieses Messer.«

»Dann eben mein Messer gegen deins, du Zwergenprickel.«

Da lachte endlich auch der Zauberer.

In der Nacht hatte es wieder geschneit. Bis die Jäger die Höhen auf der anderen Seite der Schlucht erreichten, waren die Spuren des Elchs, der ihnen gestern entkommen war, völlig zugedeckt. Doch auch auf den Höhen lag jetzt tiefer Schnee. Elche konnten auf festem Boden so schnell laufen wie Hirsche, aber im tiefen Schnee waren sie hilflos. Chomina nahm den einen Hang, Neehatin den anderen. Die Elche würden die Jäger auf große Entfernung wittern. Wenn die Algonkin näherkämen, würden sie den Schutz der Bäume suchen und sich verstecken.

Die Jäger verteilten sich über beide Hänge und schwärmten dann zu einer langen Kette aus. Die Elche mußten auf die andere Seite der Insel gewechselt sein, wo sie sich verengte. Die Jäger suchten den ganzen Vormittag, gingen auf ihren Schneeschuhen weiter und immer weiter über den tiefen, weichen Schnee. Am Spätnachmittag fanden sie Fährten. Die Fährten waren wie tiefe dünne Löcher im Schnee. Die Jäger blieben stehen und lächelten einander an. Alle schwiegen. Die Spuren führten sie zu einer bewaldeten Stelle. Chomina ließ seine Leute immer näher zusammenrücken, als sie sich den Bäumen näherten. Neehatin machte es ebenso. Im Halbkreis drangen sie in das Wäldchen ein. Es war ein kleines Wäldchen. Stumm, die langen Speere erhoben, gingen die Jäger durch das düstere Baumgewölbe. Inzwischen kam der Wind von vorn. Der Wind war freundlich. So würden die Elche sie vielleicht nicht einmal wittern können, bis sie ganz nah waren. Doch dann erblickten sie vorn einen Bullen und zwei Kühe, die in Panik durch die Bäume brachen und das freie Gelände auf der anderen Seite des Wäldchens zu gewinnen suchten.

Die Jäger begannen zu laufen. Sie waren sehr flink auf ihren klobigen Schneeschuhen. Da sie jetzt nicht mehr still sein mußten, begannen sie zu brüllen, um die Elche in Panik zu versetzen. Die Tiere rannten blindlings ins Freie, wo sie mit ihren langen dünnen Beinen bis zu den Bäuchen in den Schneewehen versanken. Nun schlossen die Jäger den Kreis, zogen ihr Netz aus Speeren immer enger. Chomina sah, daß die eine Elchkuh gewendet hatte und jetzt dem Normannenjungen am nächsten war. Also gab er Iwanchou das Zeichen zum ersten Stoß. Der Junge traf gut. Sein Speer drang der Elchkuh in den Hals, wo ihr dick das Blut herausquoll. Wenig später lagen alle drei Elche, mit Speeren gespickt, am Boden. Der Bulle hatte sein Geweih in eine Schneewehe gebohrt. Die Jäger hoben ihre Spieße in die Luft und jubelten laut. Chomina sah Iwanchou bei den anderen, ging hin und legte ihm den Arm um die Schultern. »Du dummer weißer Hundeköttel«, sagte er lachend. »Ich glaube, deine Mutter war eine Algonkin.«

Der Junge lachte. »Kann schon sein«, meinte er. »Dann wäre ich genau so dumm wie ihr. Aber mir soll es recht sein. Ich jage und esse so gerne wie ihr. Vielleicht werde ich selbst einmal ein Algonkin.«

Chomina sah ihn an. Er wußte, daß der Junge mit Annuka vögelte. Er hatte die Geschenke gesehen, die er ihr gab, Perlenketten und anderes. »Wieso würdest du einer von uns werden wollen?« fragte Chomina. »Wenn du für die Schwarzröcke in Québec arbeitest, hast du jeden Tag zu essen, heißt es. Du baust für sie hölzerne Wigwams und hast es nicht nötig, auf die Jagd zu gehen.«

»Ich jage gern«, sagte der Junge. »Und ich liebe euch Stinktiere, wußtest du das nicht?«

»Mehr als den Schwarzrock?«

»Ja.«

»Du hast Scheiße im Kopf«, sagte Chomina lachend. »Komm, schaffen wir die Elche fort.«

Die Sonne stand tief über dem Horizont, als Mestigoit und Laforgue, die den Spuren der Jäger folgten, sie von weitem ihre Beute wegschleppen sahen. Sie hatten die Elche zerlegt und die Stücke auf schmale, mit Rinde bespannte Holzgestelle geladen, die als Schlitten dienten. Die Jäger legten sich Stricke um die Stirn, spannten sich wie Zugtiere vor die Schlitten und schleppten die schwere Fracht durch den tiefen Schnee. Laforgue, vor Fieber halb von Sinnen, fragte sich, wie die Jäger unter der schweren Last noch die Beine bewegen konnten. Seine Schneeschuhe waren schwer geworden, und jedesmal, wenn er in eine Wehe stürzte, kam es ihm vor, als zöge jemand von unten an seinen Füßen und wollte sie aus ihren Gelenken drehen. Als die Kolonne endlich den neuen Lagerplatz erreichte, waren die Frauen schon dort und hatten die Feuer angezündet und Stämme für den Wigwam gefällt. Die Kinder waren müde von dem weiten Marsch und saßen ungewohnt teilnahmslos auf ihren Bündeln, doch jetzt sprangen sie auf und kamen den Jägern und ihrer Beute schreiend entgegengelaufen. Wegen des tiefen Schnees mußte der Wigwam richtig winterlich gebaut werden, und sowie die Algonkinmänner sich aus ihren Zuggeschirren befreit hatten, zogen sie die Schneeschuhe aus und benutzten sie als Schaufeln, um ein großes, kreisförmiges Loch von drei Fuß Tiefe in den Schnee zu graben. Sogar der Bucklige half dabei, denn wie Laforgue feststellen sollte, bedeutete der Bau des Wigwams, in dem sie schlafen würden, drei Stunden Arbeit in klirrender Kälte. Die Grube und der herausgeschaufelte Schnee bildeten eine weiße Wand, die den Wigwam wie eine kleine Mauer umgab, nur an einer Stelle wurde ein Durchbruch für den Eingang gelassen. Etwa zwanzig Stangen, von den Frauen aus dem Wald geholt und schon zurechtgeschnitten, wurden dann so in den Schnee gerammt, daß sie ein in der Mitte spitz zulaufendes Gerüst bildeten. Die langen Matten aus zusammengenähten Rinden, die auch bisher das Dach gebildet hatten, wurden nun über dieses Gerüst geworfen. Dann wurden Wände und Fußboden mit Fichtenzweigen ausgelegt und ein Fell vor den Eingang gehängt. Erst als das alles getan war und der Himmel sich schon verdunkelt hatte, kamen die Wilden an die Feuer und begannen die erlegten Elche zu kochen. Laforgue, der am ganzen Körper zitterte, obwohl er unmittelbar am Feuer saß, konnte nur staunen, als er die Wilden, die stundenlang in der eiskalten Schneegrube gearbeitet hatten, schwitzend wie in einer warmen Sommernacht ans Feuer kommen sah. Sowie die ersten Fleischstücke in die Kessel geworfen wurden, begannen sie zu scherzen und einander die üblichen Beleidigungen an den Kopf zu werfen. Laforgue, der im Feuerschein sein Brevier gelesen hatte, setzte sich abseits. Seine eiskalten Hände schmerzten ihn in den Handschuhen, als hätte er, wie früher in der Schule, ein paar mit dem Rohrstock darauf bekommen. Überhaupt gab es keine Stelle an seinem Körper, an der ihm nicht irgend etwas weh tat. Er saß allein. Er sah sich nicht nach Daniel um, und der Junge kam auch nicht zu ihm. Ringsum hörte er die Wilden mit Obszönitäten um sich werfen, Hunde bellen, die Krieger ihre monotonen Triumphgesänge anstimmen und den Zauberer mit seiner Trommel rasseln.

»Nicanis?«

Er sah auf. Vor ihm stand Neehatin, einen Rindenteller voll Fleisch in der Hand. »Iß«, sagte Neehatin und reichte ihm den Teller. Laforgue nahm ihn, aber er entglitt seinen steifgefrorenen Fingern, und das Fleisch fiel zu Boden.

Augenblicklich kamen zwei Hunde angesprungen. Neehatin jagte sie mit einem Fußtritt weg.

»Bist du krank, Nicanis?«

»Meine Hände sind kalt.«

»Laß mal sehen.« Der Häuptling ging in die Hocke, zog Laforgue die Handschuhe aus und befühlte seine Hände. »Mist«, sagte er. »Die sind wirklich kalt. Hier.« Er nahm seine eigenen Handschuhe aus der Jacke, gab sie Laforgue. Die Handschuhe waren warm von seinem Körper. »Ich nehme deine.« Er lachte. »Nicanis, laß dir einen Rat geben.«

»Einen Rat?«

»Du darfst nicht mit uns im Winter reisen. Wir werden dich umbringen.«

Er lächelte, worauf Laforgue ebenfalls lächeln zu müssen glaubte. »Ich bin stärker, als du denkst«, sagte er.

»Ein kranker Mann ist eine schwere Last auf dem Schlitten«, sagte Neehatin. »Wozu ihn mitschleppen, wenn er sowieso stirbt? Da jagt man ihm doch besser gleich eine Axt in den Schädel.« Er warf den Kopf zurück und lachte schallend, wobei man sein makelloses Gebiß sah.

»Dann werde ich also besser nicht krank.«

»Iß dein Fleisch«, sagte Neehatin. »Morgen räuchern wir das, was von den Elchen übrig ist; dann kehren wir zu den Kanus zurück und setzen die Reise fort.« Er drehte sich ohne ein Wort des Abschieds um und ging. Laforgue betrachtete seine Fleischportion und hatte das Gefühl, sich übergeben zu müssen. Er sah sich vorsichtig um, ob ihm auch niemand zuschaute, und wickelte es in ein Tuch, das er dann zwischen seinen Sachen versteckte. Mit einem Gefühl, als müsse er jeden Moment in Ohnmacht fallen, stand er auf, verließ das Feuer und ging in den neuen Wigwam. Drinnen waren nur ein paar alte Frauen, die sich um das rauchende Feuer kümmerten. Laforgue legte sich nah ans Feuer und zog sich die Soutane fest um die Schultern. Die Hitze der Flammen versengte ihm das Gesicht, während sein Rücken von der Kälte der Schneewand hinter ihm zitterte. Er krümmte sich zusammen wie ein Embryo und versuchte einzuschlafen.

Im Morgengrauen zupfte ihre Mutter sie an den Haaren, um sie zu wecken. Zusammen krochen sie zum Ausgang. Die anderen Frauen, die man gestern abend ausgewählt hatte, waren schon draußen und fachten die Feuer an. Als die Feuer gut brannten, ging die Mutter den Vater wecken. Er kam mit sechs Männern. Sie nahmen den Elchbullen, den sie gestern abend nicht gegessen hatten, schnitten wie üblich alle Knochen heraus und schlugen ihre Messer dort ins Fleisch, wo es zu dick war, damit der Saft besser herauslaufen konnte. Danach halfen die Frauen, das Fleisch mit Steinen zu klopfen, und zuletzt trampelten die Männer mit den Füßen darauf herum, um den letzten Saft herauszupressen. Inzwischen waren auch die anderen auf. Sie sah Iwanchou in der Nähe stehen und so tun, als schaute er der Arbeit zu. Sie sah ihn nicht an.

Als sie mit dem Stampfen fertig waren, nahmen die Männer das Elchfleisch und schoben es an Stangen übers Feuer. Das Räuchern begann. Neehatin kam aus der Hütte, an den Resten seiner Abendmahlzeit kauend, und gab Befehle. Die Schlitten mußten beladen werden und die Frauen und Kinder über die Insel zurückgehen zu den Kanus. Es geht also weiter, dachte sie. Als sie sich nach dem Schwarzrock umblickte, sah sie ihn auf seinem Bündel sitzen und, wie so oft, einen kleinen Zauber anstarren, den er immer bei sich hatte. Der Zauber steckte in einer schwarzen Haut und bestand aus lauter zusammengenähten Streifen weißer Rinde. Auf die weiße Rinde waren mit einem schwarzen Stock Zeichen gemalt. Während sie den Schwarzrock jetzt beobachtete, sah sie, daß er die Schüttelkrankheit hatte. Was würde Iwanchou tun, wenn der Schwarzrock starb? Wohin würde er gehen? Sie hatte Angst. Eilig belud sie ihren Rindenschlitten und half dann ihrem kleinen Bruder dabei. Sie ging mit der ersten Gruppe, den jüngeren Frauen und Kindern. Die Männer räucherten noch immer Flesich. Später würden sie es zusammenlegen und in Bündel packen und zu den Kanus schleppen. Als sie ging, hörte sie ihren Vater eine Gruppe von Jägern zusammenrufen. Hier gebe es vielleicht Stachelschwein und Biber, sagte Chomina. Sie hörte Neehatin witzeln, Chomina wolle nur zum Schein auf die Jagd gehen, um seinen Anteil an der Last nicht tragen zu müssen. Solche Scherze liebte ihr Vater nicht.

Als sie am Waldrand entlanggingen, hörte sie den Wald sprechen. Sie horchte, konnte aber nichts verstehen, darum fragte sie ihren kleinen Bruder Outiji: »Hast du gehört, was der Wald sagt?«

»Er sagt, daß es einen Sturm gibt«, antwortete ihr kleiner Bruder. Sie wußte nicht, ob sie ihm glauben sollte. Er war in einem Alter, in dem er gern ein Mann sein wollte und auf alles eine Antwort hatte.

Als sie bei den Kanus ankamen, stand die Sonne noch hoch. Es war eine kalte Wintersonne, die den Schnee nicht schmolz. Ihre Mutter befahl ihr, beim Beladen der Kanus zu helfen. »Wir paddeln doch nicht heute noch los?« fragte sie. »Es ist schon zu spät.«

»Der Buckel hat zu Neehatin gesagt, daß wir sofort aufbrechen müssen«, antwortete ihre Mutter.

Die Männer, auch die Jäger, trafen im Lager ein, als die Frauen die Kanus zu beladen begannen. Sie brachten zusätzliche Bündel und das getrocknete Fleisch mit. Als die Kanus beladen waren, befahl Neehatin, sie ins Wasser zu schieben.

»Mist«, sagte ihre Base. »Das heißt, wir müssen den Wigwam bauen, wenn die Sonne erlischt. Was soll nur dieser ganze Bärendreck?«

»Halt den Mund«, sagte ihre Tante. »Steig ins Kanu.«

Auf dem Fluß begannen sie zu singen; es vertrieb die Zeit. Aber Neehatin stand auf und rief, sie sollten still sein. Sie sah nach hinten zu dem Kanu, in dem Iwanchou als hinterer Paddler saß. Wußte er, was das bedeutete? Würde es ihm jemand sagen? Sie sah den Schwarzrock mit seinen linkischen Bewegungen paddeln. Der bucklige Zauberer saß ihm gegenüber. Wieder bekam sie Angst. Ein Windstoß fegte über den Fluß. Er heulte wie eine sterbende Frau. »Ich sagte es ja«, sagte ihr kleiner Bruder. »Da kommt der Sturm.«

Es schneite. Nicht wie es an den Tagen zuvor geschneit hatte, vielmehr trieb ein starker Nordwind eine undurchdringliche weiße Wand vor sich her, so daß die ganze Luft ringsum toste und heulte und die Kanus auf der Stelle festhielt wie Spielzeug. Sie mußten ans Ufer. Sie legten an einer dicht bewaldeten Stelle an, wo die Bäume bis ans Wasser reichten. Dort schleiften sie die Kanus durch tiefen Schnee, in dem sie bis über die Knie versanken, bis sie ihre Schneeschuhe anlegten. Der Sturm peitschte die Bäume, und ihr Knacken klang wie Kanonenschüsse. Die Hunde rannten ängstlich jaulend die Uferböschung hinauf und versteckten sich im Wald. Aber Schutz gab es dort auch nicht, selbst nicht unter dem großen Gewölbe der Birken und Fichten. Mit der müden Verbissenheit von Sträflingen bei der Zwangsarbeit schleiften die Wilden ihre Dachmatten heran, hieben Äste und räumten hastig, aber doch planvoll eine flache Stelle von Schnee frei. Dann, zu einer menschlichen Mauer zusammengedrängt, zündeten sie mitten im wirbelnden Schnee ein Feuer an. Die Stangen wurden halbwegs kreisförmig eingerammt und die Birkenrinde zu einem behelfsmäßigen Dach darübergeworfen und festgebunden. Bis es dunkel wurde, saßen sie alle in der unzulänglichen Unterkunft um das Feuer gedrängt. Draußen heulte der Wind, und die Bäume ächzten unter der Schneelast und schwankten und zitterten, bis ihre dicken Äste brachen und in die weiße Stille unter ihnen stürzten. Gegen Morgen flaute der Sturm ab. Im Morgengrauen gebar eine Frau vier Monate vor der Zeit ihr Kind. Das Kind kam unter dem Stöhnen der aufgeweckten Schläfer in dem beengten Wigwam zur Welt, und man hielt seinen blutbeschmierten Körper, nachdem er von der Nabelschnur getrennt war, über das wärmende Feuer, während die Mutter ihm halbherzig einen Klaps gab, um zu sehen, ob es lebte. Es lebte nicht. Sie kroch zum Ausgang, ging in den Wald und legte den schleimigen kleinen Leichnam in eine hohe Astgabel, wo die Hunde nicht herankamen. Als sie zur Hütte zurückging, begegnete ihr der Schwarzrock. Sie dachte, er sei zum Pinkeln herausgekommen, doch als sie sich umdrehte, sah sie ihn zu dem Baum gehen, in den sie ihr Kind gelegt hatte. Er nahm den Leichnam herunter, steckte eine Handvoll Schnee in den Mund, spuckte sich das Schneewasser auf die Hand und ließ es über das kleine Gesichtchen laufen. Dabei hörte sie ihn in der Normannensprache etwas sagen.

Sie beobachtete das Kind. Es war tot. Er nahm den Leichnam und legte ihn dahin zurück, wo sie ihn hingetan hatte. Dann faßte er sich mit der Hand an die Stirn und danach an die eine und die andere Schulter. Er sah krank aus, als würde er gleich umfallen. Sie drehte sich um und ging in den Wigwam zurück. Als sie sich zu ihrem Mann legte, erzählte sie ihm, was sie gesehen hatte. Zusammen beobachteten sie den Schwarzrock, wie er in den Wigwam zurückkam und sich neben den Zauberer legte. Hatte der Schwarzrock sie verhext, damit ihr Kind vor der Zeit kam? Sie fragte ihren Mann danach, aber er antwortete nicht. Sie fühlte sich ganz leer und war müde und voll Angst. Ihr Mann nahm sie in die Arme. Wenig später hörten sie den Ruf zum Aufstehen und Weiterziehen.

Draußen vor dem Wigwam gab Chomina allen Männern, Frauen und Kindern je ein kleines Stück geräuchertes Fleisch. Sie bauten den Wigwam ab und schleiften die Kanus zum Wasser. Während Laforgue dabei half, kam Daniel zu ihm und nahm ihn beiseite.

»Seid Ihr krank, Père Paul?«

»Ich hatte Fieber«, sagte Laforgue. »Aber heute nacht ist es abgeklungen. Es geht mir wieder besser.«

»Heute wird hart gepaddelt«, sagte Daniel. »Ich habe Ougebemat sagen hören, daß wir jetzt vier Tage lang durch ein gefährliches Gebiet fahren. Das bedeutet feindliche Wilde. Sie wollen da so schnell wie möglich durch.«

»Welches Volk lebt denn an diesem Flußabschnitt?«

»Das weiß ich nicht. Es tut mir leid, was ich zu Euch gesagt habe, Père Paul. Wenn wir in Gefahr geraten, dürfen wir keine Feinde sein.«

»Wir sind nicht Feinde«, sagte Laforgue. »Aber wir

müssen über diese Dinge reden. Es gibt nichts Wichtigers als das.«

»Wir können jetzt nicht reden. Außerdem wüßte ich nicht, was ich sagen sollte.« Plötzlich starrte der Junge Laforgue an. »Père Paul, was ist los?«

»Mein Ohr«, sagte Laforgue. Er hielt sich die Hand über das rechte Ohr, dann klappte er vornüber und fiel in den Schnee. Auf dem Boden liegend drehte er sich um und sah zu dem Jungen auf. Daniel bewegte die Lippen. O mein Gott, sagte Laforgue bei sich. Bin ich jetzt vollends taub geworden? Das Brausen im Ohr übertönte alle anderen Geräusche, während der Junge ihm aufhalf.

Und ebenso plötzlich, wie es begonnen hatte, verstummte das Brausen wieder. Laforgue hörte den Jungen sagen: »Père Paul? Père Paul?«

»Es ist schon gut«, sagte Laforgue. »Solche Anfälle habe ich manchmal. Sie vergehen auch wieder.«

»Ihr seid krank. Ihr könnt nicht reisen.«

»Ich bin stärker, als du glaubst«, sagte Laforgue.

Er hörte seinen Namen rufen. »Nicanis? Nicanis?«

»Versucht nicht zu paddeln«, sagte der Junge. »Es ist zuviel für Euch. Ich werde Neehatin sagen, daß Ihr krank seid.«

»Nein, das tust du nicht. Ich werde paddeln. Sag ihm nichts.« Laforgue drehte sich um und lief zu dem wartenden Kanu, raffte seine Soutane und watete ins eisige Wasser. Als das Kanu ablegte und sich in die Schlange einreihte, die auf den Fluß hinausglitt, hörte er wieder das verräterische Brausen. Er sah den Zauberer an, der mit den Kindern zwischen dem aufgeschichteten Gepäck in der Mitte des Kanus saß. Der Zauberer redete mit den Kindern, aber Laforgue konnte ihn nicht hören. Das Brausen verstummte. Er hörte wieder deutlich Stimmen und das Klatschen seines Paddels im Wasser. Es war, als ob ein Furunkel in seinem Ohr geplatzt sei. Er hörte so gut wie schon seit Wochen nicht mehr. Und in diesem Moment der Erlösung sah er Neehatin im vorderen Kanu sich halb aufrichten und ein Zeichen geben. Die Wilden verstummten und steigerten so sehr ihr Tempo, daß Laforgue der Schweiß ausbrach. Aber es war der Schweiß der Arbeit. Das Fieber war gebrochen. Sein Gehör war wiederhergestellt. ›O Herr‹, betete er, ›Du hast mir mein Gehör zurückgegeben und meine Kraft. Du hast mir gezeigt, daß ich durch Deine Hand zu Leistungen fähig bin, die ich in diesem meinem Körper nicht vermutet hätte. So es Dein Wille sei, daß ich in den vor uns liegenden Tagen noch mehr Entbehrungen leiden soll, will ich sie gern auf mich nehmen. Du hast mir dieses Kreuz zu Deiner Ehre und zur Errettung dieser armen Barbaren auferlegt. Ich danke Dir.‹

Und hier im leisen Rauschen des Flusses, dem Klatschen der Paddel, dem kalten Morgennebel, durch den die Kanus dahinglitten, erfüllte ihn eine sonderbare Beglückung. Zu Hause in Frankreich hatte er dieses Gefühl hin und wieder auch gekannt, im Kloster nach einer langen, beschwerlich im Gebet durchwachten Nacht, oder wenn er in den Küchen und Krankenstuben des Ordens niedere und widerwärtige Arbeiten leistete. Es gab auf dieser Erde gleichsam keinen Paul Laforgue mehr, sondern nur noch einen Körper und Geist, der für Jesus gemacht war und Jesu Willen tat. Und heute morgen erschien ihm dieser früher gekannte Friede als ein Nichts im Vergleich zu dem Glück, das er jetzt in dieser Wildnis empfand, umgeben von Wilden, die wie besessen den Fluß hinaufpaddelten. Alles was er tat, alles was er litt, tat und litt er als Jesuit und zur Ehre Gottes. Gott hatte ihn geprüft und würde ihn weiter prüfen. Gott hatte ihm sein Gehör wiedergegeben, um ihn daran zu gemahnen, daß er nicht allein war.

Gott ist mit mir. Gott beehrt mich mit dieser Aufgabe.

6

Am dritten Tag ihrer rasenden Fahrt durch das Land der Finsternis sah Neehatin den Berg des Weißen Gesichts. Er hatte seine Leute hart angetrieben. Heute abend verlangte er, daß die Männer ebenso wie die Frauen beim Bau des Wigwams anfaßten. Alle bewegten sich wie Greise, so müde waren sie vom Paddeln. Aber der Wigwam war gut gebaut. Nachdem das letzte geräucherte Elchfleisch zum Abendessen verzehrt war, saßen sie alle schläfrig um die Feuer herum. Heute würden sie früh schlafen gehen. Neehatin winkte die Ältesten zu sich und brachte Tabak zum Vorschein.

»Beim Hundeköttel«, sagte Amantacha. »Wo hast du den gefunden?«

Alle lächelten. Tabak war so beliebt wie Essen.

»Ich hatte ihn vergessen«, log Neehatin. »Ich habe ihn zwischen die Biberfelle gelegt und dann vergessen.« Er füllte ihnen die Pfeifen, dann gab er den restlichen Tabak weiter an die älteren Frauen und die jungen Männer. Er bot auch dem jungen Normannen eine Pfeife an, doch der lehnte ab, genau wie der Schwarzrock. Der Zauberer, der aus einer selbstgemachten krummen Pfeife rauchte, setzte sich wie ein Kind zu Neehatins Füßen, während Neehatin über die qualmenden Feuer blickte und sich vergewisserte, daß der Normannenjunge nicht in Hörweite war. Dann fragte er den Zauberer: »Hast du mir etwas Neues über meinen Traum zu sagen?«

»Es wurde mir noch nicht gesagt«, antwortete der Zauberer.

»Dann weißt du noch nicht, wer der Fisch ist?«

Er wollte eine Antwort aus dem kleinen Stinker herausquetschen, denn er kannte den Buckligen. Der wollte warten, bis Neehatin gesprochen hatte, und dann seine Weisheit für sich in Anspruch nehmen.

»Nein«, sagte der Zauberer. »Es ist mir noch nicht gesagt worden, wer der Fisch ist.«

»Wann wirst du es wissen?« fragte Neehatin. Alle sollten das hören, auch Chomina.

»Es kommt noch«, antwortete der Zauberer.

»Bärendreck«, sagte Ougebemat. Er war glücklich. »Der Tabak ist gut.«

»Ich rauche«, sagte der alte Awandouie. Es war seine Art, sich zu bedanken. Die anderen schlossen sich mit »Ho, ho« an. Neehatin lächelte. Er war froh, daß er diesen Tabak in Reserve gehalten hatte. Jetzt waren sie dankbar und würden auf seinen Rat hören.

»In dem Traum«, sagte Neehatin, »kam der Fisch zu mir geschwommen und führte mich ans andere Ufer. Morgen abend werden wir dieses Ufer erreichen.«

»Aber wer ist der Fisch?« fragte der Bucklige. »Das ist die Frage.«

»Du bist der Fisch«, sagte Neehatin. »Darum wußtest du auch die Antwort nicht.«

»Wovon redest du da?« fragte Chomina. Er lag auf dem Rücken, die Knie angezogen, und sog mit langen, dankbaren Zügen an seiner Pfeife.

»Mestigoit ist der Fisch, den wir mit uns durch das Land der Dunkelheit nehmen. Er hat den Dämon aus dem Schwarzrock getrieben. Der Schwarzrock hat seine Macht verloren. Er kann keinen Bann mehr auf uns legen.«

»Aber woher weißt du das?« fragte Chomina. Er drehte sich um und sah Neehatin bei dieser Frage an.

»Als ich heute mein Kanu paddelte«, sagte Neehatin, »hat der Wald gesprochen. Er hat gesagt: ›Mestigoit ist der Fisch, der uns hilft. Er hat uns aus der Gefahr gerettet‹, sagte er.« Neehatin sah auf den Buckligen hinunter, der zu seinen Füßen kauerte. »Wir müssen dir ein schönes Geschenk geben, du kleiner Hasenarsch«, sagte er lachend.

»Aber wir sind noch immer in Gefahr«, warnte Chomina.

»Nicht mehr lange. Morgen abend erreichen wir die Großen Schnellen.«

»Zu den Großen Schnellen ist es mehr als noch ein Tag zu paddeln.«

»O nein«, sagte Neehatin. »Wir sind schon am Berg des Weißen Gesichts vorbei. Jetzt sind wir noch in Gefahr, aber bei den Großen Schnellen verlassen wir den Jungen und den Schwarzrock und schicken sie allein weiter. Wir selbst fahren über den Fluß ans andere Ufer und ziehen in die Winterjagdgründe. Dort sind wir sicher.«

»Allein weiterschicken?« meinte der alte Awandouie. »Allein werden die Normannen sterben. Die Portage über die Großen Schnellen schaffen sie nie.«

»Der Schwarzrock ist stärker, als er aussieht«, sagte Neehatin. »Letzte Nacht ist er in meinem Traum ganz allein in ein Dorf im Huronenland gegangen.«

»Du träumst dir einen schönen Bärendreck zusammen«, sagte Chomina, und die anderen lachten.

»Ich habe es geträumt«, versetzte Neehatin. Er lächelte nicht. In der verräucherten Hütte bellte ein Hund, ein Kind schrie. Die Ältesten sagten nichts.

»Er ist in ein Dorf gegangen«, sagte Neehatin. »Das Dorf war leer. Keine Menschen. Überhaupt keine Menschen.«

Wieder bellte ein Hund.

»Wenn du es geträumt hast, wird es so kommen«, sagte Ougebemat. »Aber wird der Normannenhäuptling uns unser Versprechen erlassen, wenn du ihm sagst, daß du geträumt hast?«

»Sie haben uns lumpige sechs Musketen und ein bißchen Pulver gegeben«, sagte Neehatin. »Und vier Äxte und ein paar Ahlen. Bunte Perlen und anderen Fliegendreck.«

»Und zwei eiserne Kessel«, sagte Chomina.

»Gut, auch noch zwei Kessel. Geschenke, schöne Geschenke. Gut. Aber dafür waren wir die letzten vier Tage in Gefahr und sind es noch. Wir könnten allesamt sterben. Scheiß die Normannen zu! Wir bringen sie bis zu den Schnellen. Was wollen sie mehr?«

»Wir haben Agnonha damals in seinem steinernen Wigwam unser Wort gegeben«, sagte Chomina. »Du und ich. Wir haben gesagt, daß wir sie zu den Schnellen bringen und ihnen zwei Mann mitgeben, die sie nach oben begleiten, bis sie dort die Allumette treffen. Du kennst doch Agnonha. Dieser Hasenarsch vergißt es dir nie, wenn du ihn hereinzulegen versuchst.«

»Manchmal weiß ich nicht, ob du mit dem Kopf oder mit dem Arsch denkst«, sagte Neehatin. »Du sagst, wenn wir sie am Fuß der Schnellen verlassen, sind sie tot. Jetzt meinst du, wir müßten Angst haben, daß die toten Männer uns in Québec verraten.«

»Richtig«, sagte Ougebemat. »Wir sagen einfach, wir hätten ihnen zwei Männer mitgegeben. Wer soll es denn erfahren? Agnonha zählt nicht jeden Algonkinprickel nach. Wie soll er das machen?«

»Und auch wenn der Schwarzrock am Leben bleibt und bis ins Huronenland kommt«, sagte Amantacha, »dauert es einen ganzen Winter, bis er etwas nach Québec melden kann.«

»Wir sind uns also einig?« fragte Neehatin. »Wir haben für ihre beschissenen Geschenke schon genug Gefahr auf uns genommen. An den Schnellen verlassen wir sie.«

Die anderen nickten. Nur Chomina nicht. »Bärendreck«, sagte Chomina. »Ich habe vor keinem Normannenhäuptling Angst, das wißt ihr ja. Aber die Muskete, die Agnonha mir gegeben hat, werde ich einem der jungen Männer geben, wenn er mit dem Schwarzrock die Schnellen hinaufgeht. Er braucht dafür zwei, vielleicht auch drei Tage. Dann kann er wieder herunterkommen, ein Kanu nehmen und uns in die Winterjagdgründe folgen.«

»Kleinigkeit. Ganz einfach«, lachte Neehatin. »Aber ich sehe, daß du selbst nicht gehen willst.«

»Hasenarsch. Ich habe eine Familie«, sagte Chomina. »Die müßte ich mit über die Schnellen nehmen. Deshalb will ich es nicht selbst machen. Aber wir haben ein Versprechen gegeben. Wir haben Agnonha gesagt, daß wir Nicanis bis über die Schnellen bringen.«

»Einen Furz auf das Versprechen«, sagte Neehatin. Aber als er in die Runde blickte, sah er Unsicherheit in einigen Augen. Er sah den Zauberer an. Der Bucklige haßte die Normannen. »Was sagst *du,* Mestigoit?« fragte er.

»Ich sage, wir sollten dem Traum gehorchen. Der

Traum ist stärker als jedes Versprechen. Du hast geträumt, daß der Schwarzrock allein in ein Huronendorf geht. Also wird er hinkommen. Gehorche dem Traum.«

Die anderen stießen kehlige Zustimmungslaute aus. Neehatin sah den Buckligen an und war jetzt doch froh, daß er ihn mitgenommen hatte. Aber Chomina nahm seine Pfeife aus dem Mund und spuckte ins Feuer. »Jetzt seid ihr es, die mit dem Arsch denken«, sagte er. »Ihr alle. Der Schwarzrock kommt nur mit unserer Hilfe in dieses Huronendorf. Könnt ihr euch vorstellen, daß der Junge und der Schwarzrock allein die Schnellen hinaufkommen? Natürlich nicht. Wir müssen mit ihnen gehen. Das wollte der Traum sagen. Versteht ihr denn nicht?«

»Ich sehe, daß du Angst von den Bewohnern der Holzinseln hast«, sagte Neehatin, aber er lächelte dabei, um der Kränkung die Schärfe zu nehmen.

»Ich habe keine Angst«, sagte Chomina. »Aber wir sind inzwischen auf den Handel mit ihnen angewiesen. Das ist unser Unglück. Und es wird wohl unser Verderben sein.«

»Davon reden wir jetzt nicht«, sagte Neehatin. »Ich habe gesagt, daß wir alle miteinander, Männer, Frauen und Kinder, sterben können, wenn wir den Schwarzrock morgen abend nicht loswerden.«

»Ich sage ja auch nicht, daß wir alle unser Leben aufs Spiel setzen sollen«, sagte Chomina. »Ich habe nur davon gesprochen, einen jungen Krieger mitzuschicken, der sich eine Muskete verdienen will. *Das* habe ich gesagt.«

»Gut, dann frage ich jetzt den Rat.« Neehatin wälzte sich auf den Rücken und sah jedem einzelnen starr ins Gesicht. »Sagen wir das den jungen Kriegern, ja oder nein?«

»Ich sage nein. Scheißt die Normannen zu«, sagte Ougebemat. »Was meint Awandouie?«

Alle sahen den Ältesten im Rat an. Er lebte schon sechzig Winter, vielleicht noch länger. Er kannte alle Gefahren von früher. »Wenn Neehatins Traum den Schwarzrock in einem Huronendorf sieht, wird der Schwarzrock das Dorf erreichen. In Neehatins Traum ist das Dorf leer. Der Schwarzrock geht allein hinein. Nicht mit Chomina, nicht mit einem unserer Männer. Gehorcht dem Traum.«

Neehatin beobachtete Chomina, dann fragte er: »Sind wir uns einig?«

»Vergeßt nur nicht«, sagte Chomina, »daß Agnonha uns die Eier abschneidet, wenn er das erfährt.« Er lachte zum Zeichen, daß er nur scherzte. Die anderen lachten auch, aber sie sahen Neehatin an.

»Dann setzen wir die Behaarten also morgen abend aus«, sagte Neehatin. »Sind wir uns einig?«

»Der Rat ist sich einig«, sagte Awandouie.

Es hatte zu schneien aufgehört. Ein milder Wind vertrieb die Eiseskälte, die Laforgues Füße in den letzten Tagen ganz gefühllos gemacht hatte. Die Sonne schien, als wollte in dieser launischen Wildnis der Sommer der Hitze und Fliegen noch einmal wiederkommen und den nahenden Winter verjagen. Vögel sangen, als die Kanus wieder in langer Schlange über das Wasser glitten. Laforgue paddelte mit einer Leichtigkeit, die er vor zwei Wochen noch nicht für möglich gehalten hätte, und fühlte neue Kraft in seinen Schultern und Armen. Als am Morgen die Kanus beladen wurden, hatte Neehatin gesagt: »Wir fahren heute weit, Nicanis. Aber bald werden wir ausruhen.«

»Wie weit ist es noch bis zu den Schnellen?«

Neehatin überlegte kurz. »Zwei Nächte, vielleicht weniger. Wir sind gut vorangekommen.«

Kurz nach Mittag begannen die Wilden, die bis dahin stumm gewesen waren, plötzlich aufgeregt zu tuscheln, als sie die Schaumblasen auf dem Wasser sahen. Der Bucklige, der wie immer mit gekreuzten Beinen auf dem Gepäck saß und Laforgue nicht aus den Augen ließ, beugte sich jetzt vor, um dem Priester etwas ins Ohr zu flüstern. »Weißes Wasser«, sagte er. »Wir sind geflutscht wie nasse Scheiße aus dem Loch.« Er feixte.

»Was willst du damit sagen?«

»Psst«, machte der Bucklige und sah mit schillernden Augen zum Ufer. »Weißes Wasser. Wenn die Sonne sich wieder nach unten neigt. Die Schnellen.«

»Neehatin hat aber gesagt, es sind noch zwei Nächte.«

»Psst!« Wieder spähte der Bucklige ängstlich zum Ufer, als könnte ihn dort jemand hören. »Bald. Wenn die Sonne sich nach unten neigt. Du wirst sehen.«

Die Kanus fuhren weiter. Wie üblich machten die Wilden keine Pause, und am frühen Nachmittag, als die Sonne ihren Weg nach unten begann, sah Laforgue unzählige Wirbel und Strömungen auf den steinigen Untiefen, über die sie dahinglitten. Plötzlich scherte Neehatins Kanu aus. Die anderen verharrten auf dem unruhigen Wasser, während Neehatins Kanu ans Ufer glitt und der Häuptling hinaussprang. Er hatte eine Axt in der Hand. Rasch schnallte er sich seine Schneeschuhe an und lief über den dicken Schneeteppich zu einer Lichtung. Jetzt sah auch Laforgue die Spuren im Schnee und die Reste eines Feuers auf einem kreisrunden, vom Schnee geräumten Fleck. Neehatin lief flink zu dem abgebrannten Feuer, kniete sich hin, hob verkohlte Holzstücke auf und schnupperte daran; dann sah er sich um. Aus allen Kanus starrten Männer, Frauen und Kinder schweigend zum Ufer, als sähen sie dort ein Schreckbild erscheinen. Ihr Häuptling machte jetzt kehrt und kam zum Fluß zurückgelaufen, wo er in sein Kanu sprang, das sich sofort vom Ufer entfernte. Die anderen Kanus schwenkten hinter ihm ein, wie wenn sie es sehr eilig hätten, von hier wegzukommen. Sogleich nahm Neehatins Kanu wieder seine Führungsposition ein. Die Wilden paddelten los. Weiter jagten die Kanus.

Laforgue sprach beim Paddeln ein Gebet. War diese Feuerstelle ein Hinweis auf die feindlichen Wilden, von denen Daniel vor zwei Tagen gesprochen hatte? Das Wasser ringsum wurde immer unruhiger. Nach weniger als einer Stunde sah Laforgue vor ihnen die Großen Schnellen, von denen Père Bourque gesprochen hatte, majestätisch in ihrer weißen Unrast. Hier also würden sie die Jägergruppe verlassen, um mit zwei Paddlern die Schnellen zu überwinden und oben mit zwei Kanus weiterzufahren. Er sah sich nach Daniels Kanu um. Der Junge saß im Bug und spähte nach allen Richtungen, als wüßte er, ebenso wie die Wilden, daß er sich auf gefährliches Gebiet vorwagte. Die Kanus kamen jetzt kaum noch gegen die schnelle Strömung an, und schließlich gab Neehatin an einer breiten Stelle im Fluß das Zeichen zum Anlegen.

Alle Kanus wurden aufs Ufer gezogen, aber sowie die Wilden an Land waren, fiel Laforgue auf, daß sie sich nicht wie gewohnt an die Arbeit machten. Vielmehr hielten die Mütter ihre Kinder im Zaum und ermahnten sie zur Ruhe, und ausnahmsweise schienen die sonst so übermütigen

Kinder bereitwillig zu gehorchen. Die Hunde liefen zwar herum und pinkelten an die Bäume, aber sowie einer einen anderen angriff oder zu bellen anfing, streckte einer der Wilden ihn mit einem Keulenhieb nieder. Laforgue sah Neehatin mit dem Finger auf fünf seiner Jäger weisen, die sofort Bogen, Pfeile und Äxte nahmen und sich vorsichtig in die umgebenden Wälder begaben. Dann ging der Algonkinhäuptling zu den Frauen und Kindern. Er sprach leise mit ihnen. Unverzüglich ging die eine Hälfte von ihnen Fichtenzweige für den Wigwam schneiden. Die anderen halfen nicht dabei. Laforgue sah Daniel allein dastehen und die Szene beobachten. Er ging zu dem Jungen.

»Was ist los? Weißt du etwas?«

»Sie haben Angst«, sagte der Junge. »Irgend etwas macht ihnen Angst. Mit mir reden sie nicht darüber. Aber was machen die denn da unten bei den Kanus?«

»Das sind unsere Kanus«, sagte Laforgue.

Drei ältere Frauen waren gerade dabei, die Kanus umzuladen. »Das sind unsere Sachen«, sagte Laforgue.

Daniel und er liefen schnell zu den Kanus hinunter.

»Was macht ihr da?« fragte Daniel eine Frau.

»Das sind eure Sachen«, sagte die Frau. »Wir wollen eure Scheiße nicht mit unserer durcheinanderrühren.« Sie lachte, und die beiden anderen lachten auch.

»Los«, sagte Daniel und lächelte sie an, »sag mir schon, was ihr da wirklich macht.«

»Frag Neehatin«, antwortete die Frau.

Laforgue wandte sich ab. »Komm, wir gehen. Ich rede mit Neehatin.«

Doch als sie vom Flußufer zurückgingen, sahen sie die Wilden dastehen und in den Wald blicken. Leichtfüßig kehrten soeben die fünf Jäger zurück, die Neehatin ausgeschickt hatte. Einer trug einen großen Vogel, den er mit einem Pfeil erlegt hatte. Er zog den Pfeil aus dem Vogel, bevor er ihn Neehatin gab. Die Frauen, die beim Zweigeschneiden waren, unterbrachen unvermittelt ihre Arbeit. Niemand sprach. Ougebemat ließ seine Axt über dem Kopf kreisen. Augenblicklich liefen alle Algonkin, Männer, Frauen und Kinder, zu ihren Booten und ließen Neehatin mit Daniel und Laforgue allein auf der Lichtung stehen.

»Was ist los?« fragte Laforgue den Algonkinhäuptling.

Neehatin lächelte und streckte ihm den frisch erlegten Vogel hin. »Hier«, sagte er. »Der ist für dich. Heute abend wirst du essen. Du wirst richtig essen.«

Laforgue nahm den Vogel nicht. »Du hast mir nicht geantwortet«, sagte er.

Neehatin warf den Vogel in den Schnee. Er lächelte nicht mehr. »Du weist mein Geschenk zurück?«

»Wir weisen es nicht zurück«, sagte Daniel rasch und hob den Vogel auf. »Wir danken dir, Neehatin.«

Laforgue drehte sich um und sah zu den Kanus. Die Wilden schoben sie gerade durch den Schnee zum Fluß – alle Kanus, ausgenommen die beiden mit den Vorräten des Jesuiten.

»Aha«, sagte Laforgue. »Wir sind also bei den Schnellen. Und wo sind die Paddler, die uns ins Huronenland bringen?«

»Was für Paddler?« fragte Neehatin. »Du brauchst keine Paddler. Deine Zauberei bringt dich über die Schnellen.«

»Du hast es Agnonha versprochen«, sagte Laforgue. »Zwei Männer zu unserer Begleitung.«

»Du hast Scheiße im Kopf, Nicanis«, sagte Neehatin und lachte laut, ein wüstes Lachen, das er nach einem Blick zum Wald rasch wieder unterdrückte.

»Du hast es versprochen«, wiederholte Laforgue. »Du hast dein Wort gegeben.«

»Die Zweige für deinen Wigwam sind geschnitten, der Boden ist freigeräumt«, sagte Neehatin. »Aber bleib hier nicht länger als eine Nacht. Und wenn ihr die oberen Schnellen erreichen wollt, ohne sechsmal hin und her zu laufen, dann werft die Hälfte von dem Bärendreck fort, den ihr in euren Kanus habt.« Nach diesen Worten drehte er sich um und ging zu den wartenden Kanus.

Laforgue sah ihm nach. Er erinnerte sich an seine Tage im Kloster, wo er voll erregter Bestürzung gelesen hatte, wie Père Brabant an dieser Stelle von Wilden im Stich gelassen worden war, die seine Geschenke angenommen und dafür versprochen hatten, ihn zu begleiten. Eine sonderbare Ruhe überkam ihn, die Ruhe dessen, der das Schlimmste schon kennt.

Plötzlich lief Daniel, ohne ein Wort zu sagen, zum Fluß hinunter, watete ins Wasser und wollte zu Chominas Kanu. Im Heck dieses Kanus sah Laforgue das Mädchen sitzen und in der Mitte Chominas Frau und den kleinen Jungen. Daniel sagte etwas, aber nicht zu dem Mädchen, sondern zu Chomina, der daraufhin den Kopf schüttelte und den Jungen mit einer Geste fortschickte. Neehatin war in diesem Moment bei seinem Kanu angekommen und sprang hinein wie eine Katze. Chomina nahm sogleich sein Paddel zur Hand, und schon lenkten er und seine Leute das Kanu in den Strom und ließen Daniel im seichten Wasser am Ufer stehen. Die Kanus schlugen einen Bogen und wandten sich flußabwärts. Chominas

Tochter warf keinen Blick zurück. Schon wenig später waren die Kanus um die Flußbiegung verschwunden.

Der Junge kam platschend zurückgewatet, sprang ans Ufer und kam auf Laforgue zu. Ich will freundlich zu ihm sein, dachte Laforgue. Ich will so tun, als hätte er mich gar nicht verlassen wollen. Doch da rannte der Junge vor seinen Augen durch den tiefen Schnee zu den beiden liegengebliebenen Kanus und begann wie besessen, die in Häute gewickelten Bündel mit den Vorräten, den Messegewändern und Büchern und anderen Notwendigkeiten für die Huronenmission aus dem einen Boot hinauszuwerfen. Als die Bündel im Schnee lagen, schob er das leichte Gefährt zum Fluß und ließ es zu Wasser. Ohne sich nach Laforgue umzusehen, sprang er hinein, paddelte auf den Fluß hinaus, schlug einen Bogen und folgte, eine einsame, gehetzte Gestalt, den Algonkin. Schnell wie ein flacher Stein huschte sein leichtes, halbleeres Kanu über das seichte weiße Wasser der Schnellen. Kurz darauf war auch er um die Biegung verschwunden.

Laforgue betrachtete den toten Vogel zu seinen Füßen, dann die Fichtenzweige für sein Nachtlager. Er war allein.

Es waren noch zwei Stunden bis zum Dunkelwerden. In dem Öltuchpäckchen, das seine Landkarte enthielt, befand sich auch ein Notizbuch mit den Warnungen und Ratschlägen Père Gulots und Père Brabants. Beide Priester waren auch schon so im Stich gelassen worden und hatten überlebt. Laforgue setzte sich auf eines der Bündel, die Daniel in den Schnee geworfen hatte, klappte das Büchlein auf und las die in Père Gulots gestochener Handschrift verfaßten Instruktionen, wie man ein Feuer anzündete und in Gang hielt. In dem Büchlein war auch eine von Père

Brabant gezeichnete Skizze, die zeigte, wie man sich eine einfache Unterkunft baute, und beim Durchblättern entschied Laforgue, daß dies seine erste Arbeit sein sollte.

Es ging erstaunlich schnell. Er räumte eine kleine Stelle auf dem Boden frei und legte die von den Algonkinfrauen geschnittenen Fichtenzweige darauf. Dann stellte er die Stangen im Dreieck auf und legte die Matten aus Birkenrinden darüber, die er hinten im Kanu fand. Als er fertig war, zündete er ein kleines Feuer an und begann den Vogel zu rupfen. Er füllte den Kessel mit ein paar Handvoll Schnee, um den Vogel darin zu kochen. Dabei dachte er nie über die momentane Arbeit hinaus, sondern arbeitete so, wie er es bei den Wilden beobachtet hatte, nämlich mit den Gedanken ganz bei der einen Sache. Er nahm, was die Wilden nicht taten, den Vogel aus und warf ihn ins kochende Wasser. Dann sah er zum bewölkten Nachthimmel. Es war kein Mond zu sehen.

Es begann leicht zu regnen, und als ihm einfiel, daß die Bündel aus dem zweiten Kanu noch ungeschützt im Schnee lagen, verließ er das Feuer und schleifte sie in den Schutz des Waldes. Wenn er morgen weiterreiste, würde er nicht einmal einen Bruchteil dessen, was in den beiden Kanus gewesen war, die langen und beschwerlichen Portagen hinauftragen können, die Père Brabant beschrieben hatte. Er konnte nur das Notwendigste mitnehmen und mußte den Rest verstecken oder vergraben, bis er ihn im Frühjahr holen kommen konnte.

Und als er jetzt die Bündel in den Wald schleifte, entdeckte er unter den Wurzeln eines riesigen Baumes eine höhlenartige Mulde, in die kein Schnee gedrungen war. Sie war groß genug, um zwei Menschen Platz zu bieten. Ihr Boden war trocken und sauber und mit Fichtennadeln bedeckt. Laforgue kroch hinein. Es war ein ideales Versteck für die Meßgewänder, Meßbücher und den Kelch, die er nicht weiter mitschleppen konnte. Morgen früh würde er das alles umpacken. Aber müde wie er jetzt war, fand er, daß er gar keinen Appetit auf den Vogel im Kessel hatte, und außerdem würde er, wenn er seinen dicken Mantel fest um sich zog, hier in der geschützten Höhle viel gemütlicher schlafen als da draußen unter diesem Schutzdach im Schnee. Er ließ die Bündel also neben dem Baum liegen, damit er die Stelle wiederfand, und ging zum Feuer, nahm den Kessel herunter und stellte ihn daneben. Dann nahm er seinen Mantel, stapelte die anderen Bündel neben das beladene Kanu und ging in den Wald zurück, wo er seine Höhle unter dem Baumstamm wiederfand, hineinkroch und sich in seinen Mantel wickelte. Er dachte an Daniel und betete: ›O Herr, wende dich nicht ab von ihm. Steh ihm bei, wie du mir beigestanden hast.‹

Er schlief. Vor seiner Baumhöhle steigerte sich der leichte Abendregen zu einem Guß, der den Schnee abschmolz und die Erde mit ihrem Herbstkleid von Laub und Moos wieder freilegte. Das Rauschen des Regens weckte ihn nicht, wohl aber ein anderes Geräusch irgendwann in der Stunde vor Morgengrauen. Stimmen.

Wilde, und ganz nah. Sie sind zurückgekommen.

Wenn sie zurückgekommen sind, ist Daniel bei ihnen. Die Erleichterung ließ ihm fast die Sinne schwinden. Was sprachen sie? Er kroch zum Höhlenausgang und streifte seinen Mantel ab.

Die Stimmen sprachen einen fremden Dialekt, aber verwandt mit der Sprache der Huronen.

»Hundescheiße, nein! Sie würden doch ihre Felle nicht zurücklassen.«

Eine zweite Stimme fragte: »Und wozu haben sie diesen Wigwam gebaut, in der nicht einmal ein toter Hase Platz hat?«

Vorsichtig steckte Laforgue den Kopf aus der Höhle. Wo er gestern abend ein flackerndes kleines Feuer gemacht hatte, brannte jetzt ein größeres, und drumherum saßen fünf, sechs Wilde, lauter Männer, und aßen aus seinem Kessel. Sie hatten Keulen, Äxte und Bogen auf dem Schoß oder neben sich liegen. Im Feuerschein glänzten ihre dick bemalten Gesichter rot, gelb und blau. Ihre Haare waren zu seltsamen Mustern geschnitten und geflochten, und sie trugen Schmuck aus Zähnen und Muschelschalen.

»Es sind Zauberer«, sagte eine Stimme von außerhalb des Feuerscheins, und im selben Moment kamen zwei weitere Wilde vom Fluß herauf, die Münder in ihren grotesken Gesichtsmasken zu einem breiten Lachen auseinandergezogen. Der größere von ihnen hatte sich die Meßgewänder aus weißer Seide und Goldbrokat, die Laforgue in die Huronenmission mitnehmen wollte, verkehrtherum angezogen. Auf Laforgue wirkte der Anblick dieses Wilden mit dem geschorenen Schädel über den geweihten, von den Nonnen der Abbaye aux Dames in Caen für die Mission genähten Gewändern wie eine Szene aus einem häßlichen Traum. Der andere Wilde, der mit ihm vom Boot kam, trug den kostbaren Krug Meßwein.

»Normannenwasser«, schrie einer der am Feuer Sitzenden. Alle sprangen auf und ließen lachend den großen Krug kreisen, den sie in einer einzigen Runde mit gierigen Zügen leerten.

»Normannische Zauberer«, sagte einer der Fremden.

»Kein Algonkin würde so etwas tagelang mit sich herumschleppen, ohne es auszusaufen. Diese Stinktiere sind Normannen.«

»Darum haben sie auch keinen richtigen Wigwam gebaut«, meinte ein anderer. »Es sind bestimmt Schwarzröcke.«

»Ja, Schwarzröcke.«

»Aber wo sind sie jetzt? Haben sie zwei Kanus und eines mitgenommen? Oder sind sie in den Wald gerannt, als sie uns kommen sahen?«

»Agariata, du hast Scheiße im Kopf. Wie konnten sie uns kommen sehen, wenn wir gekommen sind wie die Schatten?«

»Aber warum haben sie sonst ihr Essen und das Knau hiergelassen?«

»Algonkin haben sie bis hierher gebracht. Das ist meine Meinung.«

»Und wo sind dann diese Algonkinärsche?«

»Über den Fluß, oder?«

»Ist da noch mehr von dem fotzigen Wasser? Ich will mehr haben.«

»Guck mal im Kanu nach.«

Laforgue hörte sie juchzend zum Fluß hinunterlaufen, hörte sie reden, verstand aber nicht mehr, was sie sagten. Er wußte, daß kein Wein mehr da war, und bald kamen sie denn auch zurück. Einer von ihnen trug jetzt seine zweite Soutane als Mantel. Als sie ans Feuer zurückkamen, waren ihre häßlich bemalten Wildengesichter ernst wie Ikonen. Sie sprachen mit leisen Stimmen.

»... und falsch. Falsch wie Hundedreck.«

»Algonkin...«

»Nein, warte. Die Köttel haben dieses Zeug nicht

vergraben, also haben sie das andere über den ersten Abschnitt geschleppt und kommen morgen wieder, um das hier holen.«

»Dann warten wir...«

»Darauf kannst du einen Furz lassen. Von der Gabel aus können wir den Fluß und den Pfad im Auge behalten.«

Er hörte sie näherkommen und zog den Kopf in sein Versteck zurück. Draußen hörte er ihre leisen Schritte auf dem regendurchweichten Laub. Sie gingen vorbei. Alle schwiegen. Er lag da und lauschte, aber er hörte nichts mehr. Zwei Stunden später ging eine kalte Sonne über dem Fluß auf. Vögel sangen. Geschmolzener Schnee tropfte von den Ästen über ihm. Laforgue kroch aus seiner Baumhöhle und spähte um sich. Von den fremden Wilden war nichts mehr zu sehen, aber er wußte, daß sie irgendwo da draußen waren und warteten. Er saß in der Falle.

7

Neehatin drehte sich um und sah Iwanchou, den Normannenjungen, in einem leeren Kanu näherkommen. Mist! Er sah seine Frau an. Sie erwiderte seinen Blick. Sie war es, die ihm gesagt hatte, daß Annuka, Chominas Tochter, mit dem Jungen vögelte. Und das stimmte. Darum war er zu Chominas Kanu gelaufen. Was mache ich jetzt? Wenn ich ihm erlaube, mit uns in die Winterjagdgründe zu kommen, haben wir einen Zeugen, der Agnonha berichten kann, was wir heute hier getan haben. Aber wenn ich ihm eine Axt in den Schädel haue und jemand mich verrät, wird Agnonha seine Arkebusen gegen alle Algonkin richten, bis ich mich stelle und gestehe. Dann wird er mich töten.

Mist! Chomina ist daran schuld. Er hat sich mit dem Jungen befreundet. Jetzt müssen wir für diese Dummheit bezahlen.

Iwanchous Kanu erreichte die Schlange. Neehatin drehte sich um und winkte dem Jungen. Er brauchte Zeit. Er sah zum Wald, doch der Wald schwieg. Er gab seiner Frau ein Zeichen, sie solle zu ihm nach hinten kommen, und als hätte sie damit schon gerechnet, legte sie sofort ihr Paddel hin und kroch zu ihm. Er bückte sich, um zu flüstern. Niemand sollte wissen, daß er bei seiner Frau Rat suchte.

»Was siehst du?«

Sie schloß die Augen und wiegte den Körper vorwärts und rückwärts. »Ich sehe nichts.«

»Versuch es. Wir sitzen in der Scheiße.«

»Ich weiß. Ich weiß.«

Sie hörte auf, sich zu wiegen. Dann machte sie die Augen auf und sah ihn an. »Schick den Jungen zurück.«

»Wie soll ich ihn zurückschicken? Selbst wenn ich die Axt hebe, um sie ihm in den Kopf zu hauen, wird er jetzt nicht mehr umkehren. Er hat den Schwarzrock verlassen. Er geht nicht zurück.«

»Er geht zurück.«

»Hau ab.« Neehatin lachte. Er verstand sie nicht, er verstand sie nie, aber er glaubte ihr. Er hatte immer recht daran getan, ihr zu glauben.

Sie lächelte und krabbelte wieder nach vorn, ergriff ihr Paddel und nahm den Rhythmus der anderen auf. Neehatin erhob sich und gab das Zeichen, so schnell wie möglich zu paddeln. Gerade hatte er den Biberfelsen am anderen Ufer gesehen. Bald würden sie die Kanus verlassen und landeinwärts gehen. Gewöhnlich war es ihnen erlaubt, auf dem Weg zu den Winterjagdgründen dieses Gebiet zu durchqueren. Oft ließ der Feind das zu. Aber nicht immer.

Am Landeplatz angekommen, legte er sein Kanu an und gab den Befehl durch, daß niemand reden solle. Der Normannenjunge stieg mit den anderen aus. Neehatin sagte nichts zu ihm, hinderte ihn aber auch nicht daran, mit anzupacken, als sie die Schlitten bauten und alle Sachen darauf luden. Die Kanus wurden an Land gezogen, in hohe Astgabeln gelegt und mit abgeschittenen Zweigen zugedeckt. Chomina kam zu ihm.

»Was wird aus diesem Iwanchou?« fragte Chomina.

»Was soll aus ihm werden? Sag du mir das. Deine Tochter ist eine läufige Hündin, und er rennt ihr nach.«

Chomina lachte, als ob Neehatin einen Scherz gemacht hätte. »Bärendreck«, sagte er. »Er ist uns nachgekommen, weil er nicht sterben will. Wer will es ihm verdenken?«

»Gehen wir«, sagte Neehatin. »Wir können noch reden, wenn wir aus dem Durchgang sind.«

Amantacha kam und zeigte mit einem Nicken an, daß seine Gruppe fertig sei. »Wenn wir Biber oder Stachelschweine sehen?« fragte er flüsternd.

»Töten«, sagte Neehatin. »Aber haltet euch nicht auf und verlaßt den Durchgang nicht.«

Ougebemat kam. »Fertig«, sagte er.

Nun kam der Normannenjunge. Neehatin wußte, daß er darauf wartete, etwas sagen zu dürfen. Er richtete den Finger auf den Jungen. »Geh mit Chomina. Wir reden später.«

»Neehatin«, begann der Junge.

»Sei still«, sagte Neehatin und wandte sich ab.

Sie hatten Schlitten aus Rinde gebaut, lang und schmal, weil sie damit durch den Wald mußten. Sie hatten auch ihre Schneeschuhe an den Füßen, obwohl der Schnee hier schon halb weggeschmolzen war. Um im Durchgang zu bleiben, mußten sie durch den Wald gehen und unter halb umgestürzten Bäumen hindurchkriechen und über heruntergefallene dicke Äste steigen. Sogar die Kinder bekamen etwas zu tragen, aber auf diesem Weg gingen die Männer voran, nicht die Frauen und Kinder. Alle waren still. Sogar die Hunde schienen um die Gefahr zu wissen.

Nach einer Stunde kamen sie in tiefen Schnee, wo sie trotz Schneeschuhen bis zu den Knien in den Wehen einsanken. Neehatin ließ eine Ruhepause einlegen. Kurz darauf ging es wieder weiter. Wild sahen sie keines, doch als sie fast am Ende des Durchgangs und damit bald in Sicherheit waren, erspähte Amantachas Sohn ein Stachelschwein und erlegte es, und als sie an ein kleines Flüßchen kamen, fand Ougebemat einen Biberdamm und erlegte acht Tiere, bevor die übrigen in ein Versteck schwammen, aus dem sie nicht mehr herauszuholen waren. Wir haben also heute abend Fleisch zum Sagamité, überlegte Neehatin. Hat sich demnach unser Glück gewendet, seit wir den Schwarzrock abgeschüttelt haben? Oder ist das nur ein trügerischer Augenblick des Friedens?

Bei einem Blick nach oben sah er über den Baumwipfeln die Flanke eines kleinen Berges. Das hieß, daß sie nicht mehr weit zu gehen hatten. Er gab Ougebemat und den anderen ein Zeichen, flüsterte Chomina zu, er solle die Führung übernehmen, und blieb selbst zurück, bis die Frauen und Kinder ihn einholten. Als die Frauen durch die Bäume näherkamen, sah er darunter auch seine Frau. Sie schleppte einen Schlitten, der so lang war wie zwei

Männer, und der Gurt um ihre Stirn war wie zum Zerreißen gespannt. Neehatin ging zu ihr, und obwohl er seinen eigenen Schlitten zu ziehen hatte, band er einen Riemen an den ihren, um ihr beim Ziehen ihrer schweren Last zu helfen.

»Was siehst du?« fragte er leise.

Sie schloß die Augen und antwortete nicht.

»Sag es«, flüsterte er. »Auch wenn es schlecht ist.«

»Schick Iwanchou zurück.«

»Warum?«

»Ich sehe ihn mit Blut im Gesicht. Schick ihn zurück.«

»Blut?« Sein Flüstern schien von den Bäumen ringsum widerzuhallen. »Könnte das Blut von meiner Axt stammen?«

Sie schüttelte den Kopf, und wie sie stumm neben ihm her stapfte und ihren Schlitten durch den Schnee zerrte, klang ihr Atem hechelnd wie bei einem Hund. Endlich sah sie auf und erblickte jenseits der Bäume die Lichtung, das Ende des Durchgangs, wo sie endlich ausruhen konnten. Sie sah ihren Mann an. »Jetzt«, sagte sie. »Tu es jetzt. Schick ihn zurück.«

Kaum in Sicherheit, warfen die Algonkin ihre Lasten ab und rannten lachend und wie üblich scherzend mit ihren großen runden Schneeschuhen umher, wobei sie aussahen wie hüpfende Seevögel. Wenn sie hier genug Wild fanden, brauchten sie ein paar Tage nicht weiterzuwandern. Danach konnten sie die nächsten beiden Monate ohne Angst vor Feinden in den Winterjagdgründen umherziehen. Aber nicht alle nahmen teil an der allgemeinen Fröhlichkeit. Chomina stand bei seiner Frau und beobachtete den Normannenjungen. Neehatin beobachtete Chomina, wie dieser den Jungen beobachtete.

»Wir sollten mit dem Bau des Wigwams anfangen«, sagte Amantacha.

»Nein«, sagte Neehatin. »Ruf die Ältesten zusammen. Wir müssen uns beraten.«

»Was will er?« fragte Chomina seine Frau.

»Er hat einen Zauber auf Annuka gelegt, antwortete seine Frau. »Sie will, daß wir ihn in unsere Familie aufnehmen.«

»Das ist kein Zauber, das ist sein Prickel«, sagte Chomina lachend, und dabei war ihm alles andere als zum Lachen zumute.

Der Zauberer kam zu ihm. »Neehatin will Rat halten.«

Während alle übrigen sich daranmachten, das Lager aufzuschlagen, führte Neehatin die Ältesten an einen Platz, wo es still war. »Es geht um den Normannen«, erklärte er ihnen.

»Darüber habe ich mir schon Gedanken gemacht«, sagte Ougebemat.

»Ich auch«, sagte Awandouie. »Wenn der Winter vorbei ist, wird Iwanchou zu seinem Volk zurückfinden. Da wird er erzählen, was wir heute getan haben, und dann geht es uns dreckig. Dann bekommen wir es mit Agnonha zu tun.«

»Eben«, sagte Neehatin. »Was ratet ihr also?«

»Schick ihn zu dem Schwarzrock zurück«, sagte Amantacha.

»Wie sollen wir das machen? Wenn er nun nicht geht? Wenn er einfach den großen Fluß wieder hinunterfährt und bis nach Québec kommt? Solange er lebt, ist er eine Gefahr für uns.«

»Neehatin hat recht«,sagte Ougebemat. »Hauen wir ihm eine Axt in den Kopf. Am besten gleich.«

»Wessen Axt?« fragte Neehatin.

»Deine. Du bist der Häuptling.«

»Meine? Du hast Scheiße im Kopf. Den Mann, der Iwanchou seine Axt in den Kopf haut, wird Agnonha so lange jagen, bis er ihn hat.«

»Agnonha wird es nie erfahren«, sagte Amantacha. »Sind wir denn nicht alle Freunde?«

»Trotzdem hat Neehatin recht«, warnte der alte Awandouie. »Wenn in ein paar Wintern eine von unseren Frauen oder eines der Kinder mit loser Zunge erzählt, was sich hier zugetragen hat, ist Neehatin ein toter Mann.«

»Mist«, sagte Ougebemat. »Das stimmt.«

»Es ist deine Schuld«, sagte Neehatin zu Chomina. »Dieser junge Prickel folgt uns nur wegen deiner Tochter.«

»Natürlich«, sagte Chomina. »Es ist meine Schuld, daß ich eine Tochter habe. Aber ist es auch meine Schuld, daß du dein Versprechen gegenüber Agnonha gebrochen hast? Wenn wir Wort gehalten und dem Schwarzrock über die Schnellen hinauf zwei Männer mitgegeben hätten, bräuchten wir uns jetzt keine Sorgen zu machen.«

»Nein? Solange zwei von unseren Männern dort in den Schnellen wären? Zwei Männer, die vielleicht nie wiederkommen würden?«

»Wir haben unser Wort gegeben«, sagte Chomina. »Wenn wir unser Wort nicht halten wollten, hätten wir Agnonhas Geschenke nicht annehmen dürfen. Wir sind schon genau so schlecht wie die Normannen. Wir denken nur daran, etwas zu bekommen. Wir sind schon so habgierig und dumm wie die Behaarten.«

»Stimmt«, sagte Awandouie. »So werden die Normannen uns vielleicht am Ende vernichten. Nicht durch Krieg, sondern durch einen Zauber, der uns so macht, wie sie selbst sind.«

»Bärendreck«, sagte Neehatin und lachte dabei, damit man sah, daß er es nicht böse meinte. »Hört mal zu, ihr Hasenärsche, wir sollten jetzt nicht böse reden. Wir sind in den Jagdgründen. Wir sind in Sicherheit. Heute abend haben wir Fleisch zu essen. Ich schicke diesen Jungen zu Nicanis zurück. Ich sage ihm, wenn er morgen nicht geht, bekommt er ein Geschenk von mir, nämlich eine Axt in den Schädel.«

»Aber wenn er trotzdem nicht gehen will?« fragte Amantacha. »Dann sitzt du wieder in der Hundescheiße. Wir haben eben erst gesagt, daß es zu gefährlich ist, ihn zu töten.«

»Wartet«, sagte Chomina. »Ich habe eine Lösung.«

Neehatin erschrak ein wenig. War das ein Versuch, ihm die Führung streitig zu machen?

»Ich gehe mit ihm zurück«, sagte Chomina.

»Du bist verrückt«, sagte Ougebemat. »Der Junge will so wenig zurückgehen wie du.«

»Er will in meine Familie aufgenommen werden«, sagte Chomina. »Ich nehme meine Familie mit, dann folgt er uns. Wir finden den Schwarzrock und bringen beide über die Schnellen, wie versprochen. Annuka und meine Frau werden beim Tragen helfen. Wenn wir dann über die Schnellen sind, habe ich mein Versprechen gegenüber Agnonha gehalten. Was der Schwarzrock und der Junge dann tun, ist nicht mehr unsere Sache.«

»Ach, Bärendreck«, sagte Ougebemat. »Du bist einer von uns. Warum sollen wir zulassen, daß du für die Normannenärsche deine Familie in Gefahr bringst?«

»Weil ich aus Habgier ein dummes Versprechen gegeben habe«, sagte Chomina. »Und jetzt bin ich so dumm und halte dieses Versprechen. Hängt die Kessel übers Feuer. Ich habe Hunger. Und ab übermorgen sehe ich auf mich und meine Familie ein paar hungrige Tage zukommen.«

»Nun, Neehatin?« fragte der alte Awandouie. »Was sagst du dazu?«

»Ich sage, Chomina hat unsere Ärsche aus der Scheiße gezogen«, meinte Neehatin lachend. Er umarmte Chomina, und während er ihn umarmte, dachte er an den Rat seiner Frau. Wir tun genau, was sie mir geraten hat, dachte er. Wir schicken den Jungen zurück. Sie hat die Sehergabe, schön. Aber wer hätte gedacht, daß es genauso kommen würde?

»Dann sind alle einverstanden, daß Chomina diesen Weg macht?« fragte Awandouie. »Wer nicht einverstanden ist, soll jetzt reden.«

Keiner sagte etwas.

Sie beobachtete Iwanchou, wie er mit den anderen Männern den Boden für die Hütte freiräumte und dabei seine Schneeschuhe als Schaufel benutzte und den weggeschaufelten Schnee zu einer Mauer aufschichtete, wie ihre Leute es ihm beigebracht hatten. Während sie ihn beobachtete, hieb sie mit den anderen Frauen am Waldrand junge Stämme und schnitt sie zurecht. Er hatte nicht mehr mit ihr gesprochen, seit sie wunden Herzens fortgepaddelt war und ihn bei dem Schwarzrock zurückgelassen hatte. Aber selbst da hatte sie schon gewußt, daß es zwischen ihnen noch nicht zu Ende war.

Als er wenig später mit einem leeren Kanu hinter ihnen aufgetaucht war, hatte ihre Mutter gefragt: »Hast du ihm gesagt, daß er nachkommen soll?«

»Nein.«

»Bestimmt nicht?«

»Natürlich.«

»Dann sprich auch nicht mit ihm, wenn wir landen. Sonst gibt man uns die Schuld.«

Sie hatte sich von ihm ferngehalten, obwohl das grausam war, so grausam wie ein Kind zu schlagen. Wenn sie nicht zu ihm ging, würde er auch nicht zu ihr kommen. Das hatten sie vor langer Zeit miteinander ausgemacht. Doch als jetzt die Ältesten von ihrer Beratung zurückkamen, sah sie ihren Vater die anderen verlassen und zu Iwanchou gehen. Wider Willen hielt sie mit Ästeschneiden inne und versuchte zu lauschen, was sie sprachen. Aber sie waren zu weit entfernt. Sie erinnerte sich, was ihr Vater vorhin gesagt hatte, als Inwanchou in ihr Kanu zu steigen versuchte: »Geh weg. Geh zurück zu deinem eigenen Volk.« Und Iwanchou hatte gesagt: »Ihr seid jetzt mein Volk.« In dem Moment hatte er sie angesehen, und in dem Moment hatte sie gewußt, daß sie nicht von ihm lassen konnte.

Sie arbeitete weiter, band ein Bündel Zweige zusammen und schleifte es über die Lichtung. Dabei konnte sie ihrem Vater und Iwanchou näherkommen. Iwanchou lächelte. Warum? Die Ältesten hatten doch gewiß nicht beschlossen, daß er bleiben durfte? Obwohl sie wußte, daß es nicht sein konnte, wurde ihr vor lauter Hoffnung fast schwindlig. Er besaß eine Muskete, und so etwas besaßen nur wenige Männer. Damit konnte er töten, wie es von ihnen noch keiner gelernt hatte. Mit seiner Muskete konnte er ein Jäger sein, den alle bewunderten. Er konnte ihr Mann sein.

Aber erst beim Dunkelwerden, als die Hütte gebaut war

und die Kessel über dem Feuer hingen, erfuhr sie die Wahrheit: Sie kehrten um; sie, ihr Vater, ihre Mutter und ihr kleiner Bruder Outiji gingen mit Iwanchou über die Schnellen. Dort würden sie Iwanchou und den Schwarzrock verlassen, wie ihr Vater sagte, und zu ihrem Volk zurückkehren.

»Aber wenn er uns dann wieder nach unten folgt? Wenn er nun bei dem Schwarzrock nicht bleiben will?«

Ihr Vater lachte. »Das würde dir gefallen, was?« meinte er. »Du hast einen Zauber auf ihn gelegt, Annuka, stimmt's?«

Sie sagte nichts.

»Ich habe Agnonha versprochen, die beiden über die Schnellen zu bringen«, sagte ihr Vater. »Was Iwanchou danach tut, ist seine Sache.«

»Aber du magst ihn?« fragte sie. »Du hast gesagt, daß du ihn magst.«

»Was ist mit dir los? Du bist schön. Alle jungen Männer möchten mit dir vögeln. Du kannst jeden zum Mann haben.«

»Die jungen Männer haben keine Musketen«, sagte sie.

Ihr Vater lachte. »Du hast Scheiße im Kopf, mein Kind«, sagte er. »Du denkst wohl, ich bin dumm? Vielleicht bin ich es ja. Ich habe gesagt, du hast einen Zauber auf ihn gelegt, aber es ist umgekehrt. Er hat einen Zauber auf dich gelegt. Was kümmern dich Musketen?«

»Ein Mann mit Muskete ist ein guter Jäger, ein guter Ehemann.«

»Damit das gleich klar ist«, sagte ihr Vater. »Er wird *nicht* dein Mann sein. Und nun wollen wir essen. Wir müssen morgen beim ersten Tageslicht aufbrechen.«

»Darf ich mit ihm sprechen?«

Ihr Vater lachte; er kam zu ihr und nahm sie in die Arme. »Ja, du darfst mit ihm sprechen«, sagte er. »Aber hör auf mich. Es gibt noch andere Männer. Gute Männer. Unsere Männer.«

»Wenn hier einer Scheiße im Kopf hat, dann du«, sagte sie und lachte, damit er sah, daß sie nicht böse war.

»Dann geh schon«, sagte er lächelnd.

So konnte sie mit ihres Vaters Erlaubnis endlich zu Iwanchou gehen, der bei den Kesseln saß, aber nicht aß, sondern zu ihr herübersah und wartete, daß sie zu ihm kam. Als sie auf ihn zuging, stand er auf und ging aus dem Feuerschein. Sie fand ihn im Dunkeln, abseits vom Kreis der Schmausenden, und küßte ihn. »Iwanchou«, sagte sie, »Iwanchou«, denn obgleich sie es komisch fand, einfach so den Namen zu sagen, wußte sie, daß es bei den Normannen so Brauch war. Er hörte sie gern seinen Namen sagen.

»Annuka«, sagte er und küßte sie. »Hast du es schon gehört?«

»Ja.«

»Es ist, als gingen alle meine Wünsche in Erfüllung«, sagte er. »Sobald wir Nicanis über die Schnellen gebracht haben, kann er allein weiterreisen, glaube ich.«

»Aber du reist doch mit ihm?«

Er schüttelte den Kopf. »Ich habe mit deinem Vater gesprochen«, sagte er. »Er sagt, wenn er uns über die Schnellen gebracht hat, ist das Versprechen erfüllt, das er Agnonha gegeben hat. Was ich dann tue, ist meine Sache, sagt er.« Er nahm sie in die Arme. »Es ist also alles gut«, sagte er. »Komm. Gehen wir ein bißchen in den Wald.«

»Nein. Die Kessel sind über dem Feuer. Wir müssen essen, bevor alles Fleisch weg ist.«

»Ich habe Hunger auf dich, nicht auf Essen.«

Sie lachte und riß sich von ihm los. »Später«, sagte sie. »Ich will jetzt Fleisch essen. Die nächsten Tage bekommen wir nur Sagamité.«

8

Ein Luchs kam so unendlich vorsichtig, als könnte jeden Augenblick die Erde unter seinen Tatzen verrücken, auf die Lichtung, wo der Morgenregen das Feuer der letzten Nacht ausgelöscht hatte. Laforgue, der seit dem Morgengrauen wartete und jetzt überlegte, ob er sich aus seinem Versteck wagen könne, beobachtete das Tier, das stellvertretend für ihn immer näher auf den Kessel zuging, angelockt vom Fleischgeruch, den seine feine Nase erschnupperte. Plötzlich hob der Luchs den Kopf und schaute um sich, als habe er etwas gehört und wolle gleich davonspringen. Ein paar lange Augenblicke verharrte er reglos wie ein Standbild, dann wandte er den Kopf, so daß Laforgue seine Augen sehen konnte, Augen, die ihn nicht sahen. Unsicher, als ob er sich bedroht fühlte, duckte sich der Luchs auf den Boden und schlug vorsichtig die Richtung wieder ein, aus der er gekommen war. Im selben Moment hörte Laforgue einen Ton, der wie ein Seufzer klang. Der Luchs blieb wie angewurzelt stehen und warf den Kopf zurück. In seinem Hals steckte ein schlanker Pfeil, zitternd wie die Saite einer Harfe. Laforgue zog sofort den Kopf in die Deckung zurück. Seine Ohren, vor ein paar Tagen noch fast taub von der Entzündung, kamen ihm jetzt vor wie die Ohren eines Wilden, die noch das leiseste Geräusch vernahmen. Als er wieder einen Blick nach draußen wagte, sah er einen Wilden, eines von den fremden bemalten Gesichtern der letzten Nacht, sich über den Luchs beugen und den Pfeil herausziehen. Ein zweiter Wilder kam aus dem Wald geschlichen und band die Vordertatzen des toten Tiers mit einem Riemen zusammen. Der erste Wilde hob den Kadaver auf und hängte ihn dem, der seine Tatzen gebunden hatte, auf den Rücken. Beide Wilden entfernten sich flußaufwärts, dahin, wo weiße Wirbel die Schnellen unbefahrbar machten. Augenblicke später waren sie verschwunden.

Sie sind hier und warten. Wie lange werden sie diesen Fleck beobachten? Wie lange noch, bis sie sich zum Weiterziehen entschließen? Sie haben einen Luchs erlegt und werden ihn essen wollen. Dazu müssen sie ein Feuer anzünden. Wenn sie ein Feuer anzünden, werden sie so schlau sein, es irgendwo zu machen, wo man es nicht sehen kann. Wo? Sie liegen irgendwo ganz nah bei der ersten Portage auf der Lauer. Sie können auch den Fluß sehen. Was soll ich tun? Was kann ich tun?

Die Stunden vergingen langsam. Er beobachtete die Sonne, die gelegentlich zwischen den hoch dahinrollenden Wolken zu sehen war. Er beobachtete den Fluß. Eine Zeitlang betete er. Dann wieder lag er nur da und starrte auf das kleine silberne Kreuz an dem Rosenkranz, den seine Mutter ihm am Tag der Priesterweihe geschenkt hatte. Er dachte an jenen Tag in der Kirche von Saint-Ouen, das feierliche Hochamt, den unsichtbaren Chor, der hoch oben unter dem Dachgewölbe das Kyrie sang, seine Eltern, die an dem Betpult unmittelbar vor der Kommunionbank knieten, in ihren Gesichtern die deutlich widergespiegelte Freude. Wie lange war das her, wie fremd erschien es ihm, als hätte er es nur in einem Buch gelesen oder geträumt und wäre nun aufgewacht und erinnerte sich dunkel an das Geträumte. Ob er Rouen je wiedersehen würde, die engen Straßen zwischen schiefen Fachwerkhäusern, den lauten, stinkenden Fischmarkt, auf dem er als Kind gespielt hatte, oder die altehrwürdige Fassade der Kirche Saint-Ouen, in deren Giebel die Bildnisse alttestamentarischer Könige und Königinnen geschnitzt waren? Ein unermeßlicher Ozean trennte ihn von diesem Ort, dieser Zeit; strudelnde Wassermauern, auf denen Schiffe torkelten wie Papierbötchen. War jenes andere Leben ein Traum? Oder war es dieses hier, diese barbarische Gegenwart, die Höhle unter dem Baumstamm, in der er kauerte, ein wehrloses Ziel für Pfeile, wie der Luchs?

Er krabbelte wieder zu der Öffnung und steckte vorsichtig den Kopf hinaus. Er spähte den versteckten Pfad hinauf, wohin die Wilden den Luchs geschleppt hatten. Er sah zu den Bäumen hoch über dem Fluß. Dort oben sind sie, halten sich versteckt. Sie haben kein Feuer gemacht. Sie beobachten den Pfad und den Fluß. Er sah wieder zum Fluß, der eine Biegung machte. Alles still. Dann sah er, näher bei sich, an der Stelle, wo die Algonkin gestern angelegt hatte, zwei Kanus am Ufer liegen. Und von dort kamen Chomina, seine Frau und ihr kleiner Junge herauf. Hinter ihnen kam Daniel, die Muskete schußbereit, wie um sie zu bewachen, und zuletzt das Mädchen, Chominas Tochter. Alle sahen sich um, suchten ihn.

Laforgue verließ sofort sein Versteck und richtete sich auf. In diesem Moment zerriß ein unheimlicher, hoher Schrei die Stille. Laforgue sah Chominas Leute wie von Kugeln getroffen erstarren. Pfeile schwirrten. Einige kamen zu kurz, drei trafen ins Ziel, einer in Chominas

Schulter, einer in den Hals seiner Frau, einer in das Bündel, das seine Tochter auf dem Rücken trug. Daniels Muskete krachte. Sieben bemalte Wilde kamen auf den Pfad gerannt, umzingelten ihre Opfer und hieben mit ihren Keulen auf sie ein. Laforgue sah, wie Chomina sich seiner zu Boden stürzenden Frau zuwandte, der das Blut aus der Pfeilwunde am Hals spritzte; er sah, wie Daniel auf die Knie sank und seinen Kopf und Hals zu schützen versuchte, während die Wilden ihn unter wüstem Gebrüll niederknüppelten; er sah das Mädchen mit ihrem kleinen Bruder zu den Kanus rennen, sah vier andere Wilde aus dem Wald stürzen und sie packen und das Kind zu Boden werfen.

Laforgue stand pochenden Herzens da. Sie hatten ihn nicht gesehen. Daniels Schuß hatte einen der Wilden niedergestreckt, und soeben kniete der Anführer sich in dem Meßgewand, das er gestern abend angezogen hatte, neben dem gefallenen Krieger hin und nahm ihn in die Arme, bevor er mit einem Wutschrei, der so schrecklich war, daß Laforgue das Herz sank, den Toten wieder fallen ließ.

Das seidene Gewand besudelt vom Blut des Toten, richtete der Anführer der Wilden sich auf und schrie den anderen etwas zu. Sie schleiften Chominas Frau über den Boden, und einer ihrer Häscher riß ihr den Pfeil aus dem Hals. Sie traten nach ihr und drehten sie mit den Füßen um. Laforgue hörte den Anführer mit dem von Blut und Schmutz besudelten Goldkreuz auf der Brust einen neuen Wutschrei von sich geben und sah die anderen Wilden über Chomina, Daniel und das Mädchen herfallen und sie zwingen, zwischen einer Doppelreihe von Kriegern hindurchzugehen, die mit ihren Spießen und Knüppeln auf sie einschlugen. Als Daniel taumelnd in die Nähe des Anführers kam, nahm dieser seinen Spieß, riß Daniels Kopf an den Haaren zurück, packte seinen Arm und riß ihn hoch. Dann durchbohrte er Daniels Handteller mit der Speerspitze und lachte, als der Junge vor Schmerzen aufschrie. Chomina fiel taumelnd zu Boden, doch die Wilden rissen ihn wieder hoch, um weiter auf ihn einzuschlagen, bis er bewußtlos war. Das Mädchen schlugen sie so lange mit ihren Speerschäften, bis das Blut ihr aus dem Rücken und den Oberschenkeln quoll. Der kleine Junge war der einzige, dem sie nichts taten; nur einer von ihnen hielt ihn an den Haaren fest, während der Kleine mitansehen mußte, wie seine Mutter aus einer schrecklichen Pfeilwunde blutete, sein Vater bewußtlos geschlagen und seine Schwester blutig geprügelt wurde. Der Anführer schwenkte jetzt Daniels Muskete über dem Kopf und schrie einen Befehl, und die Wilden machten sich daran, ihre Gefangenen mit Lederriemen zu fesseln, um sie zu den Kanus zu bringen.

Laforgue sah das alles und wußte in diesem Moment, daß Daniel, Chomina und Chominas ganze Familie sterben würden. Und daß er selbst diesem Schicksal entgehen würde, wenn er sich wieder in sein Versteck zurückzog. Aber was ist mein Leben gegen die Möglichkeit, jetzt hinzugehen und Daniel, der im Stande der Todsünde lebt, die Beichte abnehmen und die anderen, so Gott will, vor ihrem Ende zu taufen?

Er zitterte am ganzen Körper. Betont langsam ging er auf die Lichtung zu. Die bemalten Wilden fuhren herum und hoben die Speere, zwei legten Pfeile auf ihre Bogensehnen, während er auf die Gefangenen zuging. Teilnahmslos sahen die bemalten Gesichter zu, wie der gebrechliche Mann in der langen schwarzen Soutane mit entschlossener Miene neben Chominas Frau niederkniete, seine Finger mit Schnee befeuchtete und die Taufformel sprach. Er war zu spät gekommen. Tränen stiegen ihm in die Augen, als er ihre glasigen Pupillen an ihm vorbei in jenen Himmel blicken sah, der ihr nun für immer versagt war. Jetzt stürzte der Anführer der Wilden sich mit einem Wutschrei von hinten auf ihn und schlug ihm seine Keule auf den Hinterkopf. Bewußtlos kippte Laforgue vornüber und kam erst wieder zu sich, als er fühlte, wie man seine Hände mit Riemen fesselte. Wenig später stand er gefesselt bei den anderen und erwartete sein Schicksal.

Schweigend beluden die fremden Wilden jetzt Laforgues Kanu mit den restlichen Sachen, die Daniel in den Schnee geworfen hatte. Vier Krieger kamen mit zwei Kanus auf den Schultern aus dem Wald. Laforgue hatte die Kanus zuvor nicht gesehen; sie gehörten den Fremden. Wenig später lagen alle fünf Kanus im Wasser der unteren Schnellen. Fluchend stießen die bemalten Wilden ihre Gefangenen in die Kanus, Daniel und Laforgue in das eine, Chomina mit Tochter und seinem kleinen Sohn in das andere. Der Anführer der Wilden zog sich das nasse Meßgewand bis zu den Hüften hoch und stieg ein, während ein anderer Wilder, der Laforgues zweite Soutane trug, das Kanu des Anführers an die Spitze setzte. Sie wandten sich flußabwärts. Ein leichter Regen setzte ein. Daniel hielt sich die verletzte Hand und sah mit schmerzverzerrtem Gesicht Laforgue an.

»Wir waren Euretwegen zurückgekommen«, sagte er.

»Ich weiß.« Laforgue fühlte sich schwindlig. Der Schlag auf den Hinterkopf hatte eine dicke Beule hinterlassen. »Deine Hand«, sagte er. »Ist der Knochen gebrochen?«

»Nein, ich glaube nicht.«

»Tschak, tschak, tschak«, äffte einer der bemalten Wilden ihr Französisch nach. Im Umdrehen spuckte er Laforgue ins Gesicht. »Was ist das für ein Gebell, du haariger Hund? Was redest du da?«

»Das ist unsere Sprache, die Normannensprache«, sagte Laforgue. Ein neuer Schmerz zuckte ihm durch den Hinterkopf.

»Wir sprechen eure Sprache«, sagte Daniel zu dem Wilden. »Von welchem Volk seid ihr? Ihr sprecht wie Huronen.«

»Halt dein haariges Maul«, sagte der Wilde. »Wenn du nicht richtig sprechen kannst, sei still, du Stinktier.«

Dann rief er zu den beiden anderen Wilden im Heck: »Wieso können Normannen unsere Sprache reden?«

»Sie reden wie Elche«, meinte der eine lachend. »Algonkin-Elche. Die lernen nie sprechen wie Irokesen.«

»Darauf kannst du einen Furz lassen.«

Irokesen. Daniel sah Laforgue an. Das war die Gefahr, vor der Champlain sie gewarnt hatte. Es war ein Todesurteil. Laforgue beobachtete, wie Daniel mit schmerzverzerrtem Gesicht versuchte, die Wunde an seiner Hand zu lecken. Er beugte sich vor. »Laß mich dir die Beichte abnehmen«, flüsterte er. »Sprich ein Reuegebet.«

»Laß die Zunge in deinem haarigen Maul!« schrie der Wilde, und im Umdrehen schlug er Laforgue auf die Nase, daß sie blutete.

»Sprich leise für dich«, sagte Laforgue. »Nicht laut.«

Das Blut rann ihm über die Oberlippe in Bart und Mund, während er den Jungen die Augen schließen und im stummen Gebet die Lippen bewegen sah. Freude durchströmte ihn. Nach ein paar Augenblicken öffnete

Daniel die Augen, sah ihn an und nickte, wie um zu sagen, daß er fertig sei. »*Ego te absolvo*«, flüsterte Laforgue und hob die Hand zum Zeichen der Absolution. »*In nomine patris, et filii, et spiritūs sancti.*«

Der Wilde, der ihn geschlagen hatte, sah sich diesmal nicht um, denn die Kanus schossen jetzt schnell durch steinige Untiefen und hielten sich dichter ans Ufer. Laforgue, dem das Blut übers Kinn und auf den Hals lief, nickte Daniel zu, um anzuzeigen, daß er fertig war.

»Danke«, flüsterte der Junge. »Verzeiht mir, *mon Père.*«

»Gott ist mit uns«, sagte Laforgue. »Er ist es, der uns verzeiht.«

Nach einer Fahrt von kaum einer Stunde schwenkten die Wilden plötzlich aufs Ufer zu und legten nur wenige Meilen unterhalb der Stelle an, wo zuvor die Algonkin ihr Lager aufgeschlagen hatten. Hier versteckten sie die Kanus mit Inhalt hoch in den Bäumen und banden ihre Gefangenen zusammen. Schreiend, fluchend und mit Speerschäften auf sie einschlagend, gingen sie einen schmalen Waldpfad entlang. Schon wenig später hörten Laforgue und Daniel von vorn Rufe. Vier Wildenfrauen kamen ihnen durch den Wald entgegen, mit bunten Perlenketten um den Hals und nacktem Oberkörper, wie zu einem Fest. Sie trugen Rindenteller mit Streifen gekochten Fleischs, das sie den heimkehrenden Kriegern reichten. Mit hämischer Freude tanzten sie um die Gefangenen herum, zogen Laforgue am Bart, schlugen Annuka, ihren Vater und Daniel und riefen: »Wir wollen sie streicheln, wir wollen sie streicheln!«

»Später«, sagte der Anführer, während er sein Fleisch

hinunterschlang und den anderen winkte, sie sollten sich beeilen. Taumelnd, gefesselt und mit Bündeln beladen, wurden Chomina, Chominas Tochter und Sohn, Daniel und Laforgue in ein Irokesendorf geführt. Es bestand aus Häusern, wie Laforgue sie noch nie gesehen hatte; sie standen in Doppelreihe wie an einer Dorfstraße, an deren Ende ein größeres Bauwerk stand, das Gemeinschaftshaus, über hundert Fuß lang und aus kräftigen jungen Baumstämmen gebaut, die oben so zusammengebogen waren, daß sie ein gewölbtes, mit Eichen- und Fichtenrinde gedecktes Dach bildeten. Das Dach war oben in seiner ganzen Länge offen, damit Licht hereinkam und der Rauch der Feuer abziehen konnte.

Als die Krieger ihre Gefangenen zu diesem Haus führten, kamen von allen Seiten Männer, Frauen und Kinder, die aus vollen Lungen sangen und schrien. Durch den Höllenlärm hörte Laforgue das Schlagen von Felltrommeln. Am Eingang zum Langhaus wartete eine Gruppe Männer, offenbar Häuptlinge. Sie hatten ihre Gesichter bemalt wie die Krieger. Einige waren mit kunstvollen Mustern auf Gesichtern, Rücken und Armen grotesk tätowiert. Eine dieser tätowierten Gestalten, ein hochgewachsener, hagerer Mann, war über und über mit bunten Muschelschalen und Perlen geschmückt und trug einen so prächtigen Bibermantel, daß Laforgue in ihm den Oberhäuptling vermutete. Zu diesem Mann führten die Krieger die Gefangenen.

»Normannen«, sagte der Häuptling.

»Sie waren mit Algonkin unterwegs«, sagte der Anführer der Jäger. Er hielt dem Häuptling Daniels Muskete hin. »Davon ist Tarcha gestorben.«

Der Häuptling griff gierig nach der Waffe, betrachtete

sie von allen Seiten und betätigte den Abzug. Es knallte nicht. Ärgerlich schüttelte er die Muskete, dann sah er Laforgue an. »Bringt sie hinein«, sagte er zu den Jägern.

»Ja, Kiotsaeton.«

Das Singen und Trommeln verstummte. In merkwürdiger Stille führte man die Gefangenen in das rauchgefüllte Langhaus. Feuer brannten auf der Erde. Bei einem Blick nach oben sah Laforgue lange Stangen unter dem gewölbten Dach, an denen Waffen, Kleidungsstücke, Schmuck und Felle hingen. In mittlerer Höhe zogen sich breite Stege durch die ganze Länge des Hauses, und als die Gefangenen zu den Feuern geführt wurden, folgten die Dorfbewohner und kletterten auf diese Laufbühnen, um von dort dem Schauspiel zuzusehen.

»Zieht sie aus«, befahl Kiotsaeton.

Im Nu waren die Gefangenen, auch der kleine Junge, nackt ausgezogen. Unter lautem Juchzen von den Laufbühnen traten die älteren Frauen singend vor. Sie zogen brennende Scheite aus dem Feuer und traten damit vor den Häuptling. »Dürfen wir die Gefangenen streicheln?« fragte die eine.

»Streichelt sie«, sagte Kiotsaeton, »aber haltet euch zurück. Wir wollen länger etwas von ihnen haben.«

Feixend kamen die Frauen an und hielten Chomina und Laforgue die brennenden Scheite an die Geschlechtsteile, daß sie sich vor Schmerzen krümmten. Sie sengten Annukas Schulter und stießen Daniel einen brennenden Scheit in die Achselhöhle. Die wild erregte Menge johlte und brüllte. »Bringt Sie zum Singen! Sie sollen ihre Kriegsgesänge singen!«

»Singt«, befahl Kiotsaeton. »Singt eure Kriegsgesänge. Und tanzt, ihr haarigen Hunde.«

Man zerrte die beiden Franzosen vor und zwang sie unter Stößen und Tritten zu einem täppischen Tanz. »Singt«, rief Daniel Laforgue zu. »Singt, sonst töten sie uns.«

»*Ave Maria*«, sang Laforgue heiser, während der Text des frommen Lieds im Gebrüll der juchzenden Irokesen unterging. »*Gratia plena, Dominus tecum* ...«

Er sah zu Daniel, der sich mit der gesunden Hand in die versengte Achselhöhle griff und ebenfalls sang. Jetzt kamen Männer und Frauen von den Bühnen heruntergeklettert und gingen zu den Feuern, schöpften mit Tellern glühende Asche auf und streuten sie johlend und lachend über die Gefangenen, die sich unter der Folter wanden und krümmten, bis der Häuptling einen neuen Befehl gab und alle sofort verstummten. Er wies auf Chomina. »Sing. Sing deinen Kriegsgesang.« Dann zeigte er auf Annuka. »Tanze.«

Mit teilnahmslosem Gesicht und ohne einen Blick auf seine Häscher stimmte Chomina mit lauter, trotziger Stimme einen Kriegsgesang an, während seine Tochter in einem primitiven Tanzschritt dazu im Kreis herumtappte. Laforgue, der vor Schmerz kaum noch aus den Augen sehen konnte, starrte auf das Mädchen, dessen schlanker Körper einmal seine Wollust angestachelt hatte und jetzt unendliches Mitleid in ihm weckte, als die Umstehenden jedesmal, wenn sie taumelte und fiel, ihre Schultern und schmalen Hüften mit Fäusten und Füßen bearbeiteten. ›O Herr‹, betete er, ›gewähre mir die Gnade, sie zu taufen. Gewähre ihr den ewigen Frieden.‹

Plötzlich brach das Mädchen auf dem Boden zusammen. Die Wilden verstummten; in dem ganzen Langhaus war nur noch Chominas lauter, monotoner Kriegsgesang zu hören. Kiotsaeton und zwei andere Häuptlinge gingen ans Feuer und sprachen miteinander, dann gaben sie den wartenden Kriegern ein Zeichen. Sofort ging ein hochgewachsener Wilder, der die Haare rot gefärbt und seine Augen mit scheußlichen gelben Kreisen ummalt und an seinem Zopf ein rötliches Fell auf dem Rücken hängen hatte, zu Chominas kleinem Sohn und packte ihn bei den Haaren, und so gefühllos, als schlachtete er ein Huhn, schnitt er ihm die Kehle durch. Blut sprudelte aus dem Mund des Kindes. Entsetzt versuchte Daniel hinzuspringen, aber ein Wilder stellte ihm ein Bein und brachte ihn zu Fall. Chomina wandte keinen Blick zu seinem sterbenden Sohn; er sah starr an die Decke des Langhauses und sang einen Kriegsgesang, wie wenn er nichts gesehen hätte. Und vor Laforgues entsetztem Blick hackten sie das Kind mit Äxten in Stücke und warfen die blutigen Teile in einen Kochkessel. Er schloß die Augen, als könnte er nicht glauben, was er mit ansehen mußte.

Im Langhaus tobte die Hölle, es wurde gestampft und gebrüllt und gekreischt. Der Häuptling hob die Hände und gebot Stille, dann kam er zu Laforgue.

»Agnonha. Wer ist Agnonha?«

»Agnonha ist unser Häuptling, der Häuptling der Franzosen«, antwortete Laforgue.

»Dann bist du ein toter Mann, du behaarter Dummkopf. Agnonha ist die Stinktierfotze, die unser Volk getötet hat. Du wirst sterben, aber noch nicht heute. Du wirst langsam sterben. Wir werden dich streicheln und immer wieder streicheln. Heute wirst du zum erstenmal gestreichelt. Packt ihn.«

Zwei Krieger packten Laforgue und hielten ihn fest. Kiotsaeton nahm eine rasiermesserscharfe Muschelschale aus seinem Gürtel. Er packte Laforgues linke Hand beim Zeigefinger und sägte ihn mit der Muschelschale bis auf den Knochen durch. Dann sägte er weiter durch den Knochen und riß Haut und Knorpel ab. Zuletzt hob er das abgeschnittene Fingerglied hoch. Die Menge johlte. Er warf das Fingerglied in den Kessel. Unter unerträglichen Schmerzen sank Laforgue auf die Knie, und dann sah er eine Szene, die so entsetzlich war, daß sie alles Grauen oder Mitleid, alle Vergebung oder Wut überstieg: Drei ältere Frauen holten die halbgaren Stücke des toten Kindes aus dem Kessel und gaben sie den Kriegern, die Chomina und seine Begleiter gefangen hatten. Die Krieger stolzierten vor Chomina und seiner Tochter auf und ab und aßen das Fleisch, als wäre es saftiges Wildbret. Chomina stand da, den Blick zur Decke gewandt, und sang. Das Mädchen übergab sich.

Die Frauen am Kessel verteilten jetzt halbgares Fleisch an andere Krieger. Währenddessen trat Kiotsaeton vor und hob den Arm. Sofort verstummte das Gebrüll.

»Die Gefangenen dürfen nicht sterben«, rief Kiotsaeton. »Wenn die Sonne aufgeht, werden wir sie wieder streicheln. Gebt ihnen zu essen. Die Kinder dürfen sie streicheln, aber behutsam. Gebt ihnen die Kleider zurück.«

Umringt von grinsenden, scherzenden Wilden, bekamen die Gefangenen ihre Kleider zugeworfen und mußten sich anziehen, dann zerrte und stieß man sie aus dem Langhaus. Kinder tanzten vor ihnen her, als man sie in ein kleineres Haus brachte, wo in einer Grube ein Feuer brannte. Dort ließen die Dorfbewohner sie mit einem Krieger, der mit Keule und Axt bewaffnet war, und vier feixenden Kindern allein. Erschöpft sanken die Gefangenen auf die nackte Erde. Die Kinder umkreisten sie. Ein kleines Mädchen hielt sich kichernd die Hand vor den Mund, als wollte es Verlegenheit mimen. »Zieht euch aus«, befahl es.

»Wer?« fragte der Wächter.

»Die beiden. Die Behaarten.«

»Zieht eure Hundefelle aus. Schnell.« Der Wächter hob die Keule und versetzte Laforgue und Daniel je einen Schlag auf die Schulter. Müde zogen beide ihre Sachen aus und standen von neuem nackt da.

»Tanzt«, rief ein kleiner Junge. Seine Gefährten waren inzwischen zur Rückwand des Hauses gegangen und kamen mit angespitzten Stöcken zurück, die sie den Männern in die Beine stachen.

Müde begannen die Gefangenen einen schlurfenden Tanz.

»Singt!« rief ein Kind.

Sie stimmten das Ave Maria an.

»Schweigt!« rief ein zweites Kind.

Sie schwiegen.

Das erste Kind, das ihnen zu singen befohlen hatte, ging unverzüglich zum Feuer, zog ein brennendes Scheit heraus und hielt es Daniel an den Penis. »Sing, habe ich gesagt!« schrie das Kind.

Daniel fing an zu singen.

»Schweig!« schrie das zweite Kind und kam ebenfalls mit einem brennenden Scheit an. Der Wächter lachte.

Das kleine Mädchen ging zu Laforgue und riß an seinem Bart. »Was hast du da für eine dreckige Wolle im Gesicht?« schrie es. »Bist du ein Mensch oder ein Hase?«

»Laßt es gut sein, Kinder«, sagte der Wächter nachsichtig. »Es ist genug. Wir müssen sie jetzt ruhen lassen.

Morgen bekommen wir noch mehr Spaß. Jetzt müssen sie essen.«

»Wir wollen sie fressen«, schrie ein kleiner Junge.

»Ich fresse deinen Fuß«, kreischte das kleine Mädchen und ließ glühende Holzkohle auf Daniels Fuß fallen.

»Und ich fresse deine Hände«, brüllte ein anderer Junge.

»Na, na, Kinder«, sagte der Wächter lachend. »Geht jetzt. Raus mit euch.«

Brüllend und lachend rannten die Kinder aus dem Haus. Die beiden Männer zogen sich mühsam ihre Sachen wieder an. Der Wächter fesselte ihnen die Hände auf den Rücken und band ihnen die Füße so zusammen, daß sie sich nur noch hüpfend fortbewegen konnten. Chomina und Annuka fesselte er ebenso, wobei er dem Mädchen unter den Rock griff und es befummelte. Dann holte er ein paar Stücke Maiskuchen.

»Iß«, sagte er freundlich zu Annuka und hielt ihr den Kuchen vor den Mund. Annuka kaute wie eine willenlose Puppe und mußte sich sofort wieder übergeben. »Ist nicht schlimm«, sagte der Wächter gelassen. »Ich bringe dir nachher neuen.«

Dann ging er zu Chomina, der in das angebotene Stück Maiskuchen biß, als sähe er den Wächter gar nicht. Dieser fütterte noch Laforgue und Daniel, dann kehrte er ans Feuer zurück, setzte sich, nahm seine Pfeife heraus und begann zu rauchen.

Zum erstenmal seit ihrer Gefangennahme schien Chomina sich auf sich selbst zu besinnen. Er hüpfte zu seiner Tochter, und sie legte den Kopf in seinen Schoß. Er wiegte den Körper vor und zurück, vor und zurück. Daniel hüpfte ebenfalls hin und legte sich ihr zu Füßen, wobei er sie voll banger Zärtlichkeit ansah. Endlich hörte sie auf zu schluchzen und zu würgen und sagte zu ihrem Vater: »Das sind keine Menschen. Es sind Wölfe.«

»Nein«, sagte Chomina. »Es sind keine Wölfe. Es sind Menschen. Sie haben Angst voreinander.«

Laforgue drehte sich im Liegen um und versuchte mitzuhören. »Wie meinst du das?« fragte er.

»Wenn ein Irokese einen anderen Irokesen sieht, der einem Gefangenen Mitleid zeigt, lacht er ihn aus. Ein Krieger darf kein Mitleid zeigen. Mitleid ist Schwäche.«

»Es sind Wölfe«, sagte das Mädchen noch einmal.

»Nein, nein.« Chomina sah sie von oben an. »Unser Volk tut dasselbe, wenn es Feinde gefangen hat. Das tun auch die Montagnais und die Huronen. Einen Feind muß man dazu bringen, vor Schmerzen zu schreien. Darum quälen sie uns. Aber jeder einzelne Irokese ist wie du und ich.« Er deutete mit dem Kopf zu dem Wächter, der mit dem Rücken zu ihnen saß und seine Pfeife rauchte. »Er wird uns nichts tun.«

»Müssen wir sterben?« fragte sie.

Ihr Vater wiegte sie und antwortete nicht.

»Aber warum sollen wir schreien?« flüsterte Daniel. »Warum?«

»Weil unser Schreien für sie bedeutet, daß wir ihnen nicht widerstehen können. Wenn wir nicht weinen und nicht um Gnade betteln, kommt Unglück über sie, sobald wir sterben.«

»Aber wenn wir schreien«, fragte Laforgue, »hören sie dann mit der Marter auf?«

Chomina sah ihn an. »Verstehst du denn nicht? Wenn du schreist, besitzen sie deinen Geist, sowie du stirbst.«

»Aber das stimmt ja nicht«, sagte Laforgue. »Wenn ich

sterbe, gehe ich ins Paradies ein. Und du und deine Tochter werdet mit mir ins Paradies eingehen, wenn ihr euch von mir taufen laßt. Ich kann es jetzt tun.«

»Ist das der Wasserzauber?«

»Ja. Und dafür verlangt mein Gott nur von euch, daß ihr an ihn glaubt.«

»Laß mich in Ruhe«, sagte Chomina bitter. »Ich habe dich den Wasserzauber an meiner Frau machen sehen. Aber sie war tot, als du ihn gemacht hast. Sie konnte gar nicht an deinen Gott glauben, weil sie schon tot war. Und vor ein paar Nächten hast du es bei einem Kind gemacht. Aber das Kind war tot. Der Wasserzauber bringt mich nicht ins Paradies. Der Wasserzauber tötet.«

»Du irrst dich«, sagte Laforgue. »Chomina, ich lüge dich nicht an. Ich werde dir immer dankbar sein. Ich werde es dir nie vergelten können, daß du zurückgekommen bist. Aber laß dich von mir taufen, und ich schwöre dir, daß du ins Paradies eingehst, wenn du stirbst.«

»In was für ein Paradies? Ein Paradies für Normannen?«

»Nein, für euch. Für alle, die getauft sind.«

»Aber mein Volk ist nicht mit diesem Wasserzauber getauft. Darum ist keiner von ihnen in deinem Paradies. Warum soll ich in ein Paradies gehen wollen, wo keiner von meinem Volk ist? Nein, ich werde sterben und in ein anderes Land gehen, wohin unsere Toten gegangen sind. Dort werde ich meine Frau und meinen Sohn wiedersehen. Dein Gott scheißt auf mich und die meinen. Meine Frau ist euretwegen tot. Mein Sohn ist in den Mägen der Irokesen. Und die Irokesen werden mich langsam töten, jeden Tag ein bißchen. Aber nicht die Irokesen, sondern ihr Normannen habt mich vernichtet mit eurer Habsucht;

ihr, die ihr nicht teilt, was ihr habt; ihr, die ihr uns Musketen und Kleider und Messer und Kessel als Geschenke anbietet, damit wir genau so habgierig werden wie ihr. Und ich bin geworden wie ihr, habgierig. Darum bin ich hier, und wir werden zusammen sterben.«

»Mit unserer Habsucht magst du recht haben. Aber was unseren Gott angeht, bist du im Unrecht.«

»Laßt ihn«, flüsterte Daniel. »Seid still, Père Paul.«

Und so lagen sie in der rauchigen Hütte, schweigend, voll Schmerzen und jeder allein mit seinen Gedanken an das heute Geschehene und das, was vor ihnen lag. Das Stück Himmel in der Dachöffnung verfinsterte sich zur Nacht. Und als Chomina sah, daß der Wächter endlich schlief, begann er mit seiner Tochter zu flüstern. Daniel der die Wunde an seiner Hand leckte, hörte ihre gedämpften Stimmen und rückte näher, um mitzuhören, aber Chomina drehte sich um und warf ihm im Schein des flackernden Feuers einen Blick zu, der ihn warnte, er solle sich heraushalten.

Es war schon viel später, und Chomina und Laforgue waren erschöpft von ihren Wunden und Leiden eingeschlafen, als Annuka über den nackten Boden gerutscht kam und sich, gefesselt wie sie war, an ihren gefesselten Liebsten drückte. Im Dunkeln konnte er ihr Gesicht nicht sehen. »Annuka«, flüsterte er, »dein Vater hat recht. Ich habe dich vernichtet.«

Sie schob ihr Gesicht nah an seines. Er fühlte ihre ausgedörrten Lippen an seiner Wange.

Bei Sonnenuntergang wurde im Langhaus Tabak herumgereicht. Die sieben Ratsmitglieder begaben sich an das mittlere Feuer. Einige legten sich hin, andere setzten sich.

Man zündete die Pfeifen an. Im Hintergrund bellten Hunde und schrien Kinder, aber auf den Bühnen an den Wänden wandten Männer und Frauen sich ab, um damit zu zeigen, daß sie es respektierten, wenn ihre Häuptlinge sich ungestört beraten wollten. Kiotsaeton, der den Rat einberufen hatte, hörte zuerst Agariata und dann Honatheniate an. Beide waren Ratshäuptlinge, aber keine Kriegshäuptlinge. Sie waren redegewandt und sehr beschlagen. Sie redeten lange. Bis Honatheniate fertig war, hatten die Ratsmitglieder schon zwei Pfeifen geraucht. Kiotsaeton machte seinen Bibermantel auf, weil es in dem Langhaus sehr warm war, und ergriff endlich selbst das Wort. Zuerst faßte er zusammen, was er gehört hatte, denn das war so Sitte und bewies, daß man zugehört und verstanden hatte. Er bewertete das Gesagte nicht. Als er fertig war, fragte er nur: »Haben das alle auch gehört?«

Der Rat bejahte.

»Dann will ich eine andere Lösung vorschlagen«, sagte Kiotsaeton. »Bei dem Mädchen ist es, wie Agariata sagt, keine Frage, daß wir sie als die einzige gefangene Frau dem Areskoui opfern müssen, indem wir sie auf dem Scheiterhaufen verbrennen. Sind alle einverstanden?«

Sie waren alle einverstanden.

»Ihr Vater, dieser Hundedreck, darf uns nicht trotzen. Wir werden ihn Tag und Nacht streicheln, bis er schreit wie ein Hase. Wir werden ihm die Haut in Streifen vom Leib ziehen und ihn mit Glut versengen und ihm die Finger einen nach dem anderen abschneiden, bis er sich nicht mehr wehren oder mit eigenen Händen essen kann.«

»Es wird trotzdem nicht leicht sein«, sagte einer aus dem Rat. »Ich habe ihn beobachtet. Er hat nicht einmal hingesehen, als unsere Krieger sein Balg aufaßen.«

»Er ist ein dummer Algonkin-Prickel«, sagte Kiotsaeton. »Wir überlassen ihn Ontitarac. Ontitarac wird ihn schon dazu bringen, daß er schreit und uns seinen Geist gibt. Nicht wahr, Ontitarac?«

Ontitarac, ein alter Mann und vom Kopf bis zum Nabel tätowiert, öffnete seine Kleidung und zog grinsend seinen Penis heraus. Alle lachten.

»Nun zu den Normannen«, sagte Kiotsaeton. »Und jetzt wird es ernst. Wißt ihr, was diese Normannen für uns bedeuten? Besonders der Schwarzrock? Wißt ihr, was Agnonha in Québec sagen wird, wenn er erfährt, daß wir sie getötet haben?«

»Was Agnonha sagt, bedeutet mir einen Furz«, sagte Agariata.

»Wohlgemerkt, der Schwarzrock ist ein Zauberer«, sagte Kiotsaeton.

»Wir haben keine Angst vor Zauberern, auch nicht vor einem Schwarzrock«, wehrte der alte Ontitarac ab. »Darum sage ich, wir streicheln sie zu Tode. Sie haben beide schon geschrien. Sie sind schwach. Wenn sie sterben, werden wir ihre Herzen essen und ihre Macht besitzen.«

Kiotsaeton spuckte ins Feuer. So pflegte er anzukündigen, daß er jetzt sagen würde, was er wirklich dachte. Die anderen waren still. »Zwei Normannen sind zwanzig Musketen«, erklärte er dem Rat.

»Zwanzig Musketen?«

»Von Agnonha.«

»Agnonha!« rief Honatheniate. »Diese Stinktierfotze, dieser haarige Hund. Unser Feind soll in der Hundescheiße sterben, bevor ich mit ihm Geschäfte mache.«

»Zwanzig«, sagte Kiotsaeton.

»Musketen töten nur einmal«, warf ein Ratsmitglied ein.

»Nein, sie können viele Male töten«, sagte Kiotsaeton. »Die Normannen töten damit wieder und wieder. Das muß man nur lernen, wie mit Pfeil und Bogen.«

»Er hat recht«, sagte Annentaes, ein Kriegshäuptling, der selten sprach.

»Zwanzig Musketen«, sagte Kiotsaeton. »Dazu würde ich noch zehn französische Kessel verlangen, dreißig von ihren eisernen Messern und ein paar Wampumgürtel.«

»Du kannst verlangen, was du willst«, sagte Ontitarac. »Ich sage dir, was Agnonha gibt. Tod und Rache von Generation zu Generation. Das gibt dieser Hasenarsch. Als die Mohawk einmal einen Normannen getötet haben, hat Agnonha seine Krieger mit Arkebusen geschickt und ihre Dörfer zerstört. Und sogar jetzt, acht Winter danach, macht er mit ihnen keine Geschäfte und will nichts mit ihnen zu tun haben.«

»So ist es«, sagte Kiotsaeton. »Ihr wißt, daß ich wie Ontitarac keine Normannen fürchte. Auch nicht das Stinktier Agnonha. Aber zwanzig Musketen. Zwanzig Musketen. Überlegt euch das.«

»Wartet«, sagte Manitougache. »Warum sollten die Normannen uns, ihren Feinden, Musketen geben? Sie geben niemandem gern Musketen, nicht einmal den Algonkin, die ihre Verbündeten sind.«

»Stimmt«, sagte Agariata. »Die Normannen sind nicht wie die Holländer. Agnonha hat sogar nein gesagt, als die Montagnais ihm für jede Muskete fünfzig Biberfelle geben wollten.«

»Er kann die Normannen nicht sterben lassen«, sagte Kiotsaeton. »Vor allem keinen Schwarzrock. Es heißt nämlich, daß die Schwarzröcke ihn in ihrer Gewalt haben.«

»Die Schwarzröcke sind die schlimmsten Zauberer, die es gibt«, sagte der alte Ontitarac. »Ich habe gehört, daß sie ganz allein für sich in ihren Wigwams wohnen, immer. Wenn sie bei den Huronen sind, erlauben sie nicht, daß die Huronen in ihren Wigwams schlafen. In jedem Wigwam der Schwarzröcke ist ein besonderer Raum. In diesem Raum steht ein kleiner Kasten auf einem hohen Brett, und in dem Kasten sind Stücke von einer Leiche, die sie aus Frankreich mitgebracht haben. Sie sagen, die Leiche ist der Körper ihres Gottes. Sie haben geheime Zeremonien, bei denen sie kleine Stücke von dieser stinkigen Leiche essen.«

»Das stimmt«, sagte ein anderes Ratsmitglied. »Das habe ich auch schon gehört. Und zwar von einem Huronen.«

»Ich habe noch etwas anderes gehört«, sagte Honatheniate. »Es heißt, daß die Schwarzröcke nicht vögeln. Sie vögeln nie. Sie vögeln nicht, weil sie dann mehr Macht als Zauberer haben.«

Man schwieg betreten. »Nun«, sagte Kiotsaeton schließlich, »das beweist, was ich gesagt habe. Agnonha fürchtet die schwarzröckigen Zauberer. Er wagt es nicht, einen von ihnen durch uns sterben zu lassen.«

»Du hast recht«, sagte der alte Ontitarac. »Er küßt ihnen den Arsch und fürchtet ihren Zauber. Die ganzen letzten Winter höre ich flußauf und flußab dieselbe Geschichte.«

»Zwanzig Musketen und das andere«, sagte Kiotsaeton und lächelte in die Runde. »Und wir müssen nicht einmal verhandeln. Wir haben alle Macht auf unserer Seite.«

»Aber wie kommen wir an die Musketen?« fragte

Honatheniate. »Kann sein, daß wir hingehen, um die Normannen abzuliefern, und in einen Hinterhalt laufen. Mit einem Normannenhäuptling wie Agnonha kann man keine Geschäfte machen. Er ist ein Lügner und war immer einer. Er hält sein Wort nicht.«

»Dann verhandeln wir über die Holländer am anderen Ufer«, sagte Kiotsaeton. »Wir schicken einen Boten hin, der ihnen sagt, sie sollen den Normannen sagen, daß wir zwei von ihren Männern haben. Wenn die Holländer dann die Musketen bekommen, geben wir ihnen die Gefangenen.«

»Ich rieche eine Falle«, sagte Agariata.

»Wenn es eine Falle ist, kann sie nur einen von uns töten«, sagte Kiotsaeton. »Einer kann die beiden Gefangenen zu den Holländern bringen. Wenn die Musketen da sind, gibt er ihnen die Gefangenen. Wenn nicht, oder wenn es eine Falle ist, tötet er die Gefangenen.«

»Und wer ist der Mann, der freiwillig in diese Bärenscheiße tritt?«

Kiotsaeton spuckte ins Feuer. »Der Mann bin ich.«

Als das Licht in der Dachöffnung den Gefangenen anzeigte, daß ein neuer Tag begonnen hatte, drehte Chomina sich wie im Schlaf auf die andere Seite und gab seiner Tochter verstohlen ein Zeichen. Der Wächter war aufgewacht und lag neben der noch glühenden Asche des Feuers, in der Hand ein Stück von dem am vorigen Abend übriggebliebenen Maiskuchen, an dem er herumkaute. Chomina sah Annuka nach, wie sie mühsam zu dem Wächter humpelte. Chomina sprach mit dem Wolf, seinem Schutzgeist. Es darf ihr nicht mißlingen. Wenn es mißlingt, werden die Irokesen mich bis heute abend so sehr gemartert haben, daß ich meine Hände nicht mehr gebrauchen kann. Noch habe ich meine Hände, sagte Chomina zum Wolf. Mit meinen Händen kann ich mich befreien. Jetzt drehte er sich, immer noch wie im Schlaf, zu den Normannen um. Beide lagen wie im Traum, aber von dem Jungen kam hin und wieder ein Stöhnen.

Annuka näherte sich dem Wächter, wie ihr Vater es ihr aufgetragen hatte, ganz langsam und mit gesenktem Kopf, damit er es nicht als Drohung verstand.

»Ich muß kacken«, sagte sie leise.

Der Wächter kaute lächelnd seinen Maiskuchen. »Na, dann kack doch«, sagte er. »Aber geh da drüben hin. Ich will nicht, daß du auf mich kackst.«

Sie streckte ihm die gefesselten Hände hin. »Die Riemen sind so fest«, sagte sie. »Meine Hände sind wie die Hände eines Toten. Und wenn ich zum Kacken in die Hocke gehen will, knicken mir die Füße ein, und ich falle aufs Gesicht. Hilf mir.«

Er lachte. »Dir helfen? Ich kann nicht für dich kacken, du Hasenfotze.«

Ihr stiegen Tränen in die Augen. Vor Schmerzen und Angst fiel es ihr gar nicht schwer, zu weinen. Der Wächter war jung. Es sind Menschen, keine Wölfe, hatte ihr Vater gesagt. Wenn ihn keiner sieht, hat er keine Angst, daß man ihn auslacht. Wenn ihn keiner sieht, zeigt er dir vielleicht Mitleid. Ihr Vater hatte recht.

»Komm mal her, du Hübsche«, sagte der Wächter. Sie näherte sich ihm mit winzigen Schrittchen, denn die Riemen scheuerten bei jeder Bewegung. Sie fühlte seine Hände an ihren tauben Handgelenken. Ihre Fesseln lokkerten sich. »Geh schon«, sagte er. »Mach's da drüben.«

Sie hüpfte in die Ecke, in die er gezeigt hatte. Unterwegs

bewegte sie ihre Finger und Handgelenke. Dann hob sie ihren Rock, damit er ihren Hintern sah. Sie wußte, daß er sie beobachtete. Das sollte er ja auch. Schließlich tat sie, als ob sie fertig sei, humpelte zu ihm zurück und lächelte ihn an, um ihm ihre Dankbarkeit zu zeigen.

Er hatte sich inzwischen aufgesetzt, und zu ihrer Freude sah sie, daß er seine Kleider um die Lenden geöffnet und einen großen steifen Prickel herausgeholt hatte. Grinsend sah er zu ihr auf. »Leg dich hin, Hübsche«, sagte er. »Warte.« Er kam und ging in die Knie. »Ich kann nicht mit dir vögeln, wenn deine Beine zusammengebunden sind«, flüsterte er mit einem Blick nach hinten, wo ihr Vater und die Normannen lagen. Alle drei schienen zu schlafen.

Sie zitterte am ganzen Leib und hatte das Gefühl, in Ohnmacht zu fallen. Als ihre Füße frei waren, versagten ihre tauben Gelenke, so daß sie auf die Knie sank. »Es tut weh«, sagte sie. »Die Riemen waren so fest.«

Der Wächter lächelte. Er massierte ihre Knöchel, dann betastete er ihre Brüste. Er sagte ihr mit Gesten, sie solle sich hinknien, damit er ihn von hinten hineinstecken könne.

»Warte noch«, sagte sie. »Ich habe Hunger. Kann ich zuerst einen Bissen essen?«

Das verstand er gut. Er grinste sie an. Dann ging er, den steifen Prickel vor dem Bauch, zu dem Teller mit den Maiskuchen und bückte sich. Sowie er ihr den Rücken zuwandte, griff sie nach seiner schweren Keule. Sie war so schwer, daß sie im ersten Moment glaubte, sie bekomme sie nicht über den Kopf gehoben. Dann aber dachte sie an die Krieger, die am Kessel gestanden und Outijis Fleisch hinuntergeschlungen hatten, und schwang die Keule. Er warf sich herum, flink wie ein Hirsch, doch im selben

Moment sauste die Keule ihm voll ins Gesicht und warf ihn in die sterbende Glut. Du mußt sichergehen, hatte ihr Vater gesagt. Du mußt sichergehen, wenn du kannst, und zwar sofort. Sie sprang also hin, und obwohl es sie dabei im Hals würgte, hob sie die schwere Keule noch einmal und noch einmal und schlug sie ihm so lange auf den Kopf, bis er nur noch ein Brei von Blut und verfilzten Haaren war. Dann ließ sie die Keule fallen. Er hatte kaum einen Ton von sich gegeben. Sie erbrach sich in die Asche.

Die Normannen waren wach, wie ihr Vater, und alle lagen auf der Seite und sahen sie an. »Schnell«, rief ihr Vater. Er hatte ihr gesagt, sie solle ihn zuerst losbinden.

Sie wollte zu ihm gehen, doch als sie an Iwanchou vorbeikam, sah sie ihm in die Augen, und da beugte sie sich über ihn und begann, seine Fesseln zu lösen.

»Annuka«, rief ihr Vater mit leiser, zorniger Stimme. »Hör auf damit. Rühr ihn nicht an. Komm zu mir.«

Sie sah sich nach ihm um. »Wir können sie nicht hierlassen«, sagte sie.

»Sie sind den Irokesen wichtiger als wir«, sagte ihr Vater. »Außerdem ist seine Hand verletzt. Laß ihn.«

»Nein.« Sie band Iwanchous Hände los, und er selbst löste die Riemen an seinen Füßen. Dann ging sie zu ihrem Vater, um auch ihn zu befreien. Er war wütend über ihren Ungehorsam, aber als seine Fesseln gelöst waren, stand er auf und umarmte sie. Iwanchou band den Schwarzrock los. »Also gut«, sagte ihr Vater. »Nicanis, versteck deine Kleidung unter den Sachen des Toten. Wenn sie uns entdecken, sind wir auch tot, das wißt ihr. Wie viele Schneeschuhe sind das da?«

Außer den Schneeschuhen des Toten fanden sie noch ein paar andere auf den vom Dach herunterhängenden Brettern. Dort lag auch schwere Winterkleidung aus Elchleder, die sie sich als Mäntel überzogen. Chomina nahm das Messer des toten Wächters an sich, Laforgue gab er die Axt und Daniel die Keule. Dann hängte er sich die Schneeschuhe auf den Rücken, verbarg sein Gesicht unter den Fellen und ging zum Ausgang. »Wartet hier«, sagte er. Er ging nach draußen und kam ein paar Augenblicke später wieder zurück. »Die Irokesen schlafen lange. Es liegt kein Schnee, und zum Fluß ist es nicht weit. Bedeckt eure haarigen Gesichter und beeilt euch.«

Das Dorf war noch nicht aufgewacht. Ein paar Hunde liefen auf der Straße herum und suchten nach Futterbrokken. Der Rauch sterbender Feuer quoll aus den Dächern, und in der Ferne, am Ende des Dorfes, sah man ein paar bestellte Felder, die aber jetzt abgeerntet waren. Chomina sah zu dem Langhaus, vor dem drei Frauen saßen und einander lausten und die Läuse aufaßen. Die Frauen sahen sie nicht. »Geht langsam«, mahnte Chomina. Er nahm Laforgue, der unsicher auf den Beinen war, beim Arm. Sie gingen die Dorfstraße hinunter und kamen zu dem Pfad, der zum Fluß führte. Der Schnee von gestern war geschmolzen, und darunter war die Erde naß und matschig. Als sie ans letzte Haus kamen, sahen sie dort zwei kleine Jungen auf einem Stapel Feuerholz sitzen und mit einem hölzernen Ball spielen, den sie an einer Schnur in die Luft warfen und mit einem hölzernen Becher aufzufangen versuchten. Die Kinder beachteten sie nicht, aber als Daniel vorbeiging, erkannte er in dem einen Jungen den, der ihn gestern gequält hatte. Er versteckte sein Gesicht so tief in dem ledernen Umhang, daß er selbst kaum noch den Boden vor sich sah, und beschleunigte wider Willen seinen Schritt. Die Kinder waren jedoch so sehr in ihr Spiel vertieft, daß sie nicht einmal aufsahen, und bald lag das ganze Dorf hinter ihnen. Sie liefen jetzt, Chomina voraus. Der Anlegeplatz am Fluß war unbewacht. Chomina lief rastlos zwischen den Irokesenkanus umher, bis er sein und Laforgues Kanu gefunden hatte. In den umstehenden Bäumen waren Paddel, Tragriemen und Kochkessel versteckt, die er in die beiden Kanus lud. Gerade als er fertig war, erreichte seine Tochter die Lichtung, und als kurz darauf auch Laforgue und Daniel ankamen, sahen sie Vater und Tochter zornig miteinander flüstern.

»Tu, was ich sage.«

»Nein!«

»Komm.« Chomina ergriff ihren Arm und zerrte sie zu seinem Kanu. In dem Moment kam Daniel angerannt.

»Was gibt es hier?«

»Pst!« Chomina blickte den Pfad zum Irokesendorf hinauf. »Wir kehren zu unserem Volk zurück. Ihr beide nehmt das andere Kanu. Schnell. Die Irokesen werden bald aufwachen.«

»Ich habe dir gesagt, daß ich in Iwanchous Kanu fahre«, sagte Annuka zu ihrem Vater. »Laß mich los.«

Chomina ließ ihren Arm los und drehte sich um, als wollte er gehen. Plötzlich warf er sich zu Daniel herum, und in seiner Hand war das Messer des Wächters. »Sie ist meine Tochter. Sie kommt in meinem Kanu mit.«

»Hör nicht auf ihn«, sagte das Mädchen. »Er will euch beide im Stich lassen.«

Mit einem erstaunlich behenden Satz war Chomina bei Daniel, legte ihm den Arm um den Hals und hielt ihm mit der linken Hand das Messer an die Kehle. Langsam drehte er Daniel zu Annuka herum. »Steig in mein Kanu. Sofort. Sonst schneide ich dem Normannen die Kehle durch.«

Annuka starrte ihn an; dann drehte sie sich langsam um und ging gehorsam zum Ufer. »Schneller!« befahl ihr Vater. »Oder willst du, daß wir in ihren Feuern brennen?«

Alle drei hatten Laforgue vergessen, der sich leise von hinten näherte und die Axt hob, die Chomina ihm gegeben hatte. »Laß ihn los«, sagte er. Chomina war so überrascht, daß er herumfuhr und Laforgue ansah, und in dem Moment befreite der Junge sich aus seinem Griff, stellte ihm ein Bein und ließ sich auf ihn fallen, wobei er mit der gesunden Hand den Arm packte, mit dem Chomina das Messer führte. Der Priester sprang hinzu und bedrohte Chomina mit der Axt. »Gib mir das Messer«, befahl er.

Chomina lag auf dem Rücken und bekam auf einmal Angst vor diesem schwarzröckigen Zauberer, der wie ein Manitu über ihm stand, als wollte er ihm gleich den Schädel spalten. Er ließ das Messer fallen, und der Junge hob es auf.

»Niemand ist böse, Chomina«, sagte der Priester. »Und nun fahren wir alle zusammen in einem Kanu.«

»Wohin?« fragte Daniel.

»In unsere Winterjagdgründe«, sagte Chomina im Aufstehen. »Aber wir müssen uns beeilen. Wenn sie merken, daß wir fort sind, können sie sich denken, wohin wir wollen. Und es ist das einzige, wohin wir jetzt können.«

»Nein«, sagte Laforgue. »Wir können die Schnellen hinaufgehen.«

»Nicanis hat recht«, sagte Chominas Tochter. »Daran denken sie nicht. Und die hiesigen Irokesen gehen nie über die Schnellen hinaus.«

Chomina, der den Pfad zum Dorf, wo die Gefahr lauerte, nicht aus den Augen ließ, war einen Augenblick unschlüssig. Dann wandte er sich an seine Tochter. »Geh du mit ihnen. Ich fahre nach Süden, allein.«

»Komm mit uns, Vater. Ich bitte dich darum.«

Wieder schaute ihr Vater den Pfad zurück. »Du läßt mir wohl keine Wahl«, sagte er. »Wenn ich dich allein mit diesen behaarten Dummköpfen ziehen lasse, bist du tot, auch wenn die Irokesen euch nicht einholen. Also gut. Gehen wir die Schnellen hinauf. Aber in zwei Kanus. Du und Iwanchou in einem, Nicanis und ich in dem anderen.«

»Sehr gut«, meinte Daniel lächelnd. »Dann wissen wir wenigstens, daß du mitkommst.«

»Los«, sagte Chomina. »Beeilt euch.« Aber auf dem Weg zu den Kanus blieb er noch einmal stehen und sah seine Tochter an. »Denk daran, wenn ich heute umkomme, bin ich nicht böse auf dich. Sie haben einen Zauber auf dich gelegt, diese Normannen. Du bist nicht schuld.«

»Du wirst nicht umkommen«, sagte sie. »Schau.« Sie zeigte zum Himmel. Mit rauschendem Flügelschlag flog ein Schwarm Gänse in gerader Linie über sie hinweg. »Sie fliegen nach Norden«, sagte sie. »Das ist ein Zeichen.«
Chomina sprang ins erste Kanu und führte sie in die Ebbströmung hinaus, dann drehte er nach Norden. Den Blick nach vorn, sagte er beim Paddeln zu Laforgue: »Du bist nicht so dumm, wie du aussiehst, Nicanis. Aber vergiß nicht, bei den Schnellen könnten noch so ein paar irokesische Hundeköttel auf uns lauern. Wir sind so oder so tot.«

Nach einer knappen Stunde kamen sie wieder in die schnell dahinschießenden Strömungen, die ihnen sagten, daß sie gleich bei den Schnellen waren. Sie kamen an der Stelle vorbei, wo sie gefangengenommen worden waren. Noch ein paar hundert Schritt weiter, und sie waren in den weißschäumenden Untiefen. Die Kanus kamen nicht mehr vom Fleck. Chomina stieg aus und band die Riemen an, und bald waren alle vier im Wasser und zogen die Kanus über das glitschige Geröll; manchmal fielen sie hin und schlugen sich die Knie auf, und streckenweise mußten sie die Kanus aus dem Wasser nehmen und ein Stück über einen schmalen Pfad hinauftragen. Keiner sprach. Allen tat der ganze Körper nicht nur von der Anstrengung weh, sondern auch von den zugefügten Wunden und Mißhandlungen; trotzdem arbeiteten sie in fieberhafter Eile, denn jeden Augenblick mußten sie mit dem Zischen einer steinernen Pfeilspitze oder dem Kriegsruf eines Feindes rechnen.

Hier an den Wasserfällen lag kein Schnee mehr. Das unberechenbare Wetter hatte sich in diesen Tagen zwischen den Jahreszeiten wieder erwärmt, so daß dem Priester und Daniel unter ihren dicken Wintersachen bald der Schweiß hinunterrann. Sie mühten sich bis zum frühen Abend, als Chomina plötzlich etwas erkannte. Er winkte ihnen, und als sie mit den Kanus auf den Schultern an eine Stelle kamen, wo der Fluß sich unter donnernden Wasserfällen zu einem großen See verbreiterte, ließ Chomina sie die Kanus wieder ins Wasser legen und navigierte sie geschickt um die Fälle herum zu einer geschützten Stelle hinter dem brüllenden Wasserfall. Dort stieg er aus und zog die Kanus auf eine grasbewachsene Erhebung.

»Wartet hier«, sagte er, und sie sahen ihn über ein paar bemooste Felsen kriechen und den Arm in eine Vertiefung stecken. Kurz darauf kam er wieder und brachte ein paar

Stücke getrockneten Aal und ein paar Maiskolben. »Hier sind Huronen hinaufgegangen und noch nicht wieder heruntergekommen«, sagte er. »In dem Loch haben sie ihr Essen versteckt. Wenn wir auch die anderen Verstecke finden, haben wir für die nächsten Tage zu essen. Sie haben sich diese Stelle ausgesucht, weil sie hier keinen Wigwam zu bauen brauchten. Unter den Wassern ist es warm.«

Der brüllende Wasserfall ließ keine richtige Unterhaltung zu. Müde und ausgepumpt verzehrten sie ihr karges Mahl, dann drängten sie sich zum Schlafen aneinander und deckten ihre schmerzenden Körper mit Fellen und Rinden zu. Vor dem Schlafengehen reinigte Laforgue die Wunde an Daniels durchbohrter Hand von Schmutz und angesammeltem Eiter. Allen tat etwas weh: dem Mädchen die Prellungen und Platzwunden an den Schenkeln, Chomina die Pfeilwunde im Rücken und die häßlich geschwollenen Striemen von den schweren Schlägen auf Nacken und Schultern, Laforgue die Brandwunden an den Genitalien und das abgeschnittene Zeigefingerglied.

Laforgue hatte vor dem Schlafengehen noch sein Brevier lesen wollen, aber feststellen müssen, daß es ihm zum erstenmal in seinem Priesterleben nicht möglich war. In seine Soutane eingenäht war alles, was er noch besaß: sein Rosenkranz, die Landkarte und Père Bourques Instruktionen. Sein Brevier und alles andere – Meßgewänder, Meßbücher, der geweihte Kommunionskelch – war für immer verloren. Im Geiste sah er wieder den Anführer der Irokesen vor sich, frevlerisch angetan mit der goldbestickten weißen Seide, das goldene Kreuz auf der Brust mit Blut und Schmutz besudelt. Und wieder sah er auch die Krieger im Schein der Feuer, wie sie mit teuflischem Feixen ihre weißen Zähne in das halbgare Fleisch von Chominas Kind schlugen.

Er sah Chomina an. Der Wilde lag auf der Seite, den Umhang hochgezogen bis unters Kinn. Seine pechschwarzen, undurchdringlichen Augen blickten starr in das stürzende Wasser; sein verquollenes, blutverkrustetes Gesicht war so unbewegt wie aus Stein gehauen. Vor nicht einmal vierundzwanzig Stunden hatte dieser Wilde noch Frau und Sohn und eine ehrenvolle Stellung in seinem Volk gehabt. Nun hatte er Frau und Sohn einen barbarischen Tod sterben sehen; seine Tochter hatte vor seinen Augen einem Menschen den Schädel eingeschlagen, und er war mit ihr auf der Flucht durch eine Wildnis, in der sie jeden Augenblick erneut von kannibalischen Feinden angegriffen werden konnten. Was mag in ihm vorgehen, dachte Laforgue, was denkt dieser Mann, der sein Leben draußen in der Finsternis und fern von Gottes Angesicht verbringt? Und Daniel? Was mag in *ihm* jetzt vorgehen, ihm, der so unvermittelt ins Mannesalter gerissen wurde und eine Welt des Grauens geschaut hat, wie nur wenige sie jemals sehen?

Laforgue betrachtete das Mädchen, das den Kopf an Daniels Brust geschmiegt hatte, die Augen geschlossen und das Gesicht so abwesend wie eine in Andacht versunkene Mystikerin. Sie war, wie ihr Vater, fern von Gottes Angesicht, wußte nichts von Gottes Gnade.

Doch mitten in diese Gedanken hinein, die Laforgue ziellos im Kopf umherschwirrten, tönte wie ein sinnloses Gestammel immer wieder das Wort *Gnade, Gnade, Gnade.* Welche Gnade? Wenn Gott der Herr mich prüft, wenn er Daniel prüft, verheißt er uns zugleich tausendfältigen Lohn für alle Leiden, alle Gefahr, allen Tod. Was aber gibt er jenen, welche Gnade erweist er diesen Wilden, die nie im Paradies sein Angesicht schauen werden, ihnen, die er hinausgestoßen hat in die Finsternis dieses Landes, in dem der Teufel und die Seinen hausen?

9

Sie brauchten drei Tage bis zum Oberlauf des Stroms oberhalb der Schnellen. Meist mußten sie die Kanus über Land tragen, abseits des Flusses auf steilen, von ungezählten Wilden ausgetretenen Pfaden, bis sie nach langem Anstieg endlich den Ottawa vor sich liegen sahen. In diesen drei Tagen und Nächten brach Chomina selten sein Schweigen. Er schien immer nur dann lebendig zu werden, wenn er abends nach den Verstecken zu suchen begann, in denen andere Reisende Proviant gelagert hatten. Nach und nach legte die Stille, mit der er sich umgab, sich auch auf die anderen, während sie sich von morgens bis abends über Stock und Stein die steilen Hänge hinaufschleppten und ihre Wunden nur noch als Teil einer allumfassenden Folter empfanden, die sie mit einer Mischung aus Erschöpfung und Schmerz betäubte und weiterzwang.

Laforgue sorgte sich unentwegt um die weitere Reise. Er mußte diesen gefahrvollen Weg ohne geeignete Waffen zum Jagen machen, ohne Lebensmittelvorräte, ohne Tauschwaren für die Allumette, denen sie bald begegnen würden, und wenn es Chomina einfallen sollte, sie zu verlassen, sogar ohne Führer. Nach Père Bourques Beschreibung war er jetzt noch etwa zwölf Tagesreisen von seinem Ziel entfernt. Er mußte auf dem Ottawa und

Mattawa fünf Tage lang nach Norden fahren, dann den Nipissing-See überqueren und ein Flüßchen finden, das ihn zu dem großen See führte, von dem Père Brabant geschrieben hatte: »Es ist ein großes, freundliches Süßwassermeer, so groß, daß man nicht vom einen Ufer zum anderen hinübersehen kann.« Er mußte am Ufer dieses Sees entlang nach Süden fahren, bis er die Mission Ihonatiria erreichte. Wenn es sie überhaupt noch gab. Er gestattete sich den Luxus der Hoffnung nicht mehr. Er, der ein Leben lang sein ganzes Vertrauen in Gott gesetzt hatte, paddelte hier stumm hinter einem Wilden her und wußte nicht mehr zu beten. Am Abend legte er sich hin wie ein Tier und schlief ein, ohne an sein abendliches Gebet auch nur zu denken. In diesen Tagen der Erniedrigungen, Schmerzen und Greuel waren auch seine Moralbegriffe gleichsam abgestumpft. Er sah Daniel in den Armen des Wildenmädchens liegen und empfand keinen Zorn, dachte nicht an Sünde. Blind und gleichgültig zog er dahin, von Gottes Angesicht verstoßen und scheinbar wie Chomina dazu verdammt, auf ewig in der Finsternis dieses Landes zu leben.

Drei Tage nachdem sie die Schnellen hinter sich hatten, fand Chomina kein Vorratsversteck mehr. Es wurde kein Wort darüber gesprochen. Doch als sie am Morgen des fünften Tages schwach vor Hunger weiterpaddelten, lenkte Chomina plötzlich sein und Laforgues Kanu aufs Ufer zu. Ob er in den Wäldern Wild erspäht hatte? Als sie ins seichte Uferwasser glitten, gefolgt von Annuka und Daniel im anderen Kanu, sah Laforgue das Gesicht des Wilden, das sonst rotbraun war, aber jetzt eine bläuliche Farbe angenommen hatte. Plötzlich klappte Chomina vornüber und ließ sein Paddel ins Wasser hängen; sein

Atem klang heiser und beklommen. Nachdem sie angelegt hatten, stieg er langsam aus, schüttelte Laforgues helfenden Arm ab und ging allein die Uferböschung hinauf.

»Bist du krank?« fragte Laforgue, doch der Wilde schüttelte den Kopf wie über eine nebensächliche Frage. Oben angekommen, setzte er sich müde hin und bedeutete Laforgue, sich neben ihn zu setzen.

Soeben kamen mit besorgten Mienen Annuka und Daniel hinzu. Chomina winkte seine Tochter zu sich und flüsterte ihr etwas zu, was Laforgue nicht verstand. Sofort nahm sie Daniel am Arm und ging mit ihm fort. Als sie außer Hörweite waren, blickte Chomina schwer atmend zu Laforgue: »Sag, Nicanis. Was sagt jetzt dein Traum?«

»Ich bin zu müde zum Träumen.«

»Aber du *mußt* träumen«, sagte Chomina, die Hand an der Brust, wie wenn er Schmerzen hätte. »Wie kannst du deine weitere Reise sehen, wenn du nicht träumst?«

»Ich setze mein Vertauen in Gott. Er wird entscheiden, was mit mir geschieht.«

Chomina sagte eine Weile gar nichts. Er saß auf dem Boden, die Knie angezogen und den Kopf gesenkt, was Laforgue an einen Verrückten erinnerte, den er als Junge zwischen den vielen Bettlern vor der Kathedrale von Coutances in dieser Haltung hatte sitzen sehen, eine in ihrer Mutlosigkeit so erschreckende Gestalt, daß Laforgue, wenn er aus der Kirche kam, mit abgewandtem Blick vorübereilte und ein Gebet vor sich hin murmelte, wie eine Zauberformel zur Vertreibung des Teufels.

»Dann hat dein Gott dir gesagt, daß du weiterreisen sollst?« fragte Chomina endlich.

»Ja.«

»In zwei Tagen kommst du ins Land der Allumette. Du

wirst ihre Hilfe brauchen. Du hast kein Essen und nichts, womit du ihnen etwas abkaufen kannst. Wie willst du weiterkommen?«

»Gott wird mir etwas schicken«, sagte Laforgue, aber die Worte waren wie Steine in seinem Magen.

»Wie denn? Wenn er dir nichts schickt, wird meine Tochter sterben. Dich, Nicanis, verstehe ich. Ihr Schwarzröcke freut euch auf den Tod. Ihr glaubt in ein normannisches Paradies zu kommen, wenn ihr sterbt. Aber wenn meine Tochter stirbt, wird sie ins Land der Nacht gehen.«

»Wenn sie unsern Gott anerkennt«, begann Laforgue, aber der Wilde, der immer schwerer atmete und sichtlich Schmerzen hatte, brachte ihn mit einer Geste zum Schweigen.

»Das ist keine Antwort«, sagte Chomina. »Wie können wir dir glauben? Du hast das Paradies nicht gesehen, von dem du sprichst. Ich habe auch unsere Welt der Nacht nicht gesehen, aber ich weiß, daß sie kein Parradies ist. Du hast keinen Verstand, Nicanis. Kein Mensch sollte sich auf den Tod freuen.«

»Du irrst«, sagte Laforgue. »Für uns ist diese Welt die Welt der Nacht.«

»Was redest du da für Bärendreck! Sieh dich um. Die Sonne, der Wald, die Tiere. Das ist alles, was wir haben. Nur weil ihr Normannen taub und blind seid, glaubt ihr, daß diese Welt eine Welt der Dunkelheit und die Welt der Toten eine Welt des Lichts ist. Wir, die wir den Wald und die Warnungen des Flusses hören können, die wir mit den Tieren und den Fischen reden und ihre Gebeine achten, wir wissen, daß dies nicht die Wahrheit ist. Wenn ihr gekommen seid, um uns zu ändern, seid ihr dumm. Wir kennen die Wahrheit. Diese Welt ist grausam, aber sie ist das Sonnenlicht. Und ich trauere jetzt, weil ich sie verlasse.«

Laforgue sah Chomina scharf an. Der Wilde ließ in dem Moment den Kopf sinken und nahm wieder diese beklemmend mutlose Haltung ein, die an den Irren von Coutances erinnerte. Etwas abseits saßen das Mädchen und Daniel und schauten stumm herüber. Und soeben hörte Laforgue einen Chor von Vögeln die Grenzen ihrer Territorien verkünden. Selbst wenn es hier geschneit hätte, wäre der Schnee nicht liegengeblieben, denn noch jetzt, Anfang November, leuchteten die Bäume blutrot und gelb im letzten Herbstlaub. Die Welt ist unser Sonnenlicht, sagt Chomina, und für ihn ist das die Wahrheit. Es ist mir nicht gestattet, ihn gegen seinen Willen zu taufen. Laforgue sah den Wilden an, wie er krank und leidend dasaß und auf den Tod wartete. Und verzweifelt mußte er daran denken, daß Gottes Gnade ihm versagt war. Ich darf über so etwas nicht nachdenken. Es ist der Teufel, der mir solche Gedanken eingibt. Aber ist es wirklich der Teufel? Was ist mit mir geschehen? Warum bete ich nicht mehr?

»Chomina«, sagte er, »wir machen dir jetzt ein Bett, und du ruhst dich aus, bis du wieder kräftiger bist.«

»Ich werde nicht mehr kräftiger«, sagte Chomina. »Ich bin krank. Ich werde den nächsten Tag nicht sehen. Schick meine Tochter zu mir, ich will mit ihr reden. Und dann steigt ihr alle in die Kanus und fahrt weiter. Sofort.«

»O nein, wir bleiben bei dir.«

»Du behaarter Dummkopf«, sagte Chomina mit einem Anflug seines alten Lächelns. »Schick Annuka zu mir.«

Der Schwarzrock kam auf sie zu. Aber sie war schon aufgestanden, denn der Wald hatte sie gewarnt. Und jetzt auf dem kleinen Stück Weg zu ihrem Vater wußte sie, daß in den Bäumen die Manitu wartete. Zitternd ging sie an den Bäumen vorbei und kam zu ihrem Vater. Er hatte sich schon so hingesetzt, wie die in der Nachtwelt saßen, den Kopf gesenkt und die Arme über der Brust gekreuzt. »Vater«, sagte sie. Er sah auf; und die Krankheit lag wie ein glasiger Film auf seinen Augen. »Kommt es von einer Wunde?«

Ihr Vater schüttelte den Kopf. »Als ich heute morgen aufwachte, hatte ich Blut im Mund. Und ich scheiße schwarz und kann es nicht halten. Es ist aus mit mir. Als ich hier vorbeipaddelte, hat die Manitu mich gerufen.«

»Hast du sie gesehen?«

»Nein. Aber ich werde sie sehen. Und sie wird mich berühren, bevor es Nacht wird.«

Sie kniete sich neben ihn und legte ihm die Hand auf die Schulter. Sein Körper war wie Stein. »Dann bleiben wir solange bei dir.«

»Nein. Ich muß allein sein. Das habe ich geträumt. Als ich das Kanu hierher lenkte, war mir, wie wenn ich nach Hause käme. Der Felsen dort, die Bäume, sogar der Erdhügel, auf dem ich sitze, sind alle schon seit vielen Jahren in meinen Träumen. Ich habe mich oft gefragt, was dieser Ort bedeutet. Aber es ist uns nicht gegeben, die Bedeutung mancher Träume zu kennen. Hätte ich doch damals nur gewußt, daß es der Traum meines Todes war! Daß ich in aller Stille und allein sterben würde. Welch ein Geschenk das gewesen wäre! Ich hätte tapfer sein können. Ein großer Krieger.«

»Du bist ein großer Krieger.«

»Nein. Ich bin dumm und habgierig und blind wie ein Normanne. Deswegen sind meine Frau und mein Sohn tot, und nun bleibst du allein bei diesen Krüppeln hier zurück.«

»Iwanchou ist mein Verlobter«, sagte sie. »Er wird mich nicht im Stich lassen.«

Ihr Vater beugte sich hustend vornüber und spuckte Blut auf die Erde. »Du kannst noch davonkommen. Ihr beide. Verlaßt den Schwarzrock und kehrt zu unserem Volk zurück. Ihr müßt bei Nacht reisen. Nachts jagen die Irokesen nicht. Das habe ich schon Neehatin gesagt, aber Neehatin hat ja den Verstand eines Hasen. Iwanchou kann mit dem Bogen schießen lernen. Du kannst ihm einen Bogen machen.«

»Seine Hand ist verletzt«, sagte sie.

»Es sind von hier aus nur sieben Tage zu den Winterjagdgründen. Der Schwarzrock muß allein weiterreisen. Das hat Neehatin für ihn geträumt.«

»Du sagst aber, Neehatin hat keinen Verstand.«

Ihr Vater knirschte vor Schmerzen mit den Zähnen. »Widersprich mir nicht. Tu, was ich sage.«

»Ich werde es tun«, sagte sie.

»Gut. Dann geh jetzt und bring mir ein paar Fichtenzweige. Ich möchte mich hinlegen.«

Sie tat, wie er gesagt hatte. Sie nahm das Jagdmesser, und während sie Zweige schnitt, kam Iwanchou zu ihr. »Kann ich dir helfen?«

»Nein. Laß uns allein.«

Sie ging wieder zu ihrem Vater. Nachdem sie ihm aus den Zweigen ein Bett gemacht hatte, legte er sich darauf und sah zum Himmel. Der Film auf seinen Augen war dicker geworden. Vielleicht sah er sie gar nicht mehr.

»Hast du Hunger?« fragte sie. »Ich kann für dich Beeren suchen.«

Er schüttelte den Kopf. »Geh. Laßt beide Kanus zu Wasser. Laßt den Schwarzrock allein im zweiten Kanu fahren. Wenn du mit Iwanchou zu den Fällen kommst, wendet euch nach Süden. Der Schwarzrock ist krank und paddelt wie ein Kind. Er wird euch nicht einholen.«

In ihren Augen brannten Tränen. »Ich will bei dir bleiben«, sagte sie.

Langsam wandte ihr Vater den Kopf und sah sie an. »Ich habe dich angelogen«, sagte er. »Als ich hier anlegte, ist die Manitu aus dem Wald gekommen und hat mich angerührt. Sie wartet. Wenn wir allein sind, wird sie mich schnell ins Land der Nacht führen.«

Sie bekam Angst. Ihr war es, als hörte sie die Manitu im Wald rufen.

»Geh«, sagte ihr Vater. Sie bückte sich und umarmte ihn weinend.

»Auch ich weine«, sagte ihr Vater. »Aber ich habe keine Tränen mehr.«

Sie wandte sich ab und lief zurück zu den wartenden Normannen. »Komm«, sagte sie zu Iwanchou. »Laß die Kanus zu Wasser. Mein Vater stirbt. Er muß allein sein.«

»Kann ich mit ihm reden?«

»Nein. Bei uns gibt es keinen Abschied. Komm mit mir.«

Aber der Schwarzrock, der das hörte, stand augenblicklich auf und ging zu ihrem Vater. Sie eilte ihm nach. »Komm fort!« sagte sie zornig.

»Chomina«, sagte der Schwarzrock, indem er sich hinkniete und die Hände zusammenlegte. »Chomina, hörst du mich? Wenn du mich hören kannst, dann hör mir jetzt bitte zu. Mein Gott liebt dich, wie ich dich liebe. Wenn du seine Liebe annimmst, läßt er dich ins Paradies ein.«

»Komm fort«, sagte sie und zog den Schwarzrock an den Haaren, daß er vor Schmerz zusammenzuckte.

»Laß mich«, sagte der Schwarzrock. »Laß mich wenigstens ein Gebet für ihn sprechen.«

»Du hundsgemeiner Zauberer!« schrie sie. »Laß ihn in Ruhe. Iwanchou! Hilf mir!«

Iwanchou kam angerannt.

»Bring ihn fort!« schrie sie. »Laßt meinen Vater in Frieden sterben.«

Sie hörte die beiden in ihrer Sprache reden. Dann zog und stieß Iwanchou den Schwarzrock zu den Kanus. Sie sah zu ihrem Vater. Er sah sie nicht mehr mit den Augen der Tagwelt. Er blickte zu den Bäumen, und sie wußte, daß er ins Gesicht der Grausigen sah. Voll Angst lief sie zu den Normannen. »Komm schnell«, sagte sie zu Iwanchou. »Steigt in die Kanus. Beeil dich, Nicanis!«

Aber der Schwarzrock achtete nicht auf sie, vielmehr kniete er sich wieder hin, legte die Hände zusammen und starrte in den Himmel, und seine Lippen bewegten sich zu einem Zauberspruch. Sie ging hin und schlug ihm ins Gesicht. »Komm. Wir dürfen nicht mehr hier sein, wenn er stirbt. Steig in dein Kanu.«

Er stand auf und kam mit ihr. Schreiend trieb sie die beiden zur Eile an, als sie die Kanus zum Fuß schleiften. Sie und Iwanchou stiegen in das eine, der Schwarzrock in das andere. Mit schnellen Schlägen paddelten sie in die Hauptströmung hinaus, gefolgt von dem Schwarzrock in seinem Kanu. Als die Kanus weit vom Ufer waren, sah sie sich um. Auf der Lichtung lag ihr Vater, allein, auf einem

Bett aus Zweigen. Der Geist ihres Vaters ging zu den Bäumen, seine Hand in der Hand der Manitu.

Die Kanus trieben in der Strömung. Iwanchou bewegte das ihre im Kreis herum, damit Annuka zum Ufer schauen konnte. Nach einer Weile drehte sie sich um und sah ihn an. »Es gibt ein Gesetz bei den Algonkin, daß kein Kind ohne Eltern sein soll«, sagte sie. »Wenn ich zurückkehre, werden sie mir eine neue Familie geben.«

»Ich bin deine Familie«, sagte er.

»Mein Vater hat gesagt, wir sollen in die Winterjagdgründe zurückkehren. Komm mit mir. Laß Nicanis allein weiterreisen.«

Daniel sah zu dem anderen Kanu, zu dem Priester, der es paddelte. »Ich kann ihn jetzt nicht verlassen.«

Sie beobachtete das Ufer. »Ich habe meinem Vater versprochen, zurückzufahren. In Neehatins Traum ist vorhergesagt, daß Nicanis allein in ein Huronendorf geht.«

»Hör zu«, sagte Daniel. »Dieser Traum kann nicht in Erfüllung gehen wenn wir ihn verlassen. Sieh ihn doch an. Wie können wir ihn verlassen?«

»Dieser Zauberer, was kümmert er mich?« fragte sie. »Du hast ihn doch eben bei meinem Vater gesehen?«

»Ja, das war dumm«, sagte Daniel. »Aber er wollte ihm nur helfen und ihm nichts Böses tun.«

Sie sah hinüber zu dem Priester und sagte dann: »Wir beide könnten nachts auf dem Fluß fahren. Es ist nur sieben Nächte weit.«

»Ich kann ihn nicht verlassen, Annuka.«

Er sah in ihren Augen Zorn aufblitzen. »Dann liebe ihn doch. Liebe diesen Zauberer und geh mit ihm, wenn du ihn mehr liebst als mich.«

»Das ist nicht wahr, du weißt das.«

»Ich weiß, daß du ein Normanne bist. Mein Vater hatte recht. Der Schwarzrock hat dich in seinem Bann. Also gut. Wechseln wir die Kanus.«

»Annuka...«

Sie nahm ihr Paddel auf. »Wir legen an der nächsten Flußbiegung an. Hier können wir nicht anlegen. Die Manitu ist noch zwischen den Bäumen. Aber du, du bist zu blind, um das zu wissen.«

Plötzliche Wut überkam ihn wie ein Rausch. »Père Laforgue«, rief er. »Folgt uns. Wir wechseln die Kanus.«

Er begann voll Wut zu paddeln und kümmerte sich nicht darum, ob sie im Gleichklang paddelten. Sie hält mich für dumm, und dabei ist sie selbst die Dumme, eine dumme Wilde, die dahin zurück will, wo Folter und Tod warten, zurück zu den Kannibalen! Nur weil ein dummer Wilder wie Neehatin einen Traum hatte. Gut. Soll sie doch gehen.

Wenig später kamen sie an eine Stelle, von wo sie Chominas Leichnam nicht mehr sehen konnten, und legten an. Laforgue sah das Mädchen einen Kessel aus ihrem Kanu nehmen und in das seine laden. »Gute Idee«, sagte er. »Es ist besser, wir reisen in einem Kanu weiter.«

»Ich habe dir ja gesagt, daß er dumm ist«, bemerkte sie, ohne Daniel dabei anzusehen.

»Er ist nicht dümmer als jemand, der zu den Kannibalen zurück will.«

»Sei still«, sagte sie. »Deine Stimme ist nicht die Stimme eines Mannes, sondern das Quäken eines Hasen.«

»Was ist los?« fragte Laforgue. »Annuka, Daniel. Was ist los mit euch?«

»Du weißt genau, was los ist.« Sie brach in Tränen aus. »Du hast einen Zauber auf ihn gelegt. Er hat mich geliebt, und du hast diese Liebe weggenommen. Du behaarter Hund! Ich habe ihn geliebt. Ich liebe ihn.«

»Hör zu, Daniel«, sagte Laforgue zu dem Jungen. »Möchtest du wieder die Schnellen hinunter?«

»Nein«, sagte Daniel, und Laforgue sah, daß auch er den Tränen nah war. »Nein, ich möchte nicht. Aber... ich kann... ich will sie nicht verlassen.«

»Quak, quak!« rief das Mädchen unter Tränen der Wut. »Was quakt ihr da?«

»Wir können sie nicht allein zurückfahren lassen«, sagte der Priester zu Daniel. »Sie hat unseretwegen ihre Familie verloren. Was soll ich tun? Wenn ich dich mit ihr zurückschicke und du mit ihr schläfst und sie nicht bekehrst und heiratest, verlierst du deine Seele.«

»Wenn das Eure Sorge ist«, sagte Daniel, »dann verspreche ich Euch, daß ich versuchen werde, sie zu bekehren.«

»Dann geh mit ihr.«

Daniel zögerte. Dann sagte er zu dem Mädchen: »Er sagt, ich soll mit dir fahren.«

Sie hörte auf zu weinen. »Und du? Was willst du?«

»Ich will dein Mann sein und bei deinem Volk leben.«

»Ich warne dich«, sagte sie. »Man wird dich nicht gut behandeln.«

»Dann komm mit mir zu den Huronen«, meinte Daniel. »Wir können dort leben, und Nicanis wird uns verheiraten.«

»Ist das wahr?« fragte sie Laforgue.

Daniel sah Laforgue an und sagte auf französisch: »Sagt ihr, daß es wahr ist.«

Laforgue sah das Mädchen an. »Ja, es ist wahr«, sagte er. »Du kannst als seine Frau bei uns leben.«

Sie drehte sich um und ging ans Wasser. Dort stand sie und schaute flußabwärts zu der Biegung, hinter der die Leiche ihres Vaters lag. Endlich drehte sie sich wieder um. Sie sah Daniel an, dann Laforgue. »Ich habe mich entschieden«, sagte sie. »Jetzt bin ich eure Familie. Wir reisen in einem Kanu.«

10

Am Morgen des 10. November kamen zwei Pelzhändler, Casson und Vallier, mit vier Kanus voller Felle, die von sechs Algonkin gepaddelt wurden, auf dem Rückweg aus dem Land der Huronen vom Obersee auf den Mattawa. Sie waren gereizt und nervös, denn sie hatten sich um zwei Wochen verspätet und flohen vor dem nahenden Schnee. Jetzt sahen sie vorn in einer Flußbiegung ein einsames Kanu entgegenkommen, dessen Insassen mehr schlecht als recht paddelten. Casson konnte nicht erkennen, was diese Fremden für Leute waren. »Nipissing?« fragte er, indem er seinem Leitpaddler auf die Schulter klopfte.

»Schwarzrock«, sagte der Paddler.

Scheiße, dachte Casson bei sich. Er war Hugenotte. »Einer von deinen Patres«, rief er zu Vallier zurück.

»Scheiße«, sagte Vallier. »Wir sagen ihm, daß wir in Eile sind.«

Aber Casson starrte nach vorn und fühlte ein leises Unbehagen. Wieso nur ein Kanu? Gewöhnlich reisten die Jesuiten mit mehreren Kanus voller Nachschub für ihre Missionen. Waren die anderen Paddler ihm davongelaufen?

Unter dem kräftigen Paddelschlag seiner Leute wurde

die Entfernung rasch kleiner, und nun sah Casson, daß in dem Kanu ein Jesuit, ein junger Franzose und ein Wildenmädchen saßen. Er tippte wieder seinen Leitpaddler an und zeigte auf das Mädchen.

»Algonkin«, sagte der Paddler.

Jetzt begann der Jesuit zu winken und bedeutete ihnen, sie möchten ans Ufer kommen. Casson warf einen fragenden Blick zu Vallier zurück. Vallier zuckte die Achseln.

»Hallo! Hallo!« rief der Jesuit mit heiserer Stimme. »Wir brauchen Hilfe!«

Unwillig befahl Casson, ans Ufer zu paddeln. Im Näherkommen sah er nun auch, daß alle drei Insassen des einsamen Kanus mißhandelt und verwundet worden waren. Ein Kribbeln lief ihm über den Rücken. Als er den Jesuiten wieder ansah, erkannte er ihn als einen von denen, die er schon in der Station Québec gesehen hatte. Den Jungen kannte er nicht. Und als der Jesuit jetzt an ihm vorbeikam, sah Casson die Hand des Priesters, die das Paddel hielt. Der Zeigefinger war abgeschnitten. Cassons Paddler sahen es auch.

»Irokesen«, sagte einer zu seinem Hintermann.

Scheiße, dachte Casson. Wenn sie uns jetzt verlassen, sitzen wir hier ohne Paddler und mit einem verdammten Vermögen an Pelzen auf dem Fluß fest.

Er sah in das kränkliche Gesicht des Jesuiten, seinen mönchischen Bart, und fühlte sich von Wut gepackt. Und wie um ihn noch weiter zu ärgern, lächelte der Jesuit ihn an und sagte mit seiner heiseren Stimme: »Euch muß uns der Heilige Joseph geschickt haben.«

Scheißheiliger Joseph, dachte Casson, aber er zwang sich ein Lächeln ab. Die Scheißjesuiten waren die eigentlichen Herren in diesem Land. Sie hatten Champlain vollkommen unter der Fuchtel. Jetzt im Alter benahm er sich selbst wie ein Priester und predigte allen, wie wichtig es sei, die unsterblichen Seelen der Wilden zu retten.

Als die Kanus alle aus dem Wasser waren, fragte Vallier den Jungen: »Was ist mit euch passiert?«

Der Junge sah Vallier an, als ob er ihn nicht verstanden hätte.

»Was ist passiert?« wiederholte Vallier.

»Wir sind am Verhungern«, sagte der Junge.

»Wir haben noch einen Rest zubereitetes Sagamité in den Kesseln«, sagte Vallier und schickte seinen Paddler, es zu holen.

Der Priester, der Junge und das Mädchen standen stumm wie die Tiere, während sie auf das Sagamité warteten, und als der Kessel vor ihnen stand, machten sie sich sofort darüber her, schöpften das kalte, griesige Zeug mit den Händen aus dem Kessel und stopften sich die Münder voll. Aber nach den ersten gierigen Happen aßen sie langsam weiter, wie Verhungernde, denen das Essen schwerfiel.

»Wie lange hattet ihr nichts zu essen?« fragte Vallier.

»Acht Tage«, antwortete der Junge.

Das Wildenmädchen mußte sich während des Essens plötzlich übergeben. Doch obwohl es sie immer noch würgte, ging sie gleich wieder an den Kessel und nahm sich noch eine Handvoll. Während sie dort stand, ging Cassons Leitpaddler zu ihr. »Was ist passiert?« fragte er sie in der Algonkinsprache.

»Halt den Mund!« fuhr Casson sie wütend an und ging auf sie zu, als wollte er sie schlagen. Dann drehte er sich um und starrte mit wildem Blick den Priester an. »Erzählt ihnen nicht, was passiert ist«, sagte er. »Wenn wir die

Paddler verlieren, kommen wir nicht nach Québec zurück.«

Langsam kauend nickte der Priester zum Zeichen, daß er verstanden hatte, aber im selben Moment ging Valliers Leitpaddler zu dem Mädchen und fragte: »Waren es Irokesen?«

»Halt den Mund«, wiederholte Casson und drehte sich wieder mit drohend erhobener Hand zu dem Mädchen um. In dem Moment riß der magere, zerschundene Franzosenjunge mit irrem Blick ein Jagdmesser aus dem Gürtel und hielt es Casson an die Wange. »Bist du verrückt geworden, verdammt noch mal?« schrie Casson ihn an.

»Halt«, rief der Priester und kam mit erhobenen Händen herbeigeeilt. »Sind wir wohl alle verrückt geworden? Ihr habt uns das Leben gerettet. Daniel, steck das Messer ein.«

»Sagt gefälligst dem Mädchen, es soll den Mund halten, verstanden?« rief Casson. »Vallier! Hilf mir.«

Doch da sah er schon vier von seinen Paddlern von hinten nahen, fühlte sie in seinem Rücken, als könnten jeden Augenblick ihre Äxte auf seinen Schädel niedersausen. Er drehte sich um, aber sie waren nicht bewaffnet. Ohne ihn zu beachten, ging jetzt ihr Anführer Karatisich zu dem Wildenmädchen und fragte es in der Algonkinsprache: »Wie kommt es, daß du bei diesen behaarten Hasen bist? Bist du ihre Gefangene?«

»Nein.« Sie zeigte auf den Franzosenjungen. »Er ist mein Verlobter.«

»Und wo ist dein Volk?«

»In den Winterjagdgründen unterhalb der Fälle.«

»Ihr kommt von dort?«

»Hör mal zu, Karatisich«, sagte Casson und stellte sich

zwischen ihn und das Mädchen, »wir geben diesen Leuten jetzt zu essen und helfen ihnen, aber dann müssen wir sofort weiter. Ich habe euch Sondergeschenke versprochen, wenn wir vor dem Schnee in Québec sind.«

Karatisich tat, als hätte er ihn nicht gehört. Er sah das Mädchen an. »Wurden deine Leute getötet?« fragte er.

»Halt den Mund!« schrie Casson das Mädchen an. Er wußte, daß er nicht mehr Herr der Lage war, aber er konnte nicht anders.

»Schweig«, sagte Karatisich zu ihm und sprach weiter zu dem Mädchen: »Hör nicht auf diesen behaarten Dummkopf. Was ist passiert?«

»Irokesen«, sagte sie. »Unterhalb der Schnellen. Sie haben meine Mutter getötet und vor unseren Augen meinen kleinen Bruder aufgegessen. Mein Vater ist vor acht Tagen gestorben.«

»Wie seid ihr davongekommen?«

»Sie haben uns in ihr Dorf gebracht und angefangen, uns zu martern. Sie hätten uns weiter gemartert und am Ende verbrannt und gegessen. Aber am nächsten Morgen habe ich den Wächter erschlagen, und wir konnten fliehen.«

»Ist das wahr?« fragte Vallier den Priester mit angstgeweiteten Augen. »Kannibalen?«

Der Priester nickte. Vallier wandte sich an Casson. »Was machen wir jetzt?«

»Himmel noch mal, wir fahren weiter!« schrie Casson hysterisch. »Komm, du hast genug gehört. Schicken wir unsere Leute wieder in die Kanus.«

»Wir können Euch für zehn Tage Sagamité mitgeben«, sagte Vallier zu dem Priester. »Damit müßtet Ihr über den Obersee und das Flüßchen zum Inlandsee kommen. Am

Obersee werdet ihr die Allumette treffen. Wir geben Euch Tauschwaren mit, dann könnt Ihr Euch von den Allumette zum Großen See führen lassen.«

»Ich werde Euch eine Quittung unterschreiben«, sagte der Priester. »Unser Superior wird Euch dann in Québec entschädigen. Eure Freundlichkeit können wir Euch natürlich nicht vergelten.«

»Holt das Sagamité«, rief Casson seinen Paddlern zu. »Bringt sofort das trockene Sagamité her. Schnell.«

»Es ist gefährlich«, sagte der Priester zu Vallier. »Aber denkt daran, daß Ihr bei Nacht fahren müßt. Das war unser Fehler. Die Irokesen jagen nicht bei Nacht. Und nun sagt mir, ob Ihr im Huronenland wart.«

»Wir kommen gerade von dort«, sagte Vallier.

»Habt Ihr unsere Patres dort gesehen?«

Vallier nickte. »Vor nicht ganz einem Monat haben wir in Ossossané mit Père Brabant gesprochen.«

»Dann lebt er noch?«

»Er lebt, aber einer der Priester in den Dörfern ist umgebracht worden«, sagte Vallier. »Es scheint, daß in vielen Dörfern eine Krankheit grassiert. Die Wilden kannten diese Krankheit bisher nicht und argwöhnen eine Zauberei der Jesuiten dahinter.«

»Wer ist der Priester, den sie umgebracht haben?«

Casson kam hinzu. »Komm«, sagte er. »Schreib die Quittung und komm.«

»Moment«, sagte Vallier. Er setzte sich auf einen Baumstamm. »Wer war der Priester, von dem uns Père Brabant gesagt hat, er sei umgebracht worden?« fragte er Casson. »Ich weiß seinen Namen nicht mehr. Weißt du ihn?«

»Natürlich nicht«, antwortete Casson sehr ärgerlich.

»Es war in einem der nördlichen Dörfer«, sagte Vallier.

»Ihonatiria?« fragte der Priester.

»Ja, stimmt. So hieß der Ort.«

Der Franzosenjunge hatte zugehört und kam jetzt zu Vallier. »Warum haben sie ihn umgebracht?«

»Weiß ich nicht. Père Brabant konnte nicht hin. Einer der getauften Wilden hat es ihm berichtet.« Vallier stockte. »Seid Ihr der Priester, den man als Ersatz für ihn schickt?«

»Ja.«

»Ich an Eurer Stelle würde jetzt nicht dorthin gehen. Fahrt zuerst nach Ossossané und sprecht mit Père Brabant.«

»Aber Ossossané liegt mehrere Tagesreisen südlich von Ihonatiria«, sagte der Priester. »Ist es nicht so?«

»Sechs bis sieben Tage zu paddeln«, sagte Vallier. »Aber was spielt das für eine Rolle, wenn es um Euer Leben geht?«

»Himmel noch mal, gebt mir die gottverdammte Quittung«, sagte Casson. »Ihr sitzt da herum und redet.«

Der Priester drehte sich zu ihm um und sagte mit seiner heiseren Stimme: »Mein Sohn, ich möchte Euch bitten, nicht zu fluchen.«

»Ich bin nicht von Eurem Glauben«, antwortete Casson grob und machte sich selbst daran, die Quittung auszuschreiben.

»Wir begeben uns in Gefahr, *mon Père*«, sagte Vallier. »Würdet Ihr mir die Beichte abnehmen?«

Der Priester ging sofort zu Vallier und legte ihm den Arm auf die Schultern. Zusammen gingen sie auf den Wald zu. Casson, der mit der Quittung fertig war, sah angewidert zu, wie Vallier sich hinkniete und der Priester, der sich auf einen Stein gesetzt hatte, das Kreuzzeichen machte.

Auch die Paddler beobachteten das Schauspiel, und Casson wandte sich an den Franzosenjungen. »So eine Scheiße«, sagte er. »Haben die keinen Verstand? Die verdammten Wilden denken, das ist ein Zauber gegen sie. Sich hinzuknien und solche Zeichen zu machen. Scheiße!«

Aber der Franzosenjunge ging darauf nicht ein und fragte: »Was ist das für eine Krankheit im Huronenland? Wißt Ihr es?«

»Fieber.« Casson betrachtete das Wildenmädchen, das nähergekommen und stehengeblieben war. »Erlaubt der Priester dir, mit ihr zu schlafen?« fragte er.

»Dreckmaul«, sagte der Junge. »Aber sagt mir, ob es da, wohin wir gehen, auch Irokesen gibt.«

»Irokesen im Huronenland, ja, die gibt es«, sagte Casson. »Sie töten die Huronen und verjagen sie.« Er sah zu dem Priester und Vallier. »Scheiße, was machen die so lange? Wie viele Sünden hat er denn zu beichten?«

»Es dauert nicht mehr lange«, sagte der Junge. Dann wandte er sich an das Mädchen und fragte in der Algonkinsprache: »Ist dir noch schlecht? Oder geht es dir jetzt besser, nachdem du gegessen hast?«

»Es geht mir besser«, sagte sie.

Vallier und der Priester kamen zurück. Casson reichte dem Priester die Quittung, und Laforgue unterschrieb sie. »Ich kann Euch nicht sagen, wie sehr wir Euch danken«, sagte er. »Wenn Ihr nach Québec kommt, werdet Ihr Père Bourque berichten, daß Ihr uns hier begegnet seid und daß wir wohlauf sind?«

»*Wenn* wir nach Québec kommen«, sagte Casson. Er

rief den Anführer seiner Paddler. »Sind wir bereit, Karatisich?«

Karatisich stand auf und beugte und streckte die Arme, als ob er einen Krampf darin hätte. Dann kam er zu Casson und sagte lächelnd: »Wir werden also weiterfahren. Aber wir sind uns alle einig. Ich habe mit den anderen gesprochen. Wir fahren nicht weiter als bis zu den Schnellen.«

»Wir haben euch bezahlt, damit ihr uns bis zu den Drei Flüssen bringt«, sagte Casson. »Seid ihr seichende Weiber?« Er lachte zum Zeichen, daß er es nicht böse meinte.

»Schützt du uns vor den Irokesenkötteln?« fragte Karatisich zurück und lachte ebenfalls zum Zeichen, daß er nicht gekränkt war. »Ich glaube nicht. Ihr Normannen tötet Biber, aber keine Krieger.«

»Wir reisen bei Nacht«, sagte Vallier. »Nachts besteht keine Gefahr.«

»Was weißt du von Gefahr?« fragte Karatisich. »Ich habe dir gesagt, wir fahren nicht weiter als bis zu den Schnellen.« Er ging fort und rief den anderen Paddlern zu: »Ich habe es ihnen gesagt! Wir brechen jetzt auf.«

Die vier mit Pelzen beladenen Kanus wurden wieder zu Wasser gelassen. Die Paddler nahmen ihre Plätze ein, und Casson und Vallier gingen zu den Kanus. Der Priester, der Junge und das Wildenmädchen standen neben den Säcken mit trockenem Sagamité, das sie ihnen gegeben hatten. »Wir danken Euch, und Gott segne Euch«, rief der Priester.

Die Kanus kamen in die Hauptströmung, wo die Pelzhändler sich noch einmal umdrehten und zum Abschied ihre Fellmützen durch die Luft schwenkten. Dann entfernten sich die Boote, unterstützt von der raschen Strömung, mit hoher Geschwindigkeit und waren schon bald darauf nicht mehr zu sehen.

Daniel sah ihnen vom Ufer aus nach. Er hatte den Arm um Annukas Schultern gelegt und dachte: Wenn das nun die letzten Franzosen waren, die wir je zu Gesicht bekommen werden? Er sah sich um. Der Fluß war wieder, wie zuvor, eine trostlose Wildnis wirbelnder Strömungen, plötzlicher Windstöße und unheimlich knarrender Bäume, die das Ufer säumten. Kalter Novembertau bedeckte den Boden. Er sah Annuka an. Obwohl sie sich eben erst übergeben hatte und ihr Gesicht noch ganz fahl war von den erlittenen Mißhandlungen, überkam ihn das vertraute Gefühl der Freude. Er sah in ihre strahlenden dunklen Augen und erblickte in ihnen wie immer ihr innerstes Wesen, das sie nie aufgegeben hatte, das unberechenbar Wilde in ihr, das ihn an Regeln und Zeichen maß, die er nicht verstand. Er sah hinunter auf die Säcke mit Sagamité. In sechs Tagen können wir den Inlandsee erreichen, wo die Huronen leben. Dort können wir heiraten. Wenn meine Hand verheilt, kann ich Jäger werden. Wenn nicht, kann ich wie die Huronen vom Ackerbau leben. Aber dann hörte er wieder die Stimme des Händlers, als stünde der Mann noch neben ihm: »Fieber.«

Er wandte sich an Laforgue. »Wenn in Ihonatiria ein Fieber grassiert, *mon Père*«, sagte er, »sollten wir dann nicht zuerst nach Ossossané fahren und mit Père Brabant reden?«

»Man hat mich nach Ihonatiria geschickt«, sagte Laforgue.

»Er hat gesagt, einer der Priester sei tot.«

»Ein Grund mehr, dorthin zuerst zu gehen.«

»Kommen Euch eigentlich manchmal Zweifel?« fragte Daniel.

»Zweifel woran?« Der Priester nahm die Säcke Sagamité und ging damit zu den Kanus.

»An dieser Reise.«

»Doch, ich habe manchmal Zweifel«, sagte der Priester. »Und jetzt mehr denn je.«

»Nennt sie mir«, sagte Daniel.

Der Priester lächelte. »Besser nicht. Schau dir lieber unsern Proviant hier an. Und die Tauschwaren. Wir können doch sagen, daß Gott uns heute nicht im Stich gelassen hat.«

Und plötzlich, wie um diese Worte zu bestätigen, hörten sie Annuka rufen: »Seht! Seht!«

Um eine Flußbiegung kamen zwei Kanus. In den Kanus paddelten Wilde. Der Wilde im vorderen Kanu erhob sich und machte ein Zeichen zum Gruß.

»Allumette«, sagte Annuka. »Sie werden uns führen.« Sie begann zu winken. Der Anführer der Allumette winkte zurück, und seine Kanus steuerten das Ufer an.

Die Allumette kontrollierten den Mattawa. Am nächsten Tag, mit den Tauschwaren aus Laforgues Besitz im voraus bezahlt, geleiteten sie die drei zum Mattawa und erreichten nach unermüdlichem Paddeln die Portage, die den Franzosen als La Vase bekannt war, einen windungsreichen, völlig verschlammten Flußabschnitt, wo die Kanus gezogen und getragen werden mußten. Nach einem ermüdenden Tag in diesem Irrgarten erreichten sie den Nipissing-See. Starke Winde peitschten die Wellen hoch auf, als die Allumette sie über den vierzehn Meilen breiten See bis zu dem Flüßchen führten, das in Père Brabants Instruktionen beschrieben war. Von hier aus glitten die Kanus zwischen hohen Felsenufern dahin, bis nach zwei Tagesreisen der Anführer der Allumette nach vorn zeigte und die Kanus aus dem grünen Wasser des Flusses in das klare Wasser der großen Bucht kamen. Hier nahmen sie Abschied von den Allumette, die sie geführt hatten, und fuhren, von günstigen Winden unterstützt, die Küste des Sees hinunter. Nachts lagerten sie unter Nadelbäumen, die auf kargen orangeroten Felsen wuchsen. Jeden Tag standen sie vor Morgengrauen auf, wenn noch Rauhreif auf der Erde lag. Sie fuhren um die Wette mit der Zeit, das wußten sie. Und so paddelten sie mit eiskalten Händen, die Schultern durchnäßt von dem alles durchdringenden Tau, bis um die Morgenmitte die Sonne sie wärmte. Sie gingen sparsam mit den Lebensmitteln um, aßen morgens beim Aufstehen eine Handvoll kaltes Sagamité und bereiteten abends, wenn sie ihr Feuer anzündeten, neues zu. Am vierten Tag zeigte Laforgue, der immerzu die Küstenform mit seiner Karte verglich, zu einer kleinen Flußmündung.

»Dort«, sagte er. »Dorthin müssen wir.«

»Seid Ihr sicher?« fragte Daniel.

»Nach der Karte scheint es zu stimmen.«

Annuka, die zum Ufer hinüberspähte, machte sie auf die Überreste eines kleinen Feuers unmittelbar neben dem Flüßchen aufmerksam. »Huronen«, sagte sie.

Sie legten an. Annuka erschien unruhig. Sie untersuchte die Feuerstelle und sagte, sie sei zwei Tage alt. Ein kalter Wind ging in Regen über, und obwohl es erst früher Nachmittag war, bauten sie sich ein Schutzdach und machten Feuer. »Wir sind keinen Tag mehr von Ihonatiria entfernt«, sagte Laforgue zu Daniel.

»Was hat er gesagt?«

»Er sagt, wir sind keinen Tag mehr von dem Dorf entfernt«, antwortete Daniel.

»Dann muß er ab morgen allein weiterreisen.«

»Wir haben aber nur ein Kanu.«

»Er muß trotzdem allein weiter. Du und ich, wir folgen zu Fuß.«

»Aber das kann drei Tage dauern.«

»Er muß das Dorf allein betreten.«

»Dann können wir doch mitfahren und vor dem Dorf warten.«

»Nein.« Sie wurde plötzlich zornig. »Geh mit ihm, und du zerstörst die Prophezeiung. Sei nicht so dumm, Iwanchou. Wir folgen zu Fuß. Nach zwei Nächten erreichen wir das Dorf. Nicanis wird vor uns dort sein, und wir haben dem Traum gehorcht.«

»Widersprich jetzt nicht, Daniel«, sagte Laforgue. »Wir sind zusammen bis hierher gekommen. Und vielleicht hat sie ja recht. Ich bringe euch noch ein Stück flußaufwärts, dann könnt ihr gegen Mittag aussteigen, und ich fahre allein weiter.«

Aber als sie am nächsten Morgen wie immer kurz vor Tagesanbruch erwachten, wollte Annuka nicht ins Kanu steigen. Sie verabschiedeten sich also, und Laforgue paddelte allein das Flüßchen hinauf, das ihn zu dem Dorf Ihonatiria bringen sollte.

Als er um eine Biegung verschwand, fing Annuka auf einmal an zu zittern. Daniel legte den Arm um sie, aber sie riß sich los. »Was ist mit dir?« fragte er.

Sie schüttelte den Kopf, ohne zu antworten, und setzte sich an das sterbende Feuer. Mit einem angstvollen Schauer sah Daniel, daß sie dieselbe Haltung eingenommen hatte wie Chomina, den Kopf gesenkt, die Arme über der Brust gekreuzt.

»Warum sitzt du so da?«

»Sei still«, sagte sie. »Sie sind jetzt um uns. Ihr Tag endet, wenn der unsere beginnt.«

»Wer?«

»Die Toten. Es sind viele hier. Eine Krankheit war über sie gekommen.«

Zweiter Teil

11

Den Spiegel, oval und holzgerahmt, hatte voriges Jahr ein Wildenkind fallen gelassen, das er als Schüler genommen hatte. Jetzt überzog ihn ein Spinnennetz von feinen Sprüngen, die sein Bild zersplitterten und verzerrten, wenn er vor ihn trat. Im Spiegel wirkte das Gesicht, das ihn aus dem Scherbenmosaik musterte, wie das Werk eines mittelmäßigen Karikaturisten, der ihm den Bart grau getönt, sein rechtes Auge vergrößert und verfärbt und seine ganze linke Gesichtshälfte schief und leblos gezeichnet hatte, den Mundwinkel starr nach oben gezogen wie zur Parodie eines Grinsens.

Weder Angst noch Hoffnung ließen ihn in diesen Spiegel sehen, nicht einmal Ekel. Er studierte seine linke Gesichtshälfte, während sein Gehirn ihr die einfachen Befehle der Sprache gab. Es kam Sprache heraus, aber er war nicht mehr sicher, ob die Laute auch zu verstehen waren. Mit seinem gesunden rechten Arm stützte er sich auf die behelfsmäßige Krücke und schleppte sich mit großer Mühe in den zweiten Raum dieses Langhauses, das er und Père René Duval in mehrere Räume unterteilt hatten, um daraus die Jesuitenmission Ihonatiria zu machen.

Der zweite Raum hatte ihnen als Küche, Arbeitsraum

und Klassenzimmer für die Kinder gedient, die sie unterrichteten. Jetzt waren die Kessel und Pfannen, Tische und roh gezimmerten Bänke darin wie Ausstellungsstücke in einem historischen Museum. Durch die lockere Türschwelle war Wasser eingesickert und hatte auf diesem Fußbodenteil einen dünnen Eisfilm gebildet, den er zerstoßen und zerstampfen mußte, bevor er es wagen konnte, seinen moribunden Leib über den tückischen Glanz zu bewegen. Er ging zu dem großen Holzkasten, in dem die Maisplätzchen lagen. Er aß täglich Maisplätzchen und trank dazu Wasser, das schon faulig schmeckte, denn es stand in einem Eimer, den ein Film von toten Mücken und Fliegen bedeckte. Bevor er aß, sprach er ein Dankgebet, sagte die Worte, die er immer sagte. Nachdem er fertig war, blieb er noch eine Zeitlang sitzen und lauschte mit halbem Ohr nach Josephs Schritten. Aber Joseph, der erste von seinen Konvertiten, den er getauft hatte – selbst Joseph kam nicht mehr. Es war so, wie Joseph ihm prophezeit hatte. Niemand würde mehr in dieses Haus kommen. Das Dorf wartete auf seinen Tod.

Während er angestrengt lauschte, ob er nicht irgendwo ein Geräusch vernahm, mußte er an frühere Tage zurückdenken, da er sich noch nach Stille gesehnt hatte. Das Missionsgebäude befand sich innerhalb der Palisaden, die das Dorf zu seinem Schutz gegen Feinde errichtet hatte, aber er hatte darum gebeten, es so weit wie möglich von den anderen Häusern entfernt aufzustellen. Er hatte darum gebeten, damit er und Père Duval Ruhe für Andacht und Studien hätten. Ehe das Fieber kam, hatte er nicht gewußt, daß die Wilden diesen Wunsch, wie so viele seiner Wünsche, als feindselig verstanden. Den Wilden war das Alleinseinwollen verdächtig. Wenn einer krank war, hielt man Lärm und Gesellschaft für unabdingbar zur Vertreibung der bösen Geister. Als das Fieber zuerst ihn und dann Père Duval befiel, waren die Dorfbewohner zuhauf mit gutem Rat gekommen und hatten Trommeln geschlagen und Heilungszeremonien angeboten. Er hatte sie weggeschickt und um Ruhe gebeten. Es war ein Fieber, wie er es in Frankreich schon gekannt hatte, ausgelöst durch plötzliche Kälte. Nach zwei Wochen hatte er es überwunden, und Père Duval als der jüngere und kräftigere von ihnen hatte nur halb so lange gebraucht.

Dann hatte das Fieber sich ausgebreitet. Zu allem Unglück starb daran als erstes eine junge Frau, die sich ein Jahr zuvor ihren Bekehrungsversuchen widersetzt hatte. Ihre Familie sagte, das sei die Rache der Schwarzröcke. Seitdem waren über dreißig Männer, Frauen und Kinder erkrankt und gestorben. Zuerst hatte man der Familie der jungen Frau nicht geglaubt und ihn und Père Duval willkommen geheißen, wenn sie von Krankenlager zu Krankenlager gingen und Kräuter und andere einfache Arzneien aus ihrer Apotheke verteilten. Sie waren willkommen, weil die Wilden wußten, daß beide das Fieber schon besiegt hatten, wie sonst noch keiner. Also mußten sie mächtige Zauberer sein. Doch seinerzeit hatten er und Père Duval in dem Bestreben, die Sterbenden zu taufen, in aller Unschuld gesagt, die Taufe werde ihre Seelen in den Himmel führen. Darüber waren die Wilden erschrocken. Sie hatten gehofft, die Taufe heile das Fieber. Nun sagten sie, die Schwarzröcke verhießen keine Heilung, sondern vollführten einen Zauber, der den Tod des Kranken herbeiführe.

Auf diese Erkenntnis hin beriefen die Wilden einen Rat ein. Er meinte, die Versammlung habe um die Zeit seines zweiten Schlaganfalls stattgefunden, der ihn lähmte, aber er wußte es nicht sicher. Nein, es mußte später gewesen sein. Doch, jetzt erinnerte er sich wieder genau an den Tag, als er die Trommeln vor der Mission gehört und, als er hinausging, um nach dem Grund zu fragen, Père Duvals Leiche mit gespaltenem Schädel vor der Tür gefunden hatte. Er hatte ihn in die kleine Kapelle getragen, den abgeteilten Raum neben der Küche, und gerade als er den Leichnam vor den Altar legte, war er vornübergefallen und hatte das Bewußtsein verloren. Beim Aufwachen hatte er feststellen müssen, daß er linksseitig gelähmt war. Wie lange war das jetzt her? Er wußte es nicht genau. Nach dem Gestank aus der Kapelle mußten es schon viele Wochen sein. Der Gestank war eine Zeitlang fürchterlich gewesen, aber jetzt war er längst nicht mehr so stechend. Ein paarmal hatte er sich in die Kapelle geschleppt. Die Hostie war noch im Tabernakel. Christus war anwesend und wachte über die sterblichen Überreste des armen Père Duval.

Am Tag nach seinem Schlaganfall hatte er sich mit Hilfe einer selbstgefertigten Krücke vor die Mission geschleppt. Alle versteckten sich vor ihm. Er rief, bat sie, es möge einer kommen und ihm helfen, den Toten zu beerdigen, aber keiner kam. Eine Woche später kam Taretandé, der Dorfhäuptling, mit den Ratsältesten zu ihm und berichtete, daß der Krieger, der Père Duval getötet habe, tags darauf am Fieber erkrankt und gestorben sei. Damit sei bewiesen, sagte Taretandé, daß die Heilung der Krankheit in den Händen der Jesuiten liege. Taretandé bat ihn, er möge ihnen Père Duvals Tod vergeben. Und zum Zeichen, daß er ihnen vergebe, möge er das Fieber von ihnen nehmen. Als er ihnen antwortete, er habe nichts zu vergeben und das Fieber sei Gottes Wille, zogen sie sich sofort zurück. Später kam Joseph im Schutz der Dunkelheit zu ihm und sagte ihm, der Rat habe allen verboten, seinen Weg zu kreuzen. Man erzähle sich, er wolle den Tod des ganzen Dorfes, doch ihre eigenen Zauberer hätten ihn mit der Fallsucht geschlagen, und er werde bald sterben. Solange wollten sie warten. In seinem Tod sähen sie ihre Rettung.

Nachdem er seine Maisplätzchen aufgegessen hatte, tastete er nach der Krücke und stützte sich daran hoch, um den schwierigen Weg durch die Küche zur Kapelle anzutreten. Er ging in die Kapelle nicht hinein, sondern setzte sich wie gewöhnlich nur vor die Tür. Von hier aus konnte er die Marienstatue sehen, die links vom Altar in einer Nische stand. Er sah auch den Tabernakel. Das Quieken unter dem Altar waren Mäuse. Wie jeden Morgen betete er für Père Duvals Seele, die seiner Gebete wohl nicht bedurfte, denn gewiß saß Père Duval als der erste Märtyrer der Mission Ihonatiria jetzt zur Rechten des Vaters im Himmel.

Als er mit Beten fertig war, gestattete er sich, an Paris zu denken. Er war vor vierundvierzig Jahren in der Rue Saint-Jacques zur Welt gekommen, und nun zogen die Seine, die Ile de la Cité, die Marchés des Marais, das Kirchenschiff von Saint-Germain-des-Prés, wo er als Junge sein Leben Gott geweiht hatte, die Straßen, die Geräusche, die Straßenhändler, die Feiertagsprozessionen wieder vor der Netzhaut seiner Erinnerung vorbei. Manchmal hörte er Palestrinas Musik auf dem Spinett seiner Mutter. Und manchmal sah er, wie der Leichnam seines Vaters, mit schwarzem Samt bedeckt, auf einer Bahre zwischen dichtgedrängten Grabsteinen hindurch über den Cimetière des Innocents getragen und mit Pomp und Feierlichkeit dort beigesetzt wurde, wo schon seines Vaters Vater lag. Und andere Male sah er wie im Traum eine Grabplatte auf dem Friedhof seines Ordens in Reims, eine Platte mit seinem Namen und der Zahl dieses Jahres:

FERNAND JÉRÔME, S. J., 1591–1635.

Die Steinplatte war verwittert und grün bemoost. Und in dem Tagtraum überkam ihn ein gewisser Friede beim Anblick dieser Grabplatte, die bewies, daß er gelebt hatte und gestorben war. Denn hier in dieser Leere war es seit René Duvals Tod gerade die Einsamkeit seines Schicksals, die ihn des Nachts ein Zittern überkommen ließ, als sei das Fieber wiedergekommen. Die sonst so lauten Wilden waren jetzt ganz still. Hatten sie das Dorf verlassen? Waren sie mit ihren Toten und Sterbenden an einen anderen Ort gezogen? Vielleicht war er von leeren Hütten umgeben. Der Winter stand vor der Tür. Ohne Feuer würde er an der Kälte zugrunde gehen.

Aber wie er heute dösend am gewohnten Platz gegenüber dem schlichten Tabernakel saß, der den Leib und das Blut seines Heilands barg, meinte er in seinem Tagtraum zu hören, wie jemand seinen Namen rief.

»Père Jérôme! Père Jérôme!«

Es war gewiß nur Einbildung. Die Wilden riefen ihn nicht bei seinem französischen Namen. Sie nannten ihn Andehoua. Doch jetzt glaubte er es wieder deutlich zu hören.

»Père Jérôme!«

Taumelnd richtete er sich mit Hilfe seiner Krücke auf,

und nachdem er sich zur Geduld ermahnt hatte, machte er sich vorsichtig auf den Weg zur Tür der Mission. Wieder hörte er seinen Namen. Und dann rief die Stimme auf französisch: »Père Duval? Seid Ihr da?«

Die Häuser, zwischen denen Laforgue hindurchging, schienen leer zu sein, aber die Rauchwölkchen, die aus den Dachöffnungen wehten, warnten ihn, daß er beobachtet wurde. Hin und wieder kam ein Hund angelaufen und beschnupperte ihn, und zweimal sah er Kinder hinter fellverhangenen Türen hervor nach ihm lauern, bis eine Hand sie nach drinnen zog. Er hatte sein Kanu am Anlegeplatz liegenlassen. Dort lagen noch an die zwanzig weitere Kanus. Er ging weiter. Er hatte schon fast die ganze von Palisaden eingefaßte Fläche überquert, als er endlich ein Langhaus vor sich sah, gebaut wie die anderen, nur mit einer hölzernen Tür und einem kleinen Holzkreuz auf dem Dach. Sogleich rief er, während er erregt darauf zuging: »Père Jérôme! Père Jérôme!« Keine Antwort. Er beschleunigte seinen Schritt, und sein Herz klopfte bang, als er an die Tür kam. »Père Jérôme!«

Er probierte die Klinke. Die Tür war nicht verschlossen. Das mußte doch die Mission sein? Er öffnete und sah hinein. »Père Duval, seid Ihr da?« Von drinnen schlug ihm ein übler Beinhausgeruch entgegen, der ihn würgen machte. In der Dunkelheit des Hauses bewegte sich unsicher eine hochgewachsene, schwere Gestalt. Jetzt sprach sie mit einer Stimme, die wie das hohle Echo in einer Meereshöhle klang: »Seid Ihr...?« fragte die Stimme. »Seid Ihr da? Sehe ich Euch wirklich?«

Taretandé und Sangwati waren auf den Feldern, als der Bote kam. »Ein Schwarzrock ist angekommen. Er trägt einen langen Mantel und Schneeschuhe auf dem Rücken. Er ist geschlagen worden, und an seiner rechten Hand fehlt ein Finger. Er ist allein in einem Kanu gekommen.«

»Wo ist er jetzt?«

»Er ist durchs Dorf gegangen. Keiner hat ihn begrüßt. Er hat in der Normannensprache gerufen, und alle haben sich vor ihm versteckt. Dann ist er zum Langhaus der Schwarzröcke gegangen und eingetreten. Da bin ich hergekommen.«

»Und Ondesson, wo ist Ondesson?«

»Ich glaube, sie sind jagen gegangen.«

»Geh ihn suchen«, sagte Taretandé. »Wir müssen den Rat einberufen. Komm dann zum Versammlungsplatz am Fluß.«

Als der Bote fort war, sahen Taretandé und Sangwati sich an. Sie waren Brüder, von derselben Mutter geboren, und brauchten Angst nicht voreinander zu verstekken.

»Wenn noch einer gekommen ist, und allein, ist das nicht natürlich«, sagte Taretandé.

»Es sind Zauberer«, sagte Sangwati.

»Mehr als Zauberer. Es sind Hexer. Das sind keine Menschen, es sind böse Geister.«

»Du warst es aber, der gesagt hat, wir sollten Andehoua nicht töten, sondern in Ruhe lassen, weil er schon an der Fallsucht stirbt.«

»Ich weiß«, sagte Taretandé. »Das wird Ondesson mir vorhalten. Er hätte ihn töten lassen, wie der andere getötet wurde. Mit einem Axthieb.«

»Aber wenn du Andehoua hättest töten lassen«, sagte Sangwati, »wäre damit auch nicht gesagt, daß der andere Hundeköttel nicht gekommen wäre.«

»Du hast recht«, sagte Taretandé. »Das sind keine Menschen, es sind böse Geister. Was können wir gegen sie tun?«

Sie hatten mit noch zehn anderen Männern und Jungen auf den Feldern gearbeitet, aber jetzt ließen sie die Arbeit sein und gingen zum Versammlungsplatz des Rates. Das war eine Waldlichtung unweit des Dorfes. Als Taretandé und sein Bruder ankamen, waren Ondesson und die anderen Ratsmitglieder schon da. Alle hatten die Neuigkeit erfahren.

Ondesson war der Kriegshäuptling. Früher hatte er sich Taretandé, dem Ratshäuptling, immer untergeordnet. Aber heute sah es aus, als hätte Ondesson einen Kriegszug vorbereitet und wollte sofort losschlagen. Als Taretandé und sein Bruder dazukamen, sagte Ondesson: »Es gibt nur eine Lösung. Wir müssen beide Schwarzröcke töten.«

»Bärendreck«, sagte Sononkhianconc, der erste Zauberer im Dorf. »Du tötest einen, und ein anderer erscheint. Und vergiß nicht, daß Otreouti, der den ersten getötet hat, selbst krank geworden und drei Tage später gestorben ist.«

»Wir werden sie nicht mit der Axt töten«, sagte Ondesson. »Wir werden sie streicheln, bis sie schreien und von Angst erfüllt sind. Wir werden ihnen sagen, wie viele von den unseren sie mit ihrer Zauberkrankheit getötet haben und warum wir es ihnen mit dem Tod vergelten müssen. Wir werden uns die Hälse aufschlitzen und ihr warmes Blut in unsere Adern rinnen lassen, um ihre

Macht zu erlangen. Wir werden die Herzen dieser Stinktiere essen, sobald sie tot sind. Wir werden ihre Köpfe abschneiden, ihre Hände und ihre Füße.«

»Und wann tun wir das?« fragte Sangwati.

»Jetzt.«

»Und wenn wir, wie der Krieger, der den anderen Schwarzrock getötet hat, morgen alle krank werden und nach drei Tagen sterben?« fragte Taretandé. »Das sind nämlich keine Menschen, es sind böse Geister.«

»Bärendreck, es sind Menschen«, rief Ondesson mit lauter, kriegerischer Stimme. »Sie werden bluten wie Menschen und sterben wie quäkende Hasen. Wenn du Angst hast, mit uns zu kommen, dann bleib hier sitzen und kack dich voll.«

»Ich verlange eine Abstimmung«, sagte Taretandé. »Ich bin der Ratshäuptling. Wir werden abstimmen. Wer stimmt für Tod?«

Acht Hände wurden gehoben. Dann hob auch Sangwati, Taretandés Bruder, die Hand.

»Nun?« fragte Ondesson. »Bist du bei uns?«

Taretandé hob die Hand. »Ja«, sagte er. »Und als Ratshäuptling bin ich es, der in ihr stinkendes Langhaus gehen und ihnen ihr Schicksal mitteilen wird.«

»Und wie viele Tage seid Ihr schon allein?« fragte Laforgue, nachdem der Ältere geendet hatte.

Père Jérôme antwortete nicht. »Ihr wißt«, sagte er, »was als erstes geschehen muß?«

»Nein, *mon Père*.«

»Der Leib ist der Tempel des Heiligen Geistes. Das muß Eure erste Aufgabe sein.«

»Ist der Leichnam in der Kapelle?« fragte Laforgue.

»Ja. Am Altar. Es sind jetzt die Überreste eines Märtyrers der Kirche.«

Laforgue starrte in das blasse gelähmte Gesicht, das vergrößerte, verfärbte Auge, den dicken grauen Bart. Er dachte an ein Gemälde, das er in der Kathedrale in Salamanca gesehen hatte: das Gesicht eines Heiligen mit der Miene eines Irren.

»Tag und Nacht habe ich überlegt, wie ich seine Überreste beerdigen könnte«, sagte der kranke Priester. »Darum laßt das nun Eure erste Aufgabe sein. Danach müßt Ihr die Häuptlinge dieses Dorfes aufsuchen. Sprecht Ihr die Sprache der Huronen?«

»Ja. Nicht so gut wie Ihr. Aber ich habe sie zwei Jahre lang studiert.«

»Wir müssen noch einmal mit ihnen reden. Wir müssen sie davon überzeugen, daß dieses Fieber nicht unser Werk ist. Die Wilden stehen im Bann ihrer Zauberer, und die Zauberer reden gegen uns. Nun geht. Ihr werdet im Vorraum eine Schaufel und eine Axt finden. Der Fußboden der Kapelle ist aus Erde. Einen Sarg können wir nicht machen, aber wir können ihn in Gottes Angesicht beisetzen. Wenn Ihr ein Grab geschaufelt und ihn hineingelegt habt, ruft mich. Dann spreche ich die Gebete für die Toten.«

Laforgue stand auf und ging in den Vorraum. Der Gestank war hier nicht mehr so erstickend. Er nahm eine Schaufel und eine Axt und ging in die Kapelle. Als er über die Schwelle trat, bekreuzigte er sich und beugte das Knie vor dem Altar. Und als er sich wieder erhob, sah er unterhalb des Tabernakels die Leiche Père Duvals liegen, einen Arm ausgestreckt wie in einer grotesken Willkommensgeste. Das Gesicht war bereits im Stadium der Verwesung.

Er wandte den Blick ab, dann zwang er sich wieder hinzusehen. Dies war also, wie Père Jérôme gesagt hatte, der Leichnam eines christlichen Märtyrers. Er sah die verfilzten Haare, den von einer Axt gespaltenen Schädel, das getrocknete Blut und die geronnenen Körperflüssigkeiten. Schnell suchte er sich einen Platz für das Grab aus und begann die Erde aufzuhacken. Er warf seinen Mantel ab, knöpfte die Soutane auf und arbeitete in dem fürchterlichen Gestank wie ein Besessener, bis er nach einer Stunde einen Graben von sechs Fuß Länge und drei Fuß Breite ausgehoben hatte. Dann ging er zu dem Leichnam, packte ihn bei den Fersen und schleifte ihn zum Grab. Dabei sah er zu seinem Entsetzen, wie der gespaltene Schädel sich an der Basis abzulösen begann, als wolle er in zwei Teile auseinanderfallen. Mit einem Ruck riß er den Leichnam in die Grube, dann stand er keuchend da und wischte sich mit dem Ärmel seiner Soutane die Stirn ab. Da hörte er hinter sich ein Geräusch.

Von der Tür aus beobachtete ihn ein Wilder. Der Wilde trug einen langen Bibermantel über einer Jacke und Hose aus Hirschleder. Sein Gesicht war auf der einen Seite schwarz, auf der anderen Seite rot bemalt, und sein kunstvoll frisiertes Haar war auf der einen Seite kurz geschoren und fiel auf der anderen in einem langen Zopf herunter. Um den Hals trug er eine Federkrause und an beiden Armen Perlenketten. Er hatte keine Waffe bei sich.

»Komm mit, Zauberer«, sagte der Wilde. »Und sei still.«

Er sprach die Huronensprache. Er winkte, und Laforgue folgte ihm in die Küche der Mission. Dort stand Père Jérôme, unsicher auf seine Behelfskrücke gestützt.

»Nimm seinen Arm«, sagte der Wilde zu Laforgue. »Hilf ihm.«

Laforgue ging zu dem kranken Priester und stützte ihn, und zusammen begaben sie sich langsam zum Eingang der Mission. Die Tür stand offen, und draußen sahen sie mehrere Wilde, angemalt und feierlich gekleidet. Der Wilde, der sie abgeholt hatte, gab den anderen ein Zeichen.

»Das ist Taretandé«, sagte Père Jérôme auf Französisch. »Es ist ihr Häuptling.«

Sofort umringten die Wilden die beiden Priester. Trommeln begannen zu schlagen. Aus allen Langhäusern kamen plötzlich Männer, Frauen, Kinder und Hunde, und es herrschte ein Höllenlärm. Unter erregtem Kreischen begleiteten sie die Jesuiten zum größten Langhaus, dem Haus der Versammlung.

Laforgue, der den kranken Priester halb tragen mußte, kam in dem Durcheianander nur langsam voran. Als sie das Langhaus betraten, hatte er das Gefühl, daß der gelähmte Körper erschlaffte und in sich zusammensackte. Er sah Père Jérôme an. Der Priester schien in Ohnmacht gefallen zu sein. »Père Jérôme?«

Der Kranke gab sich einen Ruck und schlug die Augen wieder auf. In dem allgemeinen Aufruhr konnte Laforgue die Worte nicht verstehen, die aus dem halbgelähmten Mund kamen. Er beugte sich zum Mund des Priesters hinunter und hörte: »Habt Ihr ihn – begraben?«

»Ich habe angefangen«, sagte Laforgue. »Nachher mache ich weiter.«

Vor ihnen stand jetzt ein großer, schwer gebauter Wilder mit noch drei anderen, alle in Kriegsbemalung und mit schweren Keulen in den Händen.

»Ondesson«, sagte der kranke Priester und nickte dem Wilden zu. »Ondesson, wir müssen miteinander reden.«

»Mach dein haariges Gesicht zu«, sagte der Wilde und lachte. »Sind wir alle versammelt?«

Aus der Menge erhob sich Gebrüll. Sie kletterten auf die Schlafbühnen, wie wenn sie ihre Plätze im Theater einnähmen. Laforgue sah sich an die Folter damals im Langhaus der Irokesen erinnert und fühlte, wie er ganz starr wurde. War das hier eine Besprechung, oder war es, was er fürchtete?

»Komm! Du!« schrie Ondesson und gab Taretandé, dem Ratshäuptling, ein Zeichen. »Sag es ihnen.«

Taretandé verbeugte sich vor dem Kriegshäuptling, wie um ihm zu danken, und wandte sich an Laforgue und Jérôme. »Dreiundfünfzig sind tot«, sagte er. »Männer, Frauen, Kinder. Dreiundfünfzig habt ihr getötet von unserem Volk. Und jede Nacht werden mehr krank und sterben. Keiner bleibt am Leben, wenn das Fieber über ihn kommt. Keiner, der ein Mensch ist wie andere Menschen.« Er zeigte auf Jérôme. »Aber *du* bist am Leben geblieben. Du und der andere Hexer. Ihr hattet beide das Fieber und seid am Leben geblieben.« Er wandte sich an die Menge. »Heute bin ich in ihr Langhaus gegangen. Ich bin in den abgeteilten Raum gegangen, wo sie in einem kleinen Kasten die Stücke von einer Leiche aufbewahren, die sie aus Frankreich mitgebracht haben. Und was sah ich da? Dieser neue, der neue Hexer, der allein hierhergekommen ist, war dort und grub ein Loch in den Boden. Und da, wo der Hasenarsch grub, lagen die Gedärme und der Kopf und der Körper des einen, den wir getötet haben. Er wollte ihn unter der Erde verstecken, damit sie einen neuen Hundedreck zaubern können.«

Zuerst war es still; dann begannen plötzlich Männer und Frauen zu stöhnen und zu weinen wie vor Schmerzen oder Angst.

»Das sind keine Menschen«, sagte Taretandé. »Es sind Hexer. Sie müssen getötet werden, wie man Hexer tötet.«

Es gab ein lautes Gebrüll. Père Jérôme hob seine Krücke und schwenkte sie, als wollte er ums Wort bitten. Aber da schlug Ondesson, der Kriegshäuptling, plötzlich mit seiner Keule auf den Boden. »Es sind Menschen, und sie werden sterben wie Menschen! Wir werden sie streicheln. Wir werden ihnen Fleisch vom Körper reißen, es im Feuer rösten und sie zwingen, es zu essen. Wir werden ihnen die Finger abschneiden, einen nach dem anderen. Wir werden ihnen die Herzen herausreißen und ihre Gedärme den Hunden vorwerfen. Wir werden ihnen die Köpfe und Hände und Füße abschneiden.«

»Halt!« Trotz der heiseren Stimme, trotz des gelähmten Mundes konnte Père Jérôme mit diesem einen Wort den Lärm durchdringen. Sofort verstummte das Gebrüll. »Ihr dürft das nicht tun«, rief der kranke Priester. »Wenn ihr es tut, wird Gott euch strafen. Hört ihr mich? Gott wird euch strafen!«

»Facht die Glut an«, sagte Ondesson. »Wir beginnen mit der Glut.«

Bei diesen Worten ging das Gebrüll von neuem los und schwoll zu einem Inferno. Drei Frauen liefen zu den Feuern und schöpften mit Tellern aus Birkenrinde glühende Holzkohle auf. Diese brachten sie zu Ondesson.

»Zieht die Gefangenen aus«, befahl Ondesson.

Ein paar Krieger kamen zu den Priestern gerannt. Gerade hatten sie angefangen, an den Soutanen zu reißen, daß die Knöpfe absprangen, da erlosch im Langhaus plötzlich das Licht, wie wenn jemand eine Kerze ausgeblasen hätte. Alle schauten zu der Dachöffnung empor und sahen einen Himmel so schwarz wie die Nacht. Drinnen warf nur die Holzkohlenglut noch einen matten Schimmer auf die Gesichter und Körper derer, die in unmittelbarer Nähe standen. Angesichts der Finsternis verstummte die Menge beklommen wie ein großes, keuchendes Tier.

Laforgue wandte sich an Père Jérôme. »Was ist das?« flüsterte er.

»Kommt«, sagte der kranke Pater. Er klemmte sich die Krücke unter die Achselhöhle und humpelte zum Ausgang des Langhauses. Im matten Feuerschein wandten alle die Gesichter von ihnen ab und ließen sie passieren. Sie gingen langsam auf die Dorfstraße hinaus und blickten nach oben. Der Schatten wanderte schon weiter, und allmählich kam die Sonne wieder hinter dem schwarzen Kreis hervor. »Ein Werk Gottes«, sagte Père Jérôme heiser. »Unser Herr hat uns errettet. Gesegnet sei sein Name.«

Eine Sonnenfinsternis, ein Werk Gottes. Laforgue, der den Blick nach oben gewandt hielt, während das Licht an den Himmel zurückkehrte, wußte wohl, daß Gottes Hand dort wirkte, aber kein Wort des Dankes wollte ihm in den Kopf, kein Dankgebet kam über seine Lippen. Konnte die Sonnenfinsternis, wie Donner oder Blitz, eine Laune der Natur gewesen sein, gerade zu dieser Stunde? Natürlich nicht. Aber sie wollte ihm noch immer nicht als ein Wunder erscheinen. Er sah sich um. Die Wilden kamen jetzt aus dem Langhaus geströmt und starrten zum Himmel empor. Laforgue sah Père Jérôme an. Dessen verfärbtes rechtes Auge strahlte von einem sonderbaren Glanz.

»Père Paul«, sagte der kranke Priester, »Gott hat uns diese Gnade geschenkt, diese Gelegenheit. Nun müssen wir sie zu seinem Ruhm nutzen.«

»In welcher Weise, *mon Père*?«

»Ihr werdet sehen«, sagte Père Jérôme. Dann rief er: »Ondesson! Taretandé!«

Die Häuptlinge kamen, und das Unbehagen stand ihnen deutlich in den Gesichtern geschrieben.

»Ihr habt es gesehen«, sagte der kranke Priester. »Gott – unser Gott – hat euch gewarnt. Wie könnt ihr es wagen, uns Böses zu wollen, uns, die wir Gottes Diener sind? Wir gehen jetzt in unser Haus und begraben unseren Toten. Ihr habt die Hand Gottes gesehen. Ihr müßt euer Leben ändern. Wenn nicht, können wir euch nicht helfen. Das ist alles, was ich zu sagen habe.« Er wandte sich an Laforgue. »Kommt, Père Paul. Laßt uns in die Mission zurückgehen.«

Laforgue nahm seinen Arm. Langsam entfernten sie sich, und die Krücke des kranken Priesters begleitete ihre Schritte wie ein langsamer Trommelschlag auf dem steinigen Boden. Ringsum standen die Wilden und sahen zu ihren Häuptlingen. Ein paar Augenblicke später gab Taretandé ein Zeichen, und die Dorfbewohner begannen sich zu zerstreuen.

»Deus qui inter apostolicos sacerdos familium tuum ...«

Père Jérôme stand hoch aufgerichtet vor dem kleinen Altar und deklamierte laut das Gebet für einen verstorbenen Priester. Während er betete, sah er hinab auf Père Duvals Ersatz, der bei dem frisch bedeckten Grab kniete. Bald würden die Männer aus dem Dorfrat wiederkommen. Er wußte, was er zu ihnen sagen würde. Dies sollte seine letzte Aufgabe sein: die große Seelenernte einzufahren.

Laforgue hörte die lateinischen Worte und warf einen verstohlenen Blick zu dem kranken Mann, der das Gebet sprach. Er dachte an den verwesenden Leichnam unter der Erde, und im Geiste sah er die Schädel längst dahingegangener Heiliger an geweihten Orten, als Reliquien verehrt.

Ist dies das Märtyrertum, das glorreiche Ende, das ich einst aus vollem Herzen, mit ganzer Seele begehrt habe? Warum habe ich aufgehört zu beten? Welcher Irrtum ist über mich gekommen, daß mir heute diese Sonnenfinsternis ein Phänomen bedeutete, das mich in den gleichen Sumpf des Aberglaubens stoßen würde wie die Wilden selbst, wollte ich es als Gottes Werk betrachten? Ich sollte Père Jérôme bitten, meine Beichte zu hören. Ich sollte ihm von meinen Zweifeln berichten und um Absolution bitten. Aber wenn ich das tue, wird dieser heilige Mann, der dem Tod so nah ist, wissen, wie überaus ungeeignet ich bin, seinen Platz einzunehmen.

Als die Nacht kam, bettete Laforgue den kranken Jérôme auf sein Lager, und da ihm von dem Gestank in der Mission immer noch übel war, ging er nach draußen und sah hinüber zu den Häusern der Wilden. Er hörte Trommeln und die Schreie von Zauberern, wie sie die bösen Geister auszutreiben versuchten, die sie in den Körpern der Kranken wähnten. Hunde bellten. Über ihm war der Himmel klar und kalt und voller Sterne. Die Wilden sind noch nicht gekommen, uns zu töten. Wenn sie nicht kommen, wird dies mein Zuhause sein. Wenn Père Jérôme stirbt, bin ich hier verantwortlich, und meine Lebensaufgabe wird es sein, diese Wilden zu bekehren, die jetzt an einem Fieber sterben, gegen das sie sich nicht wehren können. Die Wilden werden nicht kommen, mich zu töten. Gott hat mich nicht zum Märtyrer erwählt. Er weiß, daß ich dieses Schicksals unwürdig bin.

12

In Taretandés Haus war bisher noch kein Fieber gewesen. Aber am Morgen, nachdem die schwarze Sonne den Himmel verdunkelt hatte, wachte er auf und sah, daß seine neue Frau zu zittern und zu schwitzen begonnen hatte. Er stand sofort auf und ging zu einem Zauberer. Aber als er ins Haus des Zauberers trat, war des Zauberers Kind krank und eine Heilungszeremonie im Gange. Er ging wieder hinaus, und wie er durchs Dorf ging, hörte er Trommeln und Wehklagen. Er kam an dem verhaßten Langhaus vorbei, in dem die Schwarzröcke waren, und sah ihr Zeichen aus gekreuzten Stöcken auf dem Dach. Er erinnerte sich, daß die Schwarzröcke früher dieses Zeichen mit den Händen gemacht und es den Kindern beizubringen versucht hatten. Er erinnerte sich, daß die Schwarzröcke letztes Frühjahr Familien mit Kindern in ihr Langhaus eingeladen und den Kindern Perlen zum Geschenk gemacht hatten, wenn sie die Antworten auf Fragen nach ihrem Gott wußten, die sie die Kinder lehrten. Er erinnerte sich, wie Aenons gewarnt hatte, die Schwarzröcke sprächen nicht von Heilungszeremonien, um Krankheiten zu bekämpfen, sondern von Tod und einem neuen Leben, in das sie die Menschen führen wollten.

Die Schwarzröcke redeten so, weil sie Zauberer des Todes waren. Er dachte an die schwarze Sonne, die vor ihrer Macht warnte. Seine neue Frau würde sterben.

Vielleicht würden die Menschen alle sterben. Schon jetzt wurde kaum noch gefischt, auf manchen Feldern war die Ernte verfault, weil sie nicht eingebracht wurde. Es war ein Fehler gewesen, den einen Schwarzrock zu töten, denn ein anderer war gekommen, allein, wie ein Manitu, und an seine Stelle getreten. Die Schwarzröcke waren Teufel von großer Macht. Wir müssen mit diesen Hundekötteln einen Pakt schließen. Wir haben keine andere Wahl.

Es war, als ob an diesem Morgen alle Männer im Rat diesen Gedanken auch schon gehabt hätten. Ondessons Sohn hatte Anzeichen des Fiebers gezeigt. Achisantaetes Mutter, die das Fieber vier Tage lang gehabt hatte, war während der Nacht gestorben. Ondesson bat um eine Ratsversammlung.

»Wir müssen zu den Schwarzröcken gehen«, sagte Ondesson. »Wir müssen sie bitten, uns bei einer Heilungszeremonie zu helfen, die diese Krankheit beendet. Wir müssen herausfinden, was diese Zauberer eigentlich von uns wollen.«

»Den Wasserzauber für uns alle«, sagte Sononkhianconc. »Das werden sie verlangen. Und der Wasserzauber tötet, genau wie das Fieber tötet. Sie wollen unseren Tod, damit sie uns als Gefangene zu irgendeinem normannischen Ort der Toten bringen können.«

Aber Sononkhianconc war ein Zauberer, und die Ratsmitglieder wußten, daß er deshalb eifersüchtig auf alle anderen Zauberer war.

»Das mag ja stimmen«, sagte Taretandé. »Aber laßt uns wenigstens mit ihnen reden.«

So wurde es beschlossen. Die Ratsmitglieder gingen, von allen beobachtet, durchs Dorf. Sie gingen zum Langhaus der Schwarzröcke, und Taretandé trat ein. Etwas später kam er mit dem alten Schwarzrock Andehoua heraus, der die Fallsucht hatte und mit einem Stock ging. Hinter ihnen kam der fremde Schwarzrock, den man bei der Leiche des toten Schwarzrocks einen bösen Zauber hatte vollführen sehen.

Im Langhaus des Rates nahmen alle Platz. Es wurde Tabak angeboten, doch obwohl der Rat die Schwarzröcke heute zum erstenmal zu einer Besprechung eingeladen hatte, benahmen diese sich nicht wie normale Menschen, sondern wie Feinde. Sie sagten, sie rauchten nicht.

Als Taretandé das hörte, legte er seine Pfeife hin. »Ich verstehe, warum ihr nicht mit uns raucht«, sagte er. »Wir haben euch großes Unrecht getan, indem wir einen von euch getötet haben. Nun sind wir bereit, euch viele Geschenke zu geben, um dieses Unrecht wiedergutzumachen. Sagt uns, was ihr von uns haben wollt.«

Er wartete. »Wir nehmen keine Geschenke«, sagte der alte Schwarzrock.

Taretandé fühlte, wie er zu schwitzen begann. Hatten diese Zauberer den Tod für sie alle beschlossen? War mit ihnen nicht zu reden? »Wir sind heute zu euch gekommen, weil wir uns alle einig sind, daß ihr die Macht habt, das Fieber zu beenden. Ihr seid seine Herren. Das Dorf stirbt, und die Krankheit breitet sich aus. Wir geben uns jetzt in eure Hände. Was müssen wir für euch tun, damit ihr die Heilungszeremonie vollführt, die uns von dieser Krankheit befreit?«

Während er sprach, sah er den alten Schwarzrock sich umdrehen und dem anderen etwas zuflüstern. Dann hob der alte Schwarzrock seinen Stock, um anzuzeigen, daß er reden wolle. Taretandé verneigte sich vor ihm.

Die kranke alte Stimme erhob sich, zitternd vor Zorn.

»Gestern ist die Sonne schwarz geworden. Ihr habt die Hand Gottes gesehen, unseres Gottes, der über uns ist, der einzige Herr des Himmels und der Erde. Was ihr tun müßt, um von diesem Fieber geheilt zu werden? Ihr müßt unserem Gott dienen, der auch euer Gott ist. Wenn ihr diese Plage beenden wollt, müßt ihr einen Schwur leisten, seinen Willen zu tun. Habt ihr verstanden?«

»Nein«, sagte Taretandé und lächelte, weil er hoffte, mit einem Scherz den Zorn abwenden zu können. »Wir verstehen gar nichts, weil wir dumme Hasenärsche sind. Du mußt uns sagen, was du von uns willst.«

»Also gut«, sagte der alte Schwarzrock. »Ihr müßt öffentlich schwören, daß ihr euch taufen laßt, wenn Gott diese Plage beendet, und seine Gebote halten werdet.«

»Den Wasserzauber?« fragte Sangwati. »Für alle?«

»Ja«, sagte der Schwarzrock.

»Und was befiehlt dein Gott außer dem Wasserzauber?«

»Ihr müßt alle die Bräuche aufgeben, die ihn beleidigen. Ihr dürft eure Frauen nicht verstoßen, sondern müßt sie euer Leben lang behalten. Ihr dürft kein Menschenfleisch essen. Ihr dürft keine Heilungszeremonien abhalten und keine Freßgelage, bei denen euch vom Essen schlecht wird. Vor allem müßt ihr euren Glauben an den Traum aufgeben.«

»Aber wie könnten wir das?« fragte ein Ratsmitglied. »Der Traum sagt uns, was wir zu tun haben.«

»Ihr werdet keine Träume mehr brauchen, die euch sagen, was richtig und was falsch ist«, sagte der alte Schwarzrock. »Unser Herr wird euch das sagen. Ich habe nicht mehr lange zu leben, aber dieser Priester Gottes, der hier neben mir sitzt, wird meinen Platz einnehmen und unter euch leben. Er wird euch Gottes Befehle geben. Nun müßt ihr zurückgehen zu euren Leuten und ihnen sagen, was wir euch gesagt haben. Alle müssen sich taufen lassen. Und ich möchte, daß es bald geschieht. Bis ihr zu mir kommt und euch taufen laßt, wird diese Krankheit weiter umgehen.«

Aenons, der schon betagt und von großer Klugheit war, gab jetzt zu verstehen, daß er reden wolle.

»Wir können das nicht tun«, sagte Aenons. Er sah den älteren Schwarzrock an. »Andehoua, ich habe dich immer als meinen Freund gesehen. Aber Bärendreck, verstehst du denn nicht? Wenn wir das alles tun, wenn wir unseren Glauben an den Traum aufgeben, ist es mit dem Leben, wie wir Huronen es immer gekannt haben, für uns vorbei.«

»Ihr werdet eure bisherige Lebensweise nicht mehr brauchen«, sagte der Schwarzrock. »Ihr werdet ein neues Leben führen, als Christen. Ihr werdet den wahren Gott anbeten und diese kindischen Vorstellungen vergessen, die jetzt eure Köpfe füllen. Und wenn ihr sterbt, werdet ihr ins Paradies eingehen.«

»Ich will leben, nicht sterben«, sagte Ondesson. »Und ich will keine Frau wie eine Last auf dem Rücken haben, wenn ich nicht mehr mit ihr leben will. Ihr seid Normannen. Eure Art ist nicht unsere Art. Warum könnt ihr es nicht hinnehmen, daß wir anderen Göttern dienen und nicht leben können, wie ihr lebt?«

»Können wir nicht den Wasserzauber auf uns nehmen und unser Leben trotzdem beibehalten?« fragte Aenons. »Wenn euer Gott es wünscht, werden wir unsere Leute überreden, daß alle den Wasserzauber nehmen und geheilt werden.«

»Die Taufe ist keine Arznei gegen das Fieber. Sie heilt nicht den Körper, sondern die Seele«, sagte der alte Schwarzrock.

»Dann ist sie also etwas für unseren Tod, nicht um unser Leben zu retten?« fragte Taretandé und sah die anderen an.

»Ja«, sagte der Schwarzrock. »Sie wird euch ins Paradies bringen, wie ich sagte. Aber sie kann auch gegen das Fieber helfen. Denn wenn ihr Gottes Willen tut, könnt ihr auf seine Gnade hoffen. Wir werden Tag und Nacht zu Gott beten und ihn bitten, diese Krankheit von euch zu nehmen.«

Es war still. Taretandé erhob sich. Der Schweiß lief ihm übers Gesicht. »Wir gehen jetzt«, sagte er. Die anderen standen ebenfalls auf. Sie gingen an den Schwarzröcken vorbei und in den Tag hinaus. Sie gingen zu Ondessons Haus. Auf dem Weg dorthin sprachen sie nicht.

Als die beiden Priester in die Mission zurückkamen, war es fast Mittag. Laforgue bettete Père Jérôme auf sein Lager und sprach mit ihm den Angelus. Dann ging er in die Küche und kochte eine Suppe aus Maiskolben. Während die Suppe auf dem Feuer garte, begann Laforgue die Küche zu schrubben und allen Unrat zu entfernen. Nachdem sie gegessen hatten, ging er in die Kapelle, scheuerte den Altar und wechselte die alten Altartücher. Er öffnete den Tabernakel und sah einen Kelch und Hostien darin. Als er mit der Arbeit in der Kapelle fertig war, ging er zu dem Kranken zurück, der zu schlafen schien. Doch als Laforgue das Zimmer zu fegen begann, ächzte Père Jérôme und drehte sich auf die Seite.

»Fehlt Euch etwas, *mon Père*?«

»Ich habe Schmerzen in der Brust. Ihr werdet bald ein zweites Grab schaufeln müssen.«

»Sagt so etwas nicht.« Laforgue stützte ihn auf. »Ihr werdet hier gebraucht. Die Wilden achten Euch.«

Der kranke Priester verzog das Gesicht vor Schmerzen. »Gott allein weiß, was die Wilden denken«, sagte er. »Und wir warten auf ihre Entscheidung. Sie ist mir so oder so willkommen.«

»Wie meint Ihr das, *mon Père*?«

»Heute oder morgen werden sie wiederkommen«, sagte Père Jérôme. »Dann schenken sie uns entweder eine große Seelenernte, oder sie geben uns den Tod.«

»Eine Seelenernte?«

»Die Taufe.«

»Aber«, sagte Laforgue, »wenn wir sie nun taufen und sie danach am Fieber sterben? Die Überlebenden werden sich gegen uns wenden.«

Der kranke Priester lächelte, und das Lächeln wirkte in seinem gelähmten Gesicht wie die Fratze eines Wasserspeiers. »Wer getauft stirbt, kommt in den Himmel«, sagte er. »Und wegen des Fiebers werden wir beide heute abend beten müssen. Wir müssen Gott bitten, sie zu verschonen. Wenn es Gottes Wille ist, wird das Fieber sie verlassen, und dann haben wir hier viele Christen.«

»Das beunruhigt mich, *mon Père*«, sagte Laforgue. »Wenn sie sich jetzt taufen lassen, dann doch sicher nur, weil sie Angst haben zu sterben?«

»Oder weil sie Gott fürchten«, sagte der kranke Priester. »Leider tun die meisten Christen ihre Pflicht nicht aus Liebe zu Gott, sondern weil sie ihn fürchten. Dieses Fieber ist Gottes Werk.«

Laforgue sah in das gelähmte Gesicht. »Gottes Werk?«

»Ja doch, ja. Das Fieber ist das Werkzeug, das er uns geschickt hat, um ihre Seelen zu ernten. Wenn sie um die Taufe bitten, müssen wir ein großes öffentliches Fest abhalten. Und zwar sofort!«

»Aber es ist doch gewiß unsere Pflicht, sie im Glauben zu unterweisen, bevor wir von ihnen verlangen, ihn anzunehmen?« fragte Laforgue.

»Natürlich! Aber wir dürfen die Taufe nicht hinauszögern.« Die Stimme des kranken Priesters wurde lauter, steigerte sich fast zu einem Schreien. »Außerdem ist es erlaubt, Menschen ohne Unterweisung zu taufen, wenn sie in Lebensgefahr sind. Und das sind diese Menschen, Père Paul. Die Krankheit tötet sie!«

»So zu denken fällt mir nicht leicht«, sagte Laforgue. »Es kommt mir vor wie Sophisterei.«

»Es ist keine! Die Mittel sind gerecht, wenn der Zweck es ist!«

In dieser Nacht vollführte Annieouton, ein Zauberer im Dorf, eine Heilungszeremonie mit Trommeln, Schreien und Tanzen an einer jungen Frau, die am Fieber erkrankt war. Am Morgen hatte das Fieber die junge Frau verlassen. Der Zauberer verbreitete diese Neuigkeit sofort und erklärte die Heilung zu seinem Verdienst. Aber am selben Morgen hörte bei zwei anderen Opfern des Fiebers das Schwitzen und Zittern auf, was ebenfalls zum erstenmal geschah, und sie erwachten mit kühler Stirn, schwach aber geheilt. Es waren zwei Männer, die vor ein paar Monaten Christen geworden waren.

Diese Ereignisse wurden mittags in einer Versammlung des Dorfrats besprochen. Sononkhianconc, der oberste

Zauberer von Ihonatiria, sagte, sein Kollege habe eine Heilung vollbracht und folglich brauche man die Schwarzröcke nicht mehr. Aber der Rat war anderer Meinung. Man wies darauf hin, daß Annieouton seine Zeremonie in den letzten Wochen schon etliche Male vollführt habe und diese Kranken trotzdem alle gestorben seien.

»Nein, das haben die Schwarzröcke bewirkt«, sagte Taretandé. »Oder warum ist es gerade letzte Nacht geschehen, wo es doch noch nie geschehen ist? Sie haben das getan, um uns noch einmal zu beweisen, daß wir in ihrer Gewalt sind.«

»Aber warum wurde das Fieber von der jungen Frau genommen, als ein Zauberer zugegen war?«

»Vielleicht haben sie das getan, um uns zu verspotten«, sagte Taretandé. »Ich weiß nur eins: Annieoutons Getrommel hat nicht geschadet. Aber es hat die Frau auch nicht geheilt. Wir müssen mit diesen Hexern einen Pakt schließen. Meine Frau stirbt. Ich will, daß sie weiterlebt.«

Der Rat stimmte ab. Es wurde beschlossen, das Dorf zusammenzurufen. Auch wer einen Kranken zu pflegen hatte, sollte kommen. Es sollte keine Volksabstimmung stattfinden. Der Rat wollte dem Dorf nur seine Entscheidung mitteilen und alle bitten mitzumachen.

»Natürlich werden ein paar darunter sein, die den Wasserzauber nicht annehmen«, sagte der alte Aenons. »Ich zum Beispiel will den Traum nicht aufgeben.«

»Aber hör doch mal, du dummer alter Hasenarsch«, sagte Taretandé, um ihn mit einem Scherz umzustimmen. »Warum denn den Traum aufgeben? Wir tun, was sie verlangen. Wir nehmen den Wasserzauber. Was wir dann tun, werden wir sehen.«

»Wenn wir den Schwur tun, den Traum aufzugeben, unsere Frauen zu behalten, unsere Feinde einen leichten Tod sterben zu lassen und all das andere dumme Zeug, das sie von uns verlangen, ist es unser Ende«, sagte Aenons. »Wenn wir den Schwur tun, müssen wir ihn halten. Denn wenn ihr Gott so stark ist, wie sie sagen, wird er auch wissen, daß wir ihn belügen.«

»Es ist unser Ende, wenn wir am Fieber sterben«, sagte Ondesson.

»Dann will ich am Fieber sterben«, sagte Aenons.

In der zweiten Nacht ihrer Wanderung nach Ihonatiria erwachten Annuka und Daniel zitternd vor Kälte in ihrem Unterschlupf. Dicker Rauhreif lag auf dem Boden, und im Morgengrauen standen sie auf und setzten ihren Weg fort. Nach einer Weile entdeckte Annuka einen Pfad im Wald, der ihr sagte, daß eine Huronensiedlung in der Nähe war. Sie blieb stehen, sah Daniel an und sagte: »Komm mal her.«

Er hatte sich schon oft seine jungenhaften Barthaare ausgezupft, um ihr eine Freude zu machen, aber jetzt riß sie so in seinem Gesicht herum, daß er vor Schmerzen stöhnte und sie schließlich mit einem Klaps von sich abwehrte.

»Warte«, sagte sie. Sie nahm ihm die Mütze vom Kopf und flocht ihm die Haare nach der Art der Algonkin, dann griff sie in den Lederbeutel, in dem sie ihre Perlenketten aufbewahrte, und malte ihm die linke Gesichtshälfte braun und die rechte blau. Schließlich nahm sie ihm die wollene Mütze und die französische Hose ab und sorgte dafür, daß er aussah wie ein Algonkin-Krieger.

»Wenn wir dorthin kommen«, sagte sie, »fragen wir

nicht nach Nicanis. Wir tun so, als wüßten wir nichts von ihm, bis wir herausgefunden haben, was aus ihm geworden ist. Denk daran, daß du mein Mann bist, ein Algonkin. Wir haben uns verlaufen und unser Volk verloren und möchten eine Zeitlang bei den Huronen bleiben.«

»Werden sie auch glauben, daß ich kein Normanne bin?« fragte Daniel lachend.

Sie sah ihn an und lächelte. »Weißt du es denn nicht, du Dummkopf? Wir haben den normannischen Jungen in dir getötet. Du gehörst jetzt zu mir.«

Als Laforgue an seinem dritten Morgen in Ihonatiria erwachte, hörte er draußen Lärmen und Rufen. Er ging an die Tür der Mission und sah viele Menschen auf der Straße, die redend und diskutierend von Haus zu Haus gingen. Das Getrommel der Heilungszeremonien hatte aufgehört. Laforgue ging in die Küche zurück und bereitete aus Mehlbrei ein Frühstück für Père Jérôme zu. Doch als er nach dem Kranken sehen ging, war Jérôme von seinem Lager gefallen und lag hilflos auf dem Boden. »Mein anderes Bein«, ächzte der kranke Priester kaum verständlich. »Ich habe kein Gefühl darin.«

Laforgue hob ihn mit Mühe auf und legte ihn auf sein Lager.

»Ihr habt den Lärm da draußen gehört?« fragte der Kranke.

»Ja, *mon Père*.«

Der kranke Priester holte tief Luft und sammelte seine Kräfte. Dann sagte er: »Wenn sie kommen und bei unserem Anblick die Köpfe senken, heißt das, sie werden uns töten. Versprecht mir...« Er begann zu keuchen.

»Was, *mon Père*?«

»Wenn wir sterben, wollen wir mit dem Namen Jesu auf den Lippen sterben.«

»Ja, *mon Père*.«

»Und wenn sie getauft werden wollen, laßt uns die Taufen gemeinsam vornehmen.«

»Aber werdet Ihr dazu in der Lage sein?«

»Gott wird mir die Kraft geben«, sagte Jérôme. »Horcht.« Draußen ertönte ein lauter Schrei, dann war es still.

»Helft mir auf«, sagte der kranke Priester. »Ich möchte an die Tür gehen.« Doch kaum auf den Beinen, brach er zusammen. »Nun gut. Legt mich wieder hin. Geht Ihr an die Tür und wartet. Sie werden bald kommen.«

Laforgue ging nach vorn und öffnete die Holztür. Draußen standen die Leute auf der Straße und sahen ihn an. Dann kamen aus einem der Langhäuser drei Männer. Es waren Taretandé, der Ratshäuptling, Ondesson, der Kriegshäuptling, und Sononkhianconc, der Zauberer.

Sie kamen schweigend auf ihn zu. Laforgue wartete. Würden sie die Köpfe senken?

Als sie bis auf zehn Schritte herangekommen waren, blieben sie stehen. »Wo ist Andehoua?« fragte Taretandé.

»Drinnen.«

»Wir wollen mit ihm reden.«

»Dann kommt herein«, sagte Laforgue. »Er kann nicht gehen.«

Die Häuptlinge traten in die Mission und wurden in das Zimmer des kranken Priesters geführt. Seine Stirn glänzte silbern von kaltem Schweiß. Sein Atem ging mühsam.

»Wir haben uns entschieden«, sagte Taretandé. »Wir werden deinem Gott gehorchen. Nicht alle im Dorf haben dem zugestimmt, aber die meisten wollen es so.«

»Wie viele?« fragte der kranke Priester.

»Über hundert. Und einige von denen, die jetzt sagen, sie wollen es nicht, werden es sich anders überlegen, wenn andere in ihrer Familie es tun. Außerdem werden die Heilungen der letzten Nacht sich auswirken.«

Der kranke Priester sah Laforgue an. »Es hat Gott gefallen, einige von ihnen zu heilen«, sagte er auf Französisch.

Er sah wieder zu Taretandé.

»Wissen die Leute, was sie tun müssen? Nur eine Frau, kein Menschenfleisch, keine Heilungszeremonien, Traum und alles?«

»Ja«, sagte Ondesson. »Wir haben es ihnen gesagt! Wir haben allen Bärendreck gemacht, den du befohlen hast. Jetzt gib uns den Wasserzauber. Die Leute sterben.«

»Wir müssen alle, die sich taufen lassen wollen, zuerst unterweisen«, sagte Laforgue zu Taretandé. »Ihr müßt wissen, wer unser Gott ist und wie ihr ihm dienen sollt.«

»Dafür ist keine Zeit«, sagte der kranke Priester heiser. »Wir müssen es sofort tun.«

»Du hast recht, Andehoua«, sagte Ondesson. »Wir werden es heute tun.«

»Gut«, sagte der kranke Priester. »Wir fangen mit der Taufe bei denen an, die schon am Fieber erkrankt sind. Bringt sie hier vor das Haus. Wenn wir damit fertig sind, machen wir bei denen weiter, die noch kein Fieber haben. Zuerst die Kinder. Dann die anderen.«

»Ich möchte etwas fragen«, sagte Sononkhianconc, der Zauberer. »Werden alle, die den Wasserzauber nicht nehmen, am Fieber sterben?«

»Das hat Gott zu entscheiden, nicht ich«, sagte Père Jérôme.

»Das ist keine Antwort«, versetzte Sononkhianconc. »Ich habe einigen von unseren Leuten versprochen, dich danach zu fragen. Bärendreck, ich will eine Antwort haben. Werden sie sterben?«

»Ich sagte dir, ich weiß es nicht«, antwortete Père Jérôme. »Aber ich will *dich* etwas fragen. Wenn du unser Gott wärst, wen würdest du schonen? Deine Freunde oder deine Feinde?«

»*Das* ist eine Antwort«, sagte Sononkhianconc.

»Also«, rief Ondesson, »dann wollen wir anfangen. Zuerst holen wir die hierher, die schon am Fieber erkrankt sind.«

Nachdem die Häuptlinge die Mission verlassen hatten, sagte Père Jérôme zu Laforgue: »Wenn es soweit ist, laßt mich nach draußen tragen. Wir werden einen Kessel brauchen, gefüllt mit Wasser. Wir werden einen nach dem anderen taufen. Stellt euch vor, Père Paul, was für ein Freudentag!«

»Ich hole den Kessel«, sagte Laforgue. Er ging in die Küche, nahm einen Kochkessel und ging zum Dorfbrunnen hinaus, der sich in der Nähe eines Flüßchens befand, das sich um die Grenze des Dorfes wand. Auf dem Weg durchs Dorf war er sich bei jedem Schritt bewußt, daß er von allen Seiten beobachtet wurde. Man zog sich zurück, wenn er näherkam, und Kinder liefen in die Häuser. Zum erstenmal in seinem Leben erfuhr er so, wie man sich fühlte, wenn man gefürchtet war. Als er an den Brunnen kam, gingen zwei Frauen, die in der Nähe Wäsche wuschen, bei seinem Anblick fort. Er füllte den Kessel, und da hörte er plötzlich eine Frauenstimme flüstern: »Nicanis!«

Er drehte sich verwundert um. Bei den Palisaden stand

Annuka mit einem jungen Mann. Zuerst erkannte er nicht, daß dieser junge Mann, ein bartloser, bemalter Wilder, Daniel war.

»Was hast du gemacht?« fragte er Daniel überrascht.

»Bitte sprecht nicht Französisch«, sagte Daniel. »Was ist geschehen? Was soll diese Versammlung?«

»Das Dorf will sich taufen lassen. Warum bist du gekleidet wie ein Wilder?«

»Wir wußten nicht, ob du noch lebtest«, sagte Annuka. »Es war sicherer so.«

»Es wird erzählt, Ihr hättet in der Nacht drei Kranke geheilt«, sagte Daniel. »Wollen sie sich deshalb taufen lassen?«

»Ja«, sagte Laforgue. Und plötzlich begann er zu seiner eigenen Überraschung zu weinen.

»Was fehlt Euch, *mon Père*?« fragte Daniel.

»Wenn alle den Wasserzauber nehmen, nehme ich ihn auch«, sagte Annuka. Sie sah Daniel an. »Und dann können wir heiraten.«

»Père Paul?« wandte Daniel sich an Laforgue. »Was sagt Ihr dazu? Werdet Ihr uns trauen?«

»Ja, ja«, sagte Laforgue und wischte sich über die Augen. »Aber ich muß jetzt gehen.« Er ging mit dem wassergefüllten Kessel fort. Daniel ist ein Wilder geworden. Und ich, was bin ich? Habe ich noch das Recht, Jérôme zu widersprechen, der stark im Glauben ist – ich, der ich nur eine leere Hülle bin?

Als er sich der Mission näherte, hörte er Schreie und sah einen jungen Mann davonlaufen, verfolgt von zwei mit Keulen bewaffneten Kriegern. Einer der Krieger war Sangwati, der Bruder des Ratshäuptlings. Die Krieger holten den Verfolgten ein und schlugen ihn etwa zweihundert Schritt von der Mission entfernt nieder. Dann schauten sie zu Laforgue zurück, der erschrocken in die Mission eilte und den Kessel abstellte. »Père Jérôme?«

Er bekam keine Antwort. Er lief in das Zimmer des kranken Priesters. Père Jérôme lag auf den Knien, die Schulter an der Tischkante, aber im Näherkommen sah Laforgue, daß der Körper nur an einem Tischbein lehnte. Eine Axt hatte ihm den Schädel an der Basis gespalten.

Während Laforgue noch dieses schaurige Bild anstarrte, hörte er hinter sich Schritte. In panischer Angst fuhr er herum, auf einen Axthieb gefaßt. Ondesson und zwei andere Wilde traten ins Zimmer. Sie hatten Äxte bei sich.

»Wartet«, sagte Ondesson zu den anderen Wilden. Er kam und sah auf den Toten hinab. »Der das getan hat, wird dir keinen Verdruß mehr machen«, sagte er. »Und wenn andere dir etwas tun wollen, werden wir dich beschützen. Hundescheiße! Warum haben wir nicht bedacht, daß einige im Dorf schon verrückt geworden sind vor Angst? Es tut mir leid. Es tut uns allen leid. Du darfst nicht glauben, wir wären deine Feinde.«

»Das glaube ich auch nicht«, sagte Laforgue.

»Dann wirst du uns heilen? Wir bringen jetzt die Kranken her.«

»Die Kranken?« fragte Laforgue. Er sah wieder auf den toten Priester. »Warte«, sagte er. »Ich muß nachdenken.«

»Wende dich nicht gegen uns«, sagte Ondesson. »Ich bitte dich. Hilf uns. Wir werden deinem Gott gehorchen.«

»Ich muß nachdenken!« sagte Laforgue. »Laß mich allein.«

Es war still. Dann gab Ondesson den anderen bemalten Kriegern ein Zeichen, und alle drei gingen durch die Küche auf die Straße hinaus. Die Holztür blieb offen. In der Stille, die ihrem Weggang folgte, hörte Laforgue ein Summen und sah, daß Fliegen sich auf dem Gesicht des toten Priesters niedergelassen hatten. Er verscheuchte sie mit der Hand. Ich muß ihn begraben. Ich werde ihn neben Père Duval begraben. Ich werde Daniel bitten, mir zu helfen. Ich muß für seine Seele beten.

Doch als er in das blutverkrustete Gesicht und die toten Augen sah, verfiel er wieder in verzweifeltes Grübeln. Sind diese Taufen nicht eine Verhöhnung meines lebenslangen Glaubens, aller Lehren der Kirche, aller Heiligenlegenden von der Bekehrung der Barbaren zu Christus, die wir je gelesen haben? Warum mußte Chomina sterben und in die Finsternis hinausgehen, wenn dieser Priester, der nur an die Seelenernte dachte, als Heiliger und Märtyrer durch die Himmelspforte gehen wird? Was kann meine Pflicht jetzt anderes sein, als den Geboten meines eigenen Gewissens zu folgen und ihnen die Taufe zu verweigern, bis sie den Herrn unseren Gott wirklich annehmen und verehren?

Er drehte sich um und ging durch das stille Haus in die staubige Kapelle, in der noch der widerlich süßliche Geruch der Verwesung hing. Auf dem Altar stand der kleine Holzkasten mit dem goldenen Kreuz darauf, in dem sich Jesu Leib und Blut befanden, daneben die Statuette der Jungfrau Maria, aus Frankreich mitgebracht und in grellem Rosa, Weiß und Blau angemalt. Er sah in die leeren Augen der Statuette, als könnten sie ihm das Mysterium des Schweigens Gottes lösen helfen. Aber die Statuette war aus Holz, von Menschenhand geschnitzt. Die Hostien im Tabernakel waren Brot, verwandelt in den Leib Christi durch eine Zeremonie, die nicht weniger merkwürdig war als die Zeremonien der Wilden. Gott, dessen Willen zu erfüllen er zu seiner Lebensaufgabe gemacht hatte, war in diesem Land der Finsternis so fern wie die Pracht und Herrlichkeit der Kirche Roms. Hier in dieser ärmlichen Kapelle, die von Kinderhand hätte gemalt sein können, vermochten ein hölzerner Kasten und eine bemalte Statuette seinen Glauben nicht wiederherzustellen. Aber irgendwie mußte er es versuchen.

Er kniete nieder, machte das Kreuzzeichen und stimmte, als hätte er die Worte noch nie in seinem Leben gesprochen, das Glaubensbekenntnis an. *»Ich glaube an Gott, den allmächtigen Vater, Schöpfer des Himmels und der Erde, und an Jesus Christus, seinen eingeborenen Sohn, unsern Herrn, empfangen durch den Heiligen Geist, geboren von Maria der Jungfrau, gelitten ...«*

Er kam nicht zu Ende. Jemand stand hinter ihm. Als er sich umdrehte, sah er einen alten Wilden an der Tür stehen. »Was sagst du da in deiner Sprache?« fragte der Wilde.

»Ich spreche mit meinem Gott.«

»Ist dieser kleine Geist da dein Gott?« fragte der alte Wilde und zeigte auf die Statuette.

»Nein.«

»Ich bin Aenons«, sagte der Wilde. »Bärendreck, Mann, ich war ein guter Freund von Andehoua, und es schmerzt mich, daß er getötet wurde. Aber höre, Schwarzrock. Ich spreche heute gegen dich. Du und dein Gott seid nicht geeignet für unser Volk. Eure Wege sind nicht unsere Wege. Wenn wir sie annehmen, werden wir weder Huronen noch Normannen sein. Und bald werden unsere Feinde unsere Schwäche kennen und uns von der Erde tilgen.«

Laforgue antwortete nicht. Der alte Wilde drehte sich

um und ging zur Tür der Mission. Laforgue sah ihn auf die Straße hinausgehen, wohin man schon die Kranken zur Taufe gebracht hatte. Er sah den Alten zwischen den Kranken und ihren Angehörigen umhergehen und sie beschwören, wieder nach Hause zu gehen. Und wie Laforgue dort in der Tür stand, erhoben sich ein Dutzend Männer und Frauen, die vor der Mission gesessen hatten, und kamen zu ihm. Einer begrüßte ihn. »Unser Vater, wir sind die Christen hier. Wir möchten dir danken, daß du letzte Nacht zwei von unserer Familie geheilt und von drei weiteren heute das Fieber genommen hast. Alle haben gesehen, was du getan hast. Darum sind wir hierhergekommen. Alle wissen jetzt, daß wir recht hatten, Jesus zu verehren. Wir danken dir, unser Vater.«

»Wurden heute wieder drei geheilt?« fragte Laforgue.

»Ja, ja, das weißt du doch. Aber sag, ist es wahr, daß Andehoua mit einer Axt getötet wurde?«

»Ja.«

»Dann müssen wir für ihn beten?«

Laforgue nickte nur, denn sprechen konnte er nicht. Er sah, daß zwei andere Männer sich zu Aenons gesellten und mit ihm herumgingen und warnten. Er hörte sie sagen, daß die Huronen als Christen ihren Lebensweg verlieren und untergehen würden. Er drehte sich um und schloß die Tür. Er setzte sich an den Tisch und versuchte des plötzlichen Zitterns Herr zu werden, das ihn überkam. Draußen wurde das Schreien immer lauter. Die Tür der Mission wurde aufgestoßen. Wie ein Schattenriß stand in der hellen Öffnung Taretandé, der Ratshäuptling.

»Darf ich hereinkommen?«

Laforgue erhob sich. »Ja, komm herein.«

Der Ratshäuptling kam in die Küche und sah sich um,

als hätte er Angst. Er ging zur Tür von Père Jérômes Zimmer und betrachtete den knienden Leichnam. »Bereitet dir das Kummer?« fragte er.

»Warum fragst du?«

»Weil manche sagen, ihr Schwarzröcke wärt keine Menschen, sondern Hexer. Und Hexer haben keinen Kummer.«

»Wir sind Menschen«, sagte Laforgue.

»Wer kann euch glauben? Was für Menschen seid ihr denn? Ihr kommt nicht hierher wie die anderen Normannen, um mit Pelzen zu handeln. Ihr kommt und bittet, in unseren Dörfern leben zu dürfen, aber dann sondert ihr euch in diesem Wigwam von uns ab. Keiner darf hier schlafen, und ihr verbergt eure Nacktheit vor uns. Wenn ihr Männer seid, warum vögelt ihr nicht mit Frauen? Warum bewahrt ihr in diesem Zimmer eine Leiche auf und eßt sie, damit sie euch Kraft gibt? Warum habt ihr diese Krankheit mitgebracht, die es hier noch nie gegeben hat? Und warum benutzt ihr sie, um uns zu töten, wenn wir uns weigern, uns vor eurem Gott zu verneigen?«

»Wir benutzen sie nicht, um euch zu töten.«

»Nein. Der Tote da drinnen, Andehoua, hat er uns nicht gesagt, was wir tun müssen? Daß wir unsere Lebensweise aufgeben müssen? Nun, wir haben es unserem Volk gesagt, und es ist einverstanden. Wir werden tun, was du willst, alle Dinge, die du verlangst. Alle. Das wollte ich dir sagen kommen. Wir sind bereit. Taufe uns.«

»Nein«, sagte Laforgue.

Taretandé setzte sich schwerfällig an den Tisch, Laforgue gegenüber. »Warum nicht? Weil wir Andehoua getötet haben?«

»Nein.«

»Warum willst du dann, daß wir sterben?«

»Ich will nicht, daß ihr sterbt.«

»Aber ohne den Wasserzauber werden wir sterben.«

»Das habe ich nicht gesagt.« Laforgue legte den Kopf in die Hände und schwieg lange. »Der Wasserzauber wird euch nicht heilen.«

»Was *wird* uns denn heilen? Letzte Nacht und heute morgen sind einige geheilt worden. Das war dein Werk, nicht wahr? Natürlich war es dein Werk. Bärendreck! Antworte mir!«

»Es war nicht mein Werk«, sagte Laforgue.

»Warum ist es denn heute geschehen? Warum?«

Stille.

»Es war – der Wille Gottes«, sagte Laforgue.

»Deines Gottes?«

»Ja.«

»Dann sind wir bereit«, sagte Taretandé. »Unser Volk wartet. Du sagst, ihr seid Menschen und keine Hexer, und ich glaube dir. Nun frage ich dich, bist du unser Feind?«

»Nein.«

»Liebst du uns?«

»Ja.«

»Dann taufe uns.«

Der Ratshäuptling stand auf und verließ das Haus. Das Gemurmel auf der Straße wurde lauter. Laforgue stand auf und ging in die Kapelle. Er sah wieder in die leeren Augen der Statuette und dachte an das halb zu Ende gesprochene Glaubensbekenntnis auf seinen Lippen, ehe Aenons hinzukam. Hatte sein Bekenntnis zum Glauben an Gott mehr Bedeutung als Taretandés Versprechen, Gottes Willen zu tun? Was *war* Gottes Wille? Er sah zum Tabernakel. Er fühlte das Schweigen.

Liebst du uns?

Ja.

Er ging zu der Truhe mit den Meßgewändern, nahm ein leinenes Chorhemd heraus und zog das lange weiße Gewand über die schwarze Soutane. Er nahm eine goldbestickte Stola und führte sie aus Gewohnheit an die Lippen, ehe er sie sich um den Hals legte. Dann ging er an dem toten Priester vorbei zur Tür.

Draußen wehte ein kalter Wind vom großen See herauf. Vor ihm standen auf der Dorfstraße vier dichtgedrängte Reihen Bahren mit den Kranken. Hinter ihnen standen die Kinder des Dorfes und hinter den Kindern die Männer und Frauen, die noch nicht an der Krankheit litten. Er sah zu seiner Rechten Taretandé und Ondesson mit den übrigen Ratsmitgliedern stehen. Ganz in der Nähe sah er Daniel und Annuka. Er winkte Daniel, der sofort zu ihm kam.

»Nimm den Kessel«, sagte Laforgue. »Hilf mir.«

Er wandte sich der Menge zu. Langsam hob er die Hand und machte das Kreuzzeichen, berührte seine Stirn, die Brust, die linke Schulter, dann die rechte. Alle sahen diesem Zauber zu. Dann ging er, gefolgt von Daniel mit dem Kessel, zur vordersten Reihe der Kranken hinunter. Er nahm eine kleine Kelle vom Rand des Kessels, füllte sie und ließ ein wenig Wasser über die fiebrige Stirn einer Frau laufen, wobei er in der Huronensprache sagte: »Ich taufe dich im Namen des Vaters, des Sohnes und des Heiligen Geistes.« Die Wildenfrau starrte zu ihm auf, krank und verständnislos. Er ging weiter und sprach eins ums andere Mal die Worte, die sie zu Christen machten und ihnen ihre Sünden vergaben. War das der Wille Gottes? War das eine echte Taufe oder nur Hohn? Würden diese Kinder der Finsternis je ins Paradies eingehen?

Er sah zum Himmel auf. Bald würde der Winterschnee dieses weite, leere Land bedecken. Hier, unter diesen Wilden, würde er sein Leben verbringen. Er goß Wasser über eine kranke Stirn und sprach wieder die Worte der Erlösung. Und ein Gebet kam ihm in den Sinn, endlich ein aufrichtiges Gebet: *›Verschone sie. Verschone sie, o Herr.‹*

Liebst du uns?

Ja.

Friedrich Dürrenmatt

Der Auftrag
oder
Vom Beobachten
des Beobachters
der Beobachter
Novelle in
vierundzwanzig
Sätzen

»*Der Auftrag* ist eine bis ins Detail durchkomponierte philosophische Kriminalnovelle, wie es lange keine gab und mit der Dürrenmatt wieder einmal nach den ganz großen Lorbeeren greift.«
Süddeutsche Zeitung, München

»Kurz und knapp, atemlos und messerscharf erzählt, so etwas wie eine düstere Folie, vor der das zeitgenössische Schreiben sich abhebt. Vieles wirkt wie harmlose Spielerei, verglichen mit der tödlichen Konsequenz dieses Denkens. So weit an den Abgrund hat sich keiner gewagt wie er.«
Weltwoche, Zürich

»Durch die Kraft der Komik, die Originalität der Phantasie und den Taumel der Gedanken kommt einem bei diesem Autor als Vergleich nur Kafka in den Sinn.« *Le Monde, Paris*

Diogenes Verlag

Hugo Loetscher

Die Papiere des Immunen

Roman

Ein Buch vom Sich-Umsehen in der Welt, in dem mit viel Phantasie und Witz Möglichkeiten des Lebens und Überlebens durchgespielt werden, ein Buch auch von der Doppelbödigkeit des Lachens.

»Die Mischung aus lustvoller Erzählung und Essay ist auch in den *Papieren des Immunen* wieder da, komplexer, raffinierter. Ein großes Gemälde, universale Schau: Hugo Loetscher hat zugeschlagen.«
Hansruedi Fritschi / Tages-Anzeiger, Zürich

»Die Papiere des Immunen sind ein weises Buch und eines voller blendend erzählter Geschichten noch dazu. Verglichen damit wirkt vieles blutleer und dürftig, was in diesem Herbst erschienen ist.«
Klara Obermüller / Die Weltwoche, Zürich

»Ein Buch voll von schönen und abstrusen Geschichten, die einen wuchtigen Kosmos bilden; und obwohl der Immune vorgibt, seinen Wohnsitz im Kopf zu haben, sind diese Papiere alles andere als kopflastig.«
Joseph von Westphalen / Westermann's, München

Diogenes Verlag

Luciano De Crescenzo

Also sprach Bellavista

Neapel, Liebe und Freiheit

»Dem Neapolitaner De Crescenzo ist mit seinem Buch ein neapolitanisches Kunststück gelungen: einen Unterhaltungsroman und ein philosophisches Lehrbuch in einem zu schreiben.«
Frankfurter Allgemeine Zeitung

»Der Mann ist eine Wundertüte, die sich, verblüfft über den eigenen Inhalt, unablässig und mit diebischer Freude selbst über die Umwelt ergießt. Je nach Anlaß und Laune präsentiert sich Luciano De Crescenzo als Schriftsteller, Journalist, Filmemacher, Manager oder Spaßvogel.« *Die Weltwoche, Zürich*

Seine »zum Greifen dicht geschriebenen Alltagsgeschichten, denen Bellavista immer eine philosophische Quintessenz zu entlocken weiß« (*Die Zeit*), hat De Crescenzo erfolgreich verfilmt: beim ›Festival international du film de comédie‹ in Vevey gewann er den 1. Preis, ebenso beim Festival in Annecy.
»Liebenswert, gescheit, mit viel Menschlichkeit und Charaktervielfalt angefüllt, rundum dank seiner exzellenten Machart, seines Tempos und seines lebensklugen Witzes der beste Film des Festivals.«
Neue Zürcher Zeitung

Diogenes Verlag

Patricia Highsmith
Elsie's Lebenslust
Roman

Elsie Tyler ist unwiderstehlich: Zwanzig Jahre alt, aufregend hübsch, sprühend vor Lebenslust, ein Magnet für beide Geschlechter. Doch die Leidenschaften, die sie auslöst, werden ihr zum Verhängnis.

»Ein Buch über Leidenschaft und Lebenslust, es führt mitten in den Abgrund der Seele, wo Liebe sich unversehens in Mordlust verwandelt.«
Wochenpresse, Wien

»Auf schlichte und exquisite Art zerrt *Elsie's Lebenslust* von A bis Z an den Nerven.«
Sunday Times, London

»Ein echter Lese-Genuß. Man sollte ihn seinen besten Freunden empfehlen.«
Frankfurter Rundschau

Diogenes Verlag